U0097648

序言

提供您最快速又有效的學習方法！

英文向來是高職同學最頭痛的科目，但是在專業科目大致平分秋色的情況下，英文就成為您考場得勝的重要關鍵。而一本普通的單字成語手册，卻僅能供應一堆填鴨式的資料，對您的讀書效率於事無補。

為了提昇您的學習效果，本書搜集必考英文單字、成語，依電腦統計，按出題頻率高低，設計**單字進階記憶法**及**成語分類速記法**，易學好記。並採用立即測驗方式，五分鐘背完一頁後，馬上做題目，可加深印象，收事半功倍之效。此外，本書蒐羅近十年來歷屆聯考題，使您熟悉出題方針，穩操勝算。

「高職英文單字成語速記法」著重循序漸進及分類整理法，方便您以整體瞭解方式熟記，並以最新題型，精心編製模擬試題，是您培養答題技巧的最佳範本。

編者　謹識

修編序

綜觀歷屆二專、三專、教育學院、師大工教等的英文聯考試題，無論是考文法、翻譯或閱讀測驗，**單字**和**成語**都是解題的關鍵所在。因此如何有效地牢記單字成語，就是同學們最關心的問題。

有鑑於此，在這次再版書中，「**高職英文單字成語速記法**」收錄了歷年及最新考題出現過的單字成語，以電腦統計，按頻率高低編排，並在測驗題後標示了考題的**年份及校名**，使同學們更容易掌握那些頻頻出現的「常客」，重點記憶，迅速吸收。以 communication 為例，80年保送甄試、四技商專、北二專夜、高屏二專夜聯招中都出現過。相信如此精心的設計，定能幫助同學們熟悉出題方向，在各種考試中穩操勝算，無往不利。

修編者　謹識

目　錄

PART Ⅰ

PART Ⅱ

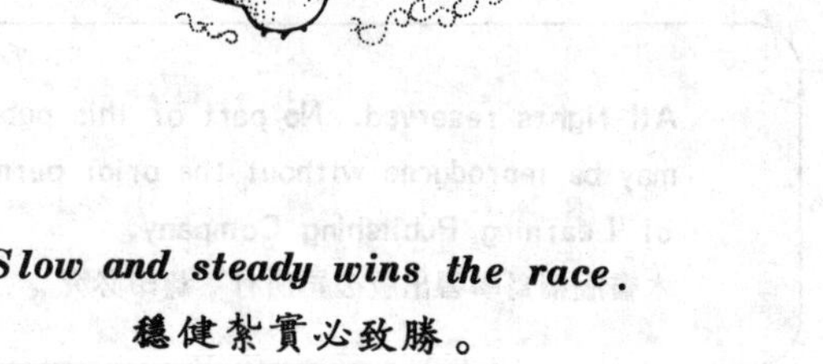

Slow and steady wins the race.

穩健紮實必致勝。

Editorial Staff

●修編／謝靜芳

●校訂／劉　毅・陳瑠琍・陳美黛・張玉玲
黃馨週・鄭明俊・施悅文・蔡琇瑩
黃慧玉

●校閱／Tomas Deneau・Kenyon T. Cotton
John C. Didier・Bruce S. Stewart

●美編／張鳳儀・周國成・白雪嬌

●封面設計／許靜雯

●打字／黃淑貞・倪秀梅・蘇淑玲・吳秋香

All rights reserved. No part of this publication may be reproduced without the prior permission of Learning Publishing Company.
本書版權爲學習出版公司所有，翻印必究。

二專70分單字篇

■ **ability** 〔ə'bɪlətɪ〕	名能力；才幹 *enable*〔ɪn'ebḷ〕動使能夠
■ **abound** 〔ə'baʊnd〕	動富於；充滿 **abundant**〔ə'bʌndənt〕形豐富的 **abundance** 名豐富
■ **abroad** 〔ə'brɔd〕	副在國外；廣布 go *abroad* 到國外去 spread *abroad* 遠播
■ **abrupt** 〔ə'brʌpt〕	形突然的（= *sudden*）；陡峭的 come to an *abrupt* stop 緊急停止
■ **absolute** 〔'æbsə,lut〕	形絕對的；完全的；專制的 *absolutely* 副絕對地；完全地
■ **absorb** 〔əb'sɔrb〕	動吸收；使全神貫注 He is *absorbed* in reading. 他專心讀書。
■ **accept** 〔ək'sɛpt〕	動接受 *accept* an office 承擔一項職務 *acceptance* 名接受；承認
■ **accordance** 〔ə'kɔrdṇs〕	名一致；和諧 in *accordance* with 依照；根據
■ **account** 〔ə'kaʊnt〕	名說明；理由 動說明；解釋（*account for* ～） on *account* of ～ 爲～理由；爲～的緣故 on no *account* 絕不
■ **accumulate** 〔ə'kjumjə,let〕	動積聚；累積 Dust *accumulated* on the desk. 桌上積滿灰塵。
■ **accurate** 〔'ækjərɪt〕	形正確的 *accuracy* 名正確性；準確性
■ **accustom** 〔ə'kʌstəm〕	動習慣於 *accustomed* 形通常的；習慣的
■ **acquire** 〔ə'kwaɪr〕	動獲得；學得 *acquire* many skills 學會許多技術
■ **add** 〔æd〕	動增加（*add* to ～）*addition* 名加（法）；附加物 in *addition* to 除…之外
■ **admire** 〔əd'maɪr〕	動讚賞；羨慕 *admiration* 名讚賞；欽佩 *admirable*〔'ædmərəbl〕形令人欽佩的；極佳的

■歷屆考題・精選試題

______1. Hard work will (able) one to become successful.
(努力工作使人成功。) 〔74、79師大工教，78教育學院、護二專〕

______2. Bell's first telephone (able) him to speak to his assistant who was at the end of a wire one hundred yards long.
(貝爾的第一架電話機使他能夠和他的助手，在一百碼遠的線的另一端通話。) 〔68二專夜〕

( ) 3. Carbonic acid is formed when water ________ carbon dioxide. (A) abounds (B) absorps (C) absorbs (D) abstract
(當水吸收二氧化碳後即產生炭酸。) 〔73二專，80四技工專〕

( ) 4. An ________ ruler need not ask anyone for permission to do a thing. (A) absolute (B) abundant (C) executive (D) grateful
(一個專制的統治者可爲所欲爲，而無需得到任何人的允許。) 〔74師大工教〕

( ) 5. The book he wrote met with a cold ________.
(A) activity (B) ability (C) accident (D) acceptance
(他所寫的書不受歡迎。) 〔74師大工教，78嘉義農專〕

( ) 6. He is very capable; that ________ for his rapid promotion. (A) accounts (B) explains (C) accepts (D) accustom
(他非常能幹；那說明了他擢升很快的原因。) 〔78保送甄試、中商專、北商專、高屏二專夜，80北二專夜〕

( ) 7. He ________ great wealth by hard work and wise investment.
(A) acumulated (B) accumlated (C) accumulated (D) accumulatted
(他由於工作努力和投資適當，而積聚了大筆的財富。) 〔78教育學院〕

( ) 8. The museum ________ in old Italian paintings.
(A) abound (B) abrund (C) abounds (D) abunded
(這間博物館有很多古老的義大利圖畫。)

ANSWERS

1. enable	2. enabled	3. (C)	4. (A)
5. (D)	6. (A)	7. (C)	8. (C)

■ **affirmative** 〔ə'fɝmətɪv〕 形肯定的；斷言的 名肯定；贊成
answer in the *affirmative* 肯定地回答

■ **afford** 〔ə'ford〕 動給予；足以（can *afford*） I cannot *afford* (to keep) a car. 我養不起一部汽車。

■ **agree** 〔ə'gri〕 動同意；答應（*agree with*＋人； *agree to*＋事）
agreeable 形欣然同意的
agreement 名（意見、趣味）一致；同意

■ **agriculture** 〔'ægrɪ,kʌltʃɚ〕 名農業 ***agricultural***〔,ægrɪ'kʌltʃərəl〕形農業的
agricultural products 農產品

■ **aim** 〔em〕 動瞄準；對著～擲去 名瞄準；目的
aim at a mark 針對目標

■ **alert** 〔ə'lɝt〕 形警覺的 名警戒狀態 on the *alert* 提防；注意

■ **allow** 〔ə'laʊ〕 動允許；給與（金錢）；酌量增加或減少（*allow* for）
allowance 名津貼；許可；酌加（減）額

■ **alter** 〔'ɔltɚ〕 動改變；修改 If it rains, we'll have to *alter* our plan. 如果下雨，我們就得變更計畫。

■ **alternative** 〔ɔl'tɝnətɪv〕 名形二者任擇其一（的）；選擇之事物
You have no *alternative* but to stay here.
你沒有選擇餘地，只能留在這裡。

■ **amaze** 〔ə'mez〕 動使吃驚 ***amazing*** 形驚人的 at an *amazing* speed 以驚人的速度 ***amazement*** 名驚訝

■ **amount** 〔ə'maʊnt〕 動總計（*amount to*～）；等於 名總數；本利和
The total *amounts* to $100,000. 總額共達十萬美元。

■ **ancient** 〔'enʃənt〕 形古代的；舊式的
ancient civilization 古文明

■ **apparent** 〔ə'pærənt〕 形顯明的；外表上的
apparent to the naked eye 肉眼可見的

■歷屆考題・精選試題

(　　) 1. ________, he was surprised at the news. (A) Appear (B) Apparently (C) Appearance（顯然地，他對這消息感到很驚訝。）

〔71空中商專〕

________ 2. I cannot ________ the time nor the money.

（我抽不出時間，也付不起錢。）

〔75台北工專，76教育學院，81保送甄試〕

(　　) 3. The girl was ________ to our study plan. (A) agreeable (B) agree (C) agreed (D) agreement

（女孩欣然贊同我們的讀書計畫。）〔78北商專、中商專，80四技工專〕

(　　) 4. 選錯的：(A) alternative (B) agriculture (C) afirmative (D) apparent (E) ancient 〔77空中商專、高屏二專夜、技術學院〕

(　　) 5. The President's speech was ________ at men in his own party. (A) aimed (B) aiming (C) aim (D) aimless

（總統的演說是針對他的同黨人士而發的。）

〔78北商專、中商專，80中二專夜〕

(　　) 6. They were on the ________ for the earthquake. (A) alter (B) alert (C) alertness (D) aleut（他們注意地震。）〔76北商專〕

(　　) 7. Smoking is not ________ here. (A) permit (B) alter (C) amazed (D) allowed（此處不准吸煙。）〔78護二專〕

(　　) 8. These clothes are too large; they must be ________. (A) changed (B) altared (C) altered (D) alternated

（這些衣服太大，必須加以修改。）〔80四技商專〕

(　　) 9. You have no ________ but to stay here. (A) alterability (B) alteran (C) alternative (D) alternation

（你別無選擇只能留在這裏。）

ANSWERS

1. (B)	2. afford	3. (A)	4. (C)	5. (A)
6. (B)	7. (D)	8. (C)	9. (C)	

■ **approach** ［ə'protʃ］ 動接近 名接近；(研究學問的)門徑
Spring is *approaching*. 春天漸近了。

■ **apt** ［æpt］ 形適當的；易於(*be apt to*+V.)
We are *apt* to make mistakes. 我們易於犯錯。

■ **arbitrary** ［'ɑrbə,trɛrɪ］ 形任意的；獨斷的
make *arbitrary* decisions 武斷下決定

■ **architect** ［'ɑrkə,tɛkt］ 名建築師；創造者 We are the *architects* of our own fortunes. 我們是自己命運的創造者。

■ **architecture** ［'ɑrkə,tɛktʃɚ］ 名建築(的式樣)；(集合名詞)建築物
the *architecture* of Greece 希臘式建築

■ **ardent** ［'ɑrdn̩t］ 形熱情的；激烈的 *ardent* spirits 烈酒
ardent patriot 熱心愛國者

■ **argue** ［'ɑrgjʊ］ 動辯論；主張
argument 名辯論；論據

■ **ascend** ［ə'sɛnd］ 動登；上升 *ascend* the throne 即位
ascent 名攀登；斜坡

■ **assert** ［ə'sɝt］ 動斷言；主張
assert oneself 堅持自己的權利；出鋒頭

■ **assessment** ［ə'sɛsmənt］ 名評估 the *assessment* of taxes 稅額的評估
assess 動評估；課(稅或其他費用)

■ **associate** ［ə'soʃɪ,et］ 動聯想；結合 名［ə'soʃɪɪt］同伴
association 名協會；聯想
Young Men's Christian *Association* 基督教青年會

■ **assure** ［ə'ʃʊr］ 動確信；保證
assuredly 副確定地；確實地(＝surely)

■ **astonish** ［ə'stɑnɪʃ］ 動使驚訝；使驚駭 be *astonished at* ～ 對～感到驚訝 *astonishment* 名驚訝

■ **astronomy** ［ə'strɑnəmɪ］ 名天文學 *astronomic* 形天文學的
an *astronomic* observatory 天文台

■歷屆考題・精選試題

(　) 1. He likes to ________ with every kind of people. (A) interfere (B) counsel (C) dedicate (D) associate
(他喜歡結交每一種類型的朋友。) 〔76教育學院, 77、78中二專夜〕

(　) 2. I heard to my ________ that she was ill. (A) astonish (B) astonished (C) astonishment (D) astonishing
(聽到她生病，我感到很驚訝。) 〔73中二專夜, 77空中商專〕

(　) 3. As we ________ the man, we saw that he was blind. (A) closed (B) approached (C) intimated (D) recented
(我們走近這人時，看到他是瞎子。) 〔75空中商專〕

(　) 4. Cast iron is ________ to break. (A) apt (B) easily (C) attempt (D) attemped (生鐵易於斷折。)

(　) 5. A good judge tries to be fair and does not make ________ decisions. (A) abitrary (B) abitary (C) arbitary (D) arbitrary
(優秀的法官儘量求公正，而不做武斷的決定。)

(　) 6. An ________ is a person who designs buildings and superintends their construction. (A) achitect (B) architect (C) architecture (D) arckitect (建築師乃設計房屋並監督其建築者。)
〔75嘉南二專夜, 79二專〕

(　) 7. I ________ with him about the matter. (A) argued (C) debated (C) checks (D) discussing
(我和他爭論這件事。) 〔81北二專夜〕

(　) 8. Does hard work usually ________ success? (A) give (B) assert (C) assure (D) decide (努力工作是否常能保證成功呢？)
〔75技術學院〕

ANSWERS

1. (D)	2. (C)	3. (B)	4. (A)
5. (D)	6. (B)	7. (A)	8. (C)

■ **atmosphere** 名大氣；氣壓；氣氛 I enjoyed the friendly *atmosphere* of the tea party. 我喜歡茶會中友善的氣氛。
〔'ætməs,fɪr〕

■ **attach** 動附上；繫上；屬於
〔ə'tætʃ〕 He *attached* a tag *to* his bag. 他在袋子上綁上標籤。

■ **attain** 動達成（目的或願望）；到達（attain to～）
〔ə'ten〕 *attain* a full success 獲得全面成功

■ **attempt** 動嘗試（＝*try*）；攻擊 名嘗試
〔ə'tɛmpt〕 to *attempt* a person's life 欲殺害某人

■ **attend** 動出席；照顧（*attend* on）；注意（*attend* to～）
〔ə'tɛnd〕 ***attendance*** 名出席；照料

■ **attention** 名注意；(*pl.*) 殷勤
〔ə'tɛnʃən〕 I paid *attention* to what he said. 我注意聽他說話。

■ **attitude** 名態度；姿勢
〔'ætə,tjud〕 strike an *attitude* 裝模作樣

■ **avail** 動有用；有效 名益處 to no *avail* 徒勞無功
〔ə'vel〕 ***available***〔ə'veləbl̩〕形可利用的；有效的

■ **average** 名形平均(的) 動平均
〔'ævərɪdʒ〕 on an (*or* the) *average* 平均而言

■ **aware** 形知道的；通曉的
〔ə'wɛr〕 I was *aware* of the danger. 我覺察到危險。

■ **bare** 形赤裸的（＝*naked*） lay *bare* 揭發；暴露
〔bɛr〕 by a *bare* majority 勉強過半數

■ **barren** 形不生產的（指土地）；不孕的 It is useless to continue such a *barren* argument. 持續如此無益的爭吵是無用的。
〔'bærən〕

■ **battle** 名戰爭 win (lose) a *battle* 戰勝（敗）
〔'bætl̩〕 to give *battle* 挑戰
be killed in *battle* 戰死

■歷屆考題・精選試題

( ) 1. They have tried all ________ means to open the door.
(A) avail (B) availability (C) available
（他們曾經試用所有可用的方法來開這扇門。）
〔78中二專夜,80四技工專、保送甄試、嘉南二專夜,81四技商專〕

( ) 2. Since man's first attempt to land on the moon was successful, more and more valuable information about the moon has been obtained.
(A) make an effort at (B) attack (C) effort (D) attacking
（自從人類第一次嘗試登陸月球成功後，已經獲得越來越多有關月球的有價值的訊息。） 〔77教育學院,80四技商專,81北二專夜〕

( ) 3. We live at the bottom of the atmosphere.
(A) good circumstances (B) financial condition (C) the climate of the earth (D) the air surrounding the earth
（我們住在大氣層下。） 〔78教育學院,81保送甄試〕

( ) 4. I don't know what happened at the meeting because I wasn't able to ________.
(A) apply (B) attend (C) intend (D) depart
〔69技術學院,80四技工專、高屏二專夜,81保送甄試〕

( ) 5. Although only of ________ intelligence, he speaks four languages fluently.
(A) average (B) middle (C) minor (D) high
〔76北二專夜,78技術學院、保送甄試、嘉南二專夜,80北二專夜〕

( ) 6. He ________ success through hard work.
(A) attached (B) attained (C) attended (D) attested
（他經由努力工作而獲得成功。） 〔75教育學院,77技術學院〕

( ) 7. He doesn't ________ church very often.
(A) attend (B) take (C) get (D) go （他不常上教堂。）
〔80四技工專、高屏二專夜,81保送甄試〕

ANSWERS

1. (C) 2. (C) 3. (D) 4. (B) 5. (A) 6. (B) 7. (A)

■ **beast** 〔bist〕 图走獸；獸性 the *beast* in man 人類的獸性 a wild *beast* 野獸

■ **beat** 〔bit〕 動連續地擊打；擊敗（beat; beaten *or* beat） 图敲打；搏動 *beat* about（*or* around）the bush 旁敲側擊（拐彎抹角）

■ **behave** 〔bɪ'hev〕 動擧止；（指機器等）運轉
Behave yourself！守規矩一點！
behavio(u)r〔bɪ'hevjɚ〕图行爲；待人的態度

■ **bent** 〔bɛnt〕 形彎曲的；專心致力的（*bent* (up)on～）图性向
動 bend 的過去式，過去分詞

■ **billion** 〔'bɪljən〕 图十億 ***billionaire***〔,bɪljən'ɛr〕图億萬富翁

■ **bitter** 〔'bɪtɚ〕 形有苦味的；難受的 图苦 taste the sweets and *bitters* of life 備嚐人生的甘苦

■ **blame** 〔blem〕 動譴責；歸咎 图過失；非難
be to *blame* 應受譴責

■ **bless** 〔blɛs〕 動祝福；保佑（blessed *or* blest）
blessed〔'blɛsɪd〕形神聖的；幸福的

■ **bough** 〔baʊ〕 图樹枝（粗枝）
a *bough* loaded with apples 蘋果纍纍的樹枝

■ **burst** 〔bɝst〕 動爆炸；脹裂 图爆炸；猝發
burst into tears 突然大哭起來

■ **capable** 〔'kepəbl̩〕 形有能力的；容許…的（capable of ～）
capability〔,kepə'bɪlətɪ〕图能力；潛能

■ **capacity** 〔kə'pæsətɪ〕 图容量；性能；身份 at *capacity* 以最大生產力
capacious〔kə'peʃəs〕形容量大的；寬綽的

■ **captivity** 〔kæp'tɪvətɪ〕 图囚禁；被俘虜的狀態 in *captivity* 被囚禁
capture〔'kæptʃɚ〕图捕獲；俘虜 動虜獲；捕捉

■歷屆考題・精選試題

______ 1. His（behave）was very bad.
（他的行爲非常惡劣。）〔74、80高屏二專夜, 80保送甄試〕

(　) 2. He ________ me in English. (A) beasts (B) beats (C) battles (D) bearts（他的英文優於我。）〔78技術學院、嘉南二專夜〕

(　) 3. She ________ as if she were a child. (A) battles (B) learned (C) behooved (D) behaves（她行爲如小孩。）〔74高屏二專夜〕

(　) 4. She is ________ on becoming a pianist. (A) bent (B) decided (C) being (D) bend（他決心做鋼琴家。）

(　) 5. I wish Mark would ______ a little better when we have visitors.
(A) affect (B) behave (C) conduct (D) compose
（當我們有訪客時，我希望馬克能守規矩一點。）〔75師大工教〕

(　) 6. His failure to pass the examination was a ________ disappointment. (A) beaten (B) bit (C) bitter (D) blessed
（他考試失敗是一件極令人失望的事。）〔78教育學院, 80四技商專〕

(　) 7. Bad workmen often ________ their tools.
(A) complain (B) blame (C) censure (D) reproach
（拙劣的工人常常怪他們的工具不好。）〔81四技工專〕

(　) 8. It is more ________ to give than to receive. (A) unhappy (B) blamed (C) barren (D) blessed（施比受更有福。）
〔78教育學院〕

(　) 9. Some birds will not sing in ________.
(A) capacity (B) capture (C) capability (D) captivity
（有的鳥被關住就不肯鳴叫。）〔74中商專, 77高屏二專夜〕

ANSWERS

1. behavior	2. (B)	3. (D)	4. (A)	5. (B)
6. (C)	7. (B)	8. (D)	9. (D)	

■ **cease** 〔sis〕
動停止；終止（＝*stop*） 名終止
without *cease* 永無休止

■ **century** 〔'sɛntʃərɪ〕
名世紀；100年
in the 20th *century* 在20世紀

■ **character** 〔'kærɪktɚ〕
名性格；特質 in *character* 適合個性的
characteristic〔,kærɪktə'rɪstɪk〕名特徵 形特有的

■ **cherish** 〔'tʃɛrɪʃ〕
動珍愛；撫育；心中懷著
cherish a hope（an ambition）懷抱著希望（野心）

■ **circumstance** 〔'sɝkəm,stæns〕
名（常用複數）情況；環境
under no *circumstances* 決不

■ **citizen** 〔'sɪtəzn̩〕
名市民；公民 an American citizen 美國國民
a *citizen* of the world（＝*cosmopolitan*）世界公民

■ **civilize** 〔'sɪvl̩,aɪz〕
動使開化；教化 *civilized* countries 文明國家
civilization 名 文明
ancient Chinese *civilization* 古代中國文明

■ **claim** 〔klem〕
動要求承認所有權；聲言 名要求；主張；權利
lay *claim* to～ 宣稱（某物）應歸其所有

■ **common** 〔'kɑmən〕
形共同的；普通的 *common* sense 常識 *commons*
名平民；下議院議員 the *Commons* 下議院

■ **compare** 〔kəm'pɛr〕
動比較；匹敵（常用於否定句或疑問句）
comparable〔'kɑmpərəbl̩〕形可與…相比的
comparison〔kəm'pærəsn̩〕名比較

■ **complete** 〔kəm'plit〕
形完整的；徹底的 動完成 the *complete* works of Shakespeare 莎士比亞全集

■ **complex** 〔'kɑmplɛks〕
形合成的；複雜的 名複合物 *complexion* 名膚色
complexity〔kəm'plɛksɪtɪ〕名複雜

■ **complicate** 〔'kɑmplə,ket〕
動使複雜；使惡化
complication 名複雜；併發症

■歷屆考題・精選試題

( ) 1. After ________ of study we now know the answer.
(A) centories (B) centurys (C) centjuries (D) centuries
(E) centiuries
（經過幾世紀的研究後，現在我們知道答案了。）〔80師大工教〕

______ 2. A man whose chief hope is lots of money is selfish and greedy, so we can tell a man's c______r by the things he hopes for.（一個以大量金錢爲主要希望的人，是自私且貪婪的，所以我們可從人們希求的東西來分辨他的人格。）〔78技術學院〕

( ) 3. The heart will ______ to beat when life ceases.
(A) still (B) go (C) cease (D) continue
（壽命告終時，心臟即停止跳動。）

( ) 4. She ________ no resentment. (A) charged (B) cherished
(C) challenged (D) captured（她不懷恨。）

( ) 5. He was forced by______to do this.
(A) circumtance (B) circumtence (C) circumstantial
(D) circumstances （他做這件事是環境所迫。）

( ) 6. Many Chinese in the United States have become American ________. (A) citizen (B) citizens (C) subject (D) subjects
（許多在美國的中國人已成爲美國的公民。）〔78台北工專〕

( ) 7. Life is getting more ________ and difficult.〔75、77技術學院〕
(A) complex (B) complexity (C) complexion (D) complete

( ) 8. characteristic (A) at (B) bed (C) eel (D) it（選與重母音相同者）
〔75、77高屛二專夜，75北二專夜、中商專，78技術學院〕

ANSWERS

1. (D)	2. character	3. (C)	4. (B)
5. (D)	6. (B)	7. (A)	8. (D)

■ **comprehend** 〔,kɑmprɪ'hɛnd〕 動理解（＝*understand*）；包含 ***comprehension*** 名理解（力） ***comprehensive*** 形有理解力的

■ **conceive** 〔kən'siv〕 動想像；構思；懷孕 ***conceivable*** 形可想像的；可料想到的

■ **concentrate** 〔'kɑnsn̩,tret〕 動集中；專注 ***concentration*** 名集中；專心 ***concentrated*** 形集中的 *concentration* camp 集中營

■ **concern** 〔kən'sɝn〕 動與…有關係；關心 名關心 as *concerns*～ 關於～ so far as I am *concerned* 就我個人而言

■ **condemn** 〔kən'dɛm〕 動責難；判罪 The prisoner was *condemned* to death. 那個罪犯被判死刑。

■ **conquer** 〔'kɔŋkɚ〕 動征服；得勝 ***conquest***〔'kɑŋkwɛst〕名征服；戰利品 ***conqueror*** 名征服者

■ **consequence** 〔'kɑnsə,kwɛns〕 名結果；重要性（＝*importance*） as a *consequence* 因此 in *consequence*（of）由於

■ **conservative** 〔kən'sɝvətɪv〕 形保守的；防腐的 名保守主義者；防腐劑 the *Conservative* Party〔英〕保守黨

■ **consider** 〔kən'sɪdɚ〕 動思考；考慮；以爲（＝*think*） ***consideration*** 名考慮；報酬 take～into *consideration* 考慮；斟酌

■ **considerable** 〔kən'sɪdərəbl̩〕 形值得考慮的；重要的；相當多（大）的 ＜比較＞ ***considerate***〔kən'sɪdərɪt〕形體貼的；考慮週到的

■ **consist** 〔kən'sɪst〕 動由…組成（*consist* of～）；在於（*consist* in～）；符合（*consist* with～）
consistent 形（言行、思想）一致的；相合的

■ **construct** 〔kən'strʌkt〕 動構成；建造 *construct* a bridge 造橋
constructive 形構造上的；建設性的

■ **contain** 〔kən'ten〕 動包含；容納 This bottle *contains* 5 glasses of fruit juice. 這瓶子可容納五杯的果汁。

■歷屆考題・精選試題

( ) 1. Our ________ opinion is that he will succeed.
(A) doubt (B) calculate (C) considered (D) indifferently.
（我們認爲他會成功。） 〔75、78北二專夜，78保送甄試，79師大工教〕

( ) 2. The use of steel frame for ________ was a direct response to the demand for taller buildings.
(A) contraction (B) contribution (C) contriction (D) construction (E) consultation（建築物採用鋼製骨架，是對較高建築物的需求之直接反應。） 〔75師大工教、台北工專，77教育學院，78中二專夜〕

( ) 3. To ________ a country, the first thing to do is to develop education. (A) conquer (B) threaten (C) occupy (D) construction (E) modernize
（要征服一個國家，發展教育是首要的事。）
〔75中二專夜，80北二專夜〕

( ) 4. To think over something is to ________ it.
(A) repeat (B) prevent (C) consider (D) describe
（考慮某事就是去思考它。） 〔80、81四技商專，80四技工專、師大工教〕

( ) 5. We would appreciate very much your writing to us giving your ((A) consideration (B) considering (C) considered) opinion of this applicant.（若蒙寫信告知您對該申請人的寶貴意見，則不勝感激。） 〔68空中商專〕

( ) 6. My brother couldn't go; ________ I went instead. (A) so as (B) consequently (C) rather (D) accordingly
（我哥哥不能去，結果我代他去。） 〔75師大工教，77北二專夜〕

( ) 7. 構造 (A) instruction (B) construction (C) destruction (D) frustration 〔69教育學院，79師大工教〕

ANSWERS

1. (C)	2. (D)	3. (A)	4. (C)
5. (C)	6. (B)	7. (B)	

■ **contemplate** 〔ˈkɑntəm,plet〕 動 凝視；沈思 ***contemplation*** 名 注視；默想 be in *contemplation* 在研究計畫中

■ **contemporary** 〔kənˈtɛmpə,rɛrɪ〕 形 現代的；同時代的 名 同時代的人 *contemporary* writers 現代作家

■ **content** 〔ˈkɑntɛnt〕 名（常用複數）內容；目錄；〔kənˈtɛnt〕滿足 形〔kənˈtɛnt〕滿足的 動〔kənˈtɛnt〕滿足 to one's heart's *content* 心滿意足地；盡情地

■ **continue** 〔kənˈtɪnjʊ〕 動 繼續；連續 ***continual*** 形 連續的（有短暫的間歇） ***continuous*** 形 連續不斷的 a *continuous* line of cars 連續不斷的車列

■ **contradict** 〔,kɑntrəˈdɪkt〕 動 反駁；（事實等）與…相矛盾 These reports *contradict* each other. 這些報告彼此矛盾。 ***contradiction*** 名 矛盾；反駁

■ **contrary** 〔ˈkɑntrɛrɪ〕 形 相反的 名 反面 on the *contrary* 反之；相反地

■ **contribute** 〔kənˈtrɪbjʊt〕 動 捐助；貢獻；投稿（報紙、雜誌） Self-control *contributed* to his success. 自制促成他的成功。 ***contribution*** 名 貢獻；投稿

■ **convenient** 〔kənˈvinjənt〕 形 方便的；適宜的（↔ *inconvenient*） ***convenience*** 名 方便；適合 for *convenience* 為方便起見

■ **create** 〔krɪˈet〕 動 創造；製造 ***creation*** 名 創造；創造物 ***creative*** 形 有創造力的 the lord of *creation* 萬物之靈

■ **crisis** 〔ˈkraɪsɪs〕 名（複數 crises）危機；轉捩點 pass the *crisis* 度過難關 ***critical*** 〔ˈkrɪtɪkl〕 形 批評的；危急的

■ **crop** 〔krɑp〕 名 農作物；收成 We had a fine *crop* of apples. 我們的蘋果豐收。

■ **culture** 〔ˈkʌltʃɚ〕 名 培養；教養；文化 Chinese *culture* 中國文化 ***cultural*** 形 栽培的；教養上的；文化的

■歷屆考題・精選試題

______1. I will come whenever it is ________ to you.
（只要你方便，我隨時可以來。）〔80四技商專，81保送甄試〕

(　) 2. Dreams go by______. (A) convenience (B) sacrifices (C) contraries (D) creation （夢預兆相反的事。）
〔77中二專夜，78護二專、技術學院〕

______3. We can go to the beach (convenience).
（我們去海邊很便利。）〔72二專〕

(　) 4. America was not______with having become the protagonist in the Second World War. (A) contempt (B) contrary (C) contend (D) content （美國並不以在第二次世界大戰中成爲主角而滿足。）
〔78護二專〕

(　) 5. We Chinese are proud of our glorious ________.
(A) culture (B) lecture (C) structure (D) temperature
（我們中國人以光輝的文化爲榮。）〔76技術學院、中二專夜，77空中商專〕

(　) 6. 選錯的：(A) comtenporary (B) contradict (C) cultural (D) contemplate (E) contribute 〔79師大工教，77教育學院〕

(　) 7. Nobel prizes are awarded to those who have made valuable ________ to the good of humanity. (A) capacity (B) sacrifices (C) contributions (D) responsibilities （諾貝爾獎是頒給那些對人類利益做有價值的貢獻者。）〔75技術學院，77教育學院，80四技商專〕

(　) 8. The writer has a ________ mind, so he has produced a lot of novels. 〔77中二專夜，78技術學院，79二專，80四技商專〕
(A) creative (B) create (C) creation (D) creator

(　) 9. The patient is in a______condition. (A) main (B) scientific (C) quick (D) efficient (E) critical 〔75二專〕

ANSWERS

1. convenient　2. (C)　3. conveniently
4. (D)　5. (A)　6. (A)　7. (C)　8. (A)　9. (E)

■ **cure** 〔kjʊr〕 動 治療；祛除 名 治療；治療法
This will *cure* you of your cold. 這會治好你的感冒。

■ **custom** 〔'kʌstəm〕 名（個人的）習慣；（社會的）習俗；(*pl.*) 海關
It is his *custom* to get up early. 他習慣早起。

■ **damage** 〔'dæmɪdʒ〕 名 損害；損傷 Frost *did* much *damage to* the crops. 霜對農作物造成很大的損害。

■ **dangerous** 〔'dendʒərəs〕 形 危險的 a *dangerous* bridge 危險的橋
endanger 動 危害；危及

■ **decade** 〔'dɛked〕 名 十年 Prices have risen a lot during the past *decade*. 在過去十年間，物價大幅上漲。

■ **define** 〔dɪ'faɪn〕 動 下定義；表明（意見立場）
definition 〔,dɛfə'nɪʃən〕 名 定義
definite 形 明確的 a *definite* answer 明確的答覆

■ **defy** 〔dɪ'faɪ〕 動 不服從；公然反抗
He *defied* his superiors. 他違抗長上。

■ **degree** 〔dɪ'gri〕 名 程度；度數 by *degrees* 漸漸地
to a certain *degree* 有幾分；到某種程度

■ **delay** 〔dɪ'le〕 動 延期；耽擱 名 延期
without *delay* 不耽誤地；立即
delay ～ for a week 把～延後一星期

■ **delight** 〔dɪ'laɪt〕 動 使喜悅 名 欣喜 take *delight* in ～ 樂於～
The music *delights* the ear. 這音樂很悅耳。

■ **demand** 〔dɪ'mænd〕 動 要求；需要 名 要求；需要（↔ *supply* 供給）
Taxis are in great *demand* on rainy days.
雨天需要很多計程車。

■ **deny** 〔dɪ'naɪ〕 動 否認；拒絕 *deny* ～ nothing 對～百依百順
denial 名 否認；拒絕

歷屆考題・精選試題

(　　) 1. 要求：(A) diamond (B) demon (C) command (D) demand

〔79師大工教,80中二專夜〕

(　　) 2. It's our responsibility to ______ society of a social evil. (A) cure (B) quit (C) rid (D) add

（爲社會除公害是我們的責任。） 〔77空中商專,81北二專夜〕

(　　) 3. A long period of dry weather resulted in much ______ to the farmers. (A) interest (B) crop (C) product (D) damage

（長時期的乾旱導致農民損失慘重。） 〔76教育學院,77技術學院〕

(　　) 4. Typhoons often result in much ______ to homes and crops. (A) damage (B) profit (C) benefit (D) welfare

（颱風常導致房屋及農作物損失慘重。）〔72保送甄試,79師大工教〕

______ 5. The d______e to the house caused by the storm took several days to repair.

（暴風引起的房屋損害須幾天才能修好。）〔69師大工教,80四技工專〕

(　　) 6. It is ______ to walk too near the edge of a cliff. (A) danger (B) endanger (C) dangerous (D) dangerously

（走得太靠近懸崖的邊緣是危險的。） 〔79師大工教,80保送甄試〕

______ 7. We all hope to get a ______ (define) answer from him soon.（我們都希望能儘快從他那兒得到明確的答案。）

〔78護二專,81四技商專〕

(　　) 8. Justice must not be ______ to anyone, however poor he may be. (A) recepted (B) departed (C) denied (D) mocked (E) plumped（任何人均應受到公平待遇，無論其如何貧窮。）

ANSWERS

1. (D)	2. (A)	3. (D)	4. (A)
5. damage	6. (C)	7. definite	8. (C)

■ **departure** 名 離開；背離 take one's *departure* 出發
〔dɪ'pɑrtʃɚ〕 ***depart*** 動（火車等）出發；違反（傳統；習慣）

■ **depend** 動 信賴；依賴；視～而定（*depend* (up)on～）
〔dɪ'pɛnd〕 *Depend* upon it, he'll come. 不錯，他會來。

■ **deserve** 動 應得；應受（賞罰）
〔dɪ'zɝv〕 Good work *deserves* good pay.
好的工作應得好的報酬。

■ **desire** 名 慾望；願望 動 想要；要求
〔dɪ'zaɪr〕 leave much to be *desired* 缺點不少

■ **destroy** 動 破壞；消滅
〔dɪ'strɔɪ〕 ***destruction***〔dɪ'strʌkʃən〕名 破壞
destructive 形 破壞的

■ **detached** 形 分開的；超然的 ***detach*** 動 分開；派遣
〔dɪ'tætʃt〕 He takes a *detached* view. 他採取超然的見解。

■ **detail** 名 細節；詳情 動〔dɪ'tel〕詳述
〔'ditel〕 explain the matter *in detail* 詳細解說這件事

■ **determine** 動 決定；決心 I am *determined* to go. 我決定要去。
〔dɪ'tɝmɪn〕 ***determination*** 名 決心；決意

■ **develop** 動 發展；使顯影 *develop* the films 冲洗相片
〔dɪ'vɛləp〕 ***development*** 名 發達；發展

■ **direction** 名 方向；(*pl.*) 說明（書）
〔də'rɛkʃən〕 In which *direction* did he go? 他往那個方向走？

■ **discourage** 動 使沮喪；勸阻；灰心
〔dɪs'kɝɪdʒ〕 I don't get *discouraged* easily. 我不輕易灰心。

■ **disease** 名 疾病（= *illness*, *sickness*）
〔dɪ'ziz〕 die of *disease* 病死 a family *disease* 遺傳病

■歷屆考題・精選試題

(　　) 1. (選錯的) (A) occupation (B) output (C) patent (D) developement 〔72二專，78師大工教、中二專夜〕

(　　) 2. That plane was flying in a southern ________ when we noticed it. (A) side (B) road (C) path (D) direction
(當我們注意到時，飛機正在南方飛。) 〔77北商專，78中二專夜〕

______ 3. If the d______e is infectious, the patient is quarantined.
(如果這病具有傳染性，病人須隔離檢疫。)
〔78教育學院，81四技商專〕

(　　) 4. Whether I go or I stay ________ upon the news we get about Mother's health. (A) depends (B) depending (C) dependent (D) depend (我是否走還是留下來，要視我們得到的母親健康情況的消息而定。)
〔74嘉南二專夜，75、78教育學院，80北二專夜〕

(　　) 5. There are notices showing arrivals and ________ of trains near the booking-office. (A) departs (B) departments (C) departures (D) dependents
(在售票處附近有公告說明火車到站及開出的時刻。)

(　　) 6. If you do wrong, you ________ punishment.
(A) destroy (B) deserve (C) desire (D) develop
(如果你做錯事，就應該受罰。) 〔75技術學院，77高屏二專夜〕

______ 7. His teachings had great influence on the (develop) of Chinese thought.
(他的教義對中國思想的發展有很大的影響。)
〔80保送甄試、中二專夜〕

(　　) 8. The general design of the picture is good, but there is too much ________. (A) detail (B) shape (C) explanation (D) detachment (這幅畫的一般設計很好，但是枝節太多了。)
〔80保送甄試〕

ANSWERS

1. (D)	2. (D)	3. disease	4. (A)
5. (C)	6. (B)	7. development	8. (A)

■ **display** 〔dɪ'sple〕 動 展示；展開 名 陳列；展覽
a fashion *display* 時裝展覽

■ **distance** 〔'dɪstəns〕 名 距離；遠方 at a *distance* 在稍遠處
in the *distance* 在遙遠的地方
distant 形 遙遠的

■ **distinct** 〔dɪ'stɪŋkt〕 形 個別的；清楚的 *distinct* pronunciation 清晰的發音
distinction 名 區別；(表示差異的)特徵

■ **distinguish** 〔dɪ'stɪŋgwɪʃ〕 動 區別；認明 *distinguish* right *from* wrong 辨別是非
distinguished 形 著名的；卓越的

■ **district** 〔'dɪstrɪkt〕 名 行政區；區域
an agricultural *district* 農業區

■ **disturb** 〔dɪ'stɝb〕 動 擾亂；妨害 *disturb* the peace 擾亂治安
disturbance 名 妨害；擾亂

■ **domestic** 〔də'mɛstɪk〕 形 家庭的；國內的
domestic and foreign news 國內外新聞
domestic animals 家畜

■ **dread** 〔drɛd〕 動 害怕；憂慮 名 恐懼
I *dread* to think of it. 我怕想到它。

■ **dreary** 〔'drirɪ〕 形 淒涼的；陰沈的 *dreary* scenery 淒涼的景色
a *dreary* night 寂靜的夜晚

■ **drown** 〔draʊn〕 動 淹死；使耽溺於
A *drowning* man will clutch at a straw. 急不暇擇。

■ **dull** 〔dʌl〕 形 遲鈍的；陰暗的 動 使鈍
dull the edge of～ 使刀口變鈍；減少興趣

■ **duty** 〔'djutɪ〕 名 任務；義務；稅 customs *duties* 關稅
on (off) *duty* 值班(不值班)

■歷屆考題・精選試題

(　) 1. As we looked down from top of the hill, we could just see our house in the______. (A) skyline (B) range (C) horizon (D) distance（我們從山頂看下去，只能看到遠處的房子。）〔79二專〕

(　) 2. Our soldiers ______ no fear under the enemy's fire. (A) looked (B) displayed (C) dispread (D) dispose（我們的士兵在敵人的炮火下，毫無懼色。）〔81保送甄試〕

(　) 3. My house is within walking ______ of the school. (A) distance (B) distant (C) distaste (D) distend（我的房子和學校在步行可及的距離內。）〔75師大工教，78護二專〕

(　) 4. I can't see any ______ between these two flowers. (A) seperation (B) distinguish (C) distinct (D) distinction（我看不出這兩朵花有何區別。）〔79師大工教，80中二專夜〕

(　) 5. People who cannot ______ between colors are said to be color-blind. (A) distinct (B) distinquish (C) distinguish (D) distinction（不能辨別顏色者謂之色盲。）

(　) 6. He ______ the smooth surface of the lake with a stick. (A) disturb (B) distress (C) distrain (D) disturbed（他用棒子攪動平靜的湖面。）〔77嘉南二專夜〕

______ 7. That city is 30 miles (distant) from New York.（該城距離紐約30哩。）〔75師大工教，78護二專〕

(　) 8. He ______ his cares in wine. (A) drinks (B) dried (C) dropped (D) drowned（他藉酒消愁。）〔79二專〕

ANSWERS

1. (D)　2. (B)　3. (A)　4. (D)　5. (C)　6. (D)　7. distant　8. (D)

■ **economy** 名經濟；節約 ***economics*** 名經濟學
〔ɪ'kɑnəmɪ〕 *economy* of time and money 時間、金錢的節約
economic 形經濟的 ***economical*** 形節約的

■ **effect** 名結果；影響；效力 ***effective*** 形有效的
〔ə'fɛkt〕 come into *effect* 生效 in *effect* 實際上

■ **efficient** 形有效率的；能勝任的 ***efficiency*** 名效能；效率
〔ə'fɪʃənt〕 an *efficent* typist 能幹的打字員

■ **effort** 名努力 make *efforts* 努力
〔'ɛfɚt〕 an *effort* to reform 努力從事改革

■ **element** 名要素；初步 be in one's *element* 如魚得水
〔'ɛləmənt〕 ***elemental*** 形要素的 ***elementary*** 形初步的

■ **embarrass** 動使困窘；使侷促不安
〔ɪm'bærəs〕 ***embarrassment*** 名困窘 ***embarrassing*** 形使人爲難的

■ **embody** 動具體表現(思想、感情) ***embodiment*** 名化身
〔ɪm'bɑdɪ〕 The spirit of the age is *embodied* in his writings.
他的作品中具體表現了時代精神。

■ **eminent** 形聞名的；崇高的
〔'ɛmənənt〕 He is *eminent* as a painter. 他是著名的畫家。

■ **emphasize** 動强調 ***emphasis*** 名强調
〔'ɛmfə,saɪz〕 lay *emphasis* (up)on～ 對～加以强調

■ **empty** 形空的 動騰空；倒空
〔'ɛmptɪ〕 an *empty* street 無行人的街道
empty (itself) into 流注

■ **endeavo(u)r** 動努力 名努力
〔ɪn'dɛvɚ〕 *endeavor* after wealth (happiness) 努力追求財富(幸福)

■ **endure** 動忍耐；持久 *endure* forever 永垂不朽
〔ɪn'djʊr〕 ***endurance*** 名忍耐 beyond *endurance* 忍無可忍

■歷屆考題・精選試題

( ) 1. The medicine was so ________ that he was almost back to normal within a few days (A) efficient (B) effective (C) competent (D) proficient（這藥如此有效，以致於他在幾天內就幾乎恢復正常。）〔77嘉南二專夜、高屏二專夜，78護二專〕

( ) 2. Everybody should make an ________ to improve the traffic in Taiwan. (A) efficiency (B) elaboration (C) effort (D) effect（每個人都應致力於改善台灣的交通。）〔78中二專夜，80四技商專，81北二專夜〕

( ) 3. By various little ________, she managed to save a few pounds. (A) gold (B) line (C) economies (D) occupation（以各種瑣碎的節約方法，她設法節省了好幾磅。）〔78北二專夜，80四技商專〕

( ) 4. They have no formal contract, but he is, in ________, her manager. (A) true (B) effect (C) infant (D) house（他們之間沒有訂正式合同，但實際上他是她的經紀人。）〔80四技工專、四技商專，81保送甄試、北二專夜〕

( ) 5. Justice is an important ________ in good government. (A) partan (B) tune (C) zipper (D) element（公平是仁政的要素。）〔78中商專、北商專〕

( ) 6. Meeting strangers ________ the boy so much that he blushed and stammered. (A) embarrassed (B) hummed (C) ignited (D) locked（那孩子在生人面前顯得侷促不安，以致面紅耳赤張口結舌。）〔77、78護二專〕

( ) 7. The new building ________ the idea of the architect. (A) lost (B) knocked (C) embodied (D) pulled（這新建的大廈具體表現了建築師的構想。）

ANSWERS

1. (B)	2. (C)	3. (C)	4. (B)
5. (D)	6. (A)	7. (C)	

■ **engage** 〔ɪn'gedʒ〕
動訂婚；從事 ***engaging*** 形迷人的（= *charming*）
John is *engaged* to Anne. 約翰和安訂婚。

■ **environment** 〔ɪn'vaɪrənmənt〕
名環境 social *environment* 社會環境
environmental〔ɪn,vaɪrən'mɛntl̩〕形環境的

■ **essence** 〔'ɛsn̩s〕
名要素；精髓 the *essence* of goodness 天性善良
essential 形必要的；本質的 名 (*pl.*) 要點

■ **establish** 〔ə'stæblɪʃ〕
動設立；制定 *establish* a new hospital 開設新醫院
establishment 名設立；設立物；機構

■ **evident** 〔'ɛvədənt〕
形明顯的；顯然的 ***evidence*** 名證據；顯著
The *evidence* was against him. 這證據對他不利。

■ **excel** 〔ɪk'sɛl〕
動勝過；優於 He *excels* others in swimming. 他的泳技勝過其他人。 ***excellent***〔'ɛksl̩ənt〕形優秀的
excellence 名優秀

■ **except** 〔ɪk'sɛpt〕
介除～之外 動把～除外 ***exception*** 名例外
without *exception* 無例外；一律

■ **exclude** 〔ɪk'sklud〕
動排除；拒絕（*exclude* ～ from～）
exclusion 名除外 ***exclusive*** 形排他的；獨佔的

■ **exhaust** 〔ɪg'zɔst〕
動用盡；耗盡 名排氣（裝置）
exhaust a well 把井水汲乾
be *exhausted* with hard work 因辛苦的工作而筋疲力盡

■ **exhibit** 〔ɪg'zɪbɪt〕
動展覽；陳列 名展示會；陳列品
exhibition〔,ɛksə'bɪʃən〕名展示；展覽
make an *exhibition* of oneself 出洋相

■ **exist** 〔ɪg'zɪst〕
動存在；生存
existence 名存在；生存
the struggle for *existence* 生存競爭

■ **expect** 〔ɪk'spɛkt〕
動預期；期待 ***expectation*** 名期待
come up to *expectation(s)* 達到理想

■歷屆考題・精選試題

( ) 1. She ________ in dramatics. (A) engender (B) engaged (C) ennobled (D) lengraved (她從事戲劇活動。)〔78保送甄試,79二專〕

( ) 2. The house itself is not particularly to my mind, but I like its ________.
(A) envelopement (B) existence (C) environment (D) equipment
(房子本身我並不特別中意,但我喜歡其環境。)
〔80、81北二專夜,80四技商專,81保送甄試〕

( ) 3. The ________ of morality is right intention.
(A) essance (B) essence (C) evidence (D) excellent
(道德的精髓在於正心。) 〔75、77技術學院,75師大工教、空中商專〕

( ) 4. ________ customs are difficult to alter.
(A) Established (B) Estate (C) Evident (D) Eternized
(制定的習俗難以改變。) 〔73北商專, 74中二專夜, 75空中商專〕

( ) 5. She's the sort of woman who likes to be very much in ________. (A) except (B) excellence (C) grand (D) evidence
(她是那種愛出風頭的女人。) 〔75教育學院、空中商專, 78護二專〕

( ) 6. He ________ in mathematics. (A) exchanges (B) favors (C) excels (D) executes (他擅長數學。) 〔75教育學院〕

( ) 7. All those who took part in the plot, nobody ________, must be punished.
(A) included (B) excepted (C) exception (D) exclusive
(所有參與這陰謀的人,沒有例外,都要受罰。)
〔78護二專, 81北二專夜〕

( ) 8. He moves in very ________ social circles.
(A) exclusive (B) exclusion (C) excluding (D) excluded

ANSWERS

1. (B)	2. (C)	3. (B)	4. (A)
5. (D)	6. (C)	7. (B)	8. (A)

■ **extent** 〔ɪk'stɛnt〕
名 範圍；程度　to a great *extent* 大部分
the whole *extent* of China 中國全土

■ **extraordinary** 〔ɪk'strɔrdn̩, ɛrɪ〕
形 格外的；特別的
➡ extra- (=*beyond*) + ordinary (普通的)
an *extraordinary* event 特別的事件

■ **extreme** 〔ɪk'strim〕
形 極端的；最遠的　名 極端
go (*or* run) to *extremes* 走極端

■ **fail** 〔fel〕
動 失敗；未能 (*fail* to + *v.*)　名 遲誤
without *fail* 無誤；必定
failure 〔'feljɚ〕 名 失敗；故障　power *failure* 停電

■ **fairly** 〔'fɛrlɪ〕
副 公平地；相當地
a *fairly* good salary 相當高的薪水

■ **false** 〔fɔls〕
形 錯的；不實的　a *false* tooth 假牙
make a *false* start 起步錯誤

■ **familiar** 〔fə'mɪljɚ〕
形 親密的；熟悉的 (be *familiar* with ~)
familiarity 〔fə,mɪlɪ'ærətɪ〕 名 親密；熟知

■ **fashion** 〔'fæʃən〕
名 樣式；流行　in (out of) *fashion* 流行 (不流行)
fashionable 形 流行的；時髦的

■ **fate** 〔fet〕
名 命運　動 註定 (be *fated* to + *v.*)
fatal 形 致命的；命中註定的
a *fatal* disease 不治之症

■ **favor** 〔'fevɚ〕
名 好意；恩寵　動 贊助；偏愛　in *favor* of 贊成
favorite 形 最喜愛的　名 最受喜愛之人或物

■ **feature** 〔'fitʃɚ〕
名 特徵；容貌的一部分　動 使~主演；特別報導~
features of Chinese history 中國歷史的特徵

■ **feeble** 〔'fibl̩〕
形 微弱的 (= *weak*)　*feeble*-minded 意志薄弱的
His pulse was very *feeble*. 他的脈博十分微弱。

■ **fever** 〔'fivɚ〕
名 發燒；狂熱；興奮　***feverous*** 形 發燒的
I have a high *fever*. 我發高燒。

■歷屆考題・精選試題

( ) 1. I agree with you to a certain ________ . (A) range (B) extent (C) extreme (D) export（我在某種程度內同意你。）
〔75師大工教,79二專,81北二專夜〕

( ) 2. He is a man of ________ strength. (A) extraordinary (B) extraordinery (C) extreme (D) extravagant
（他是一個具有驚人力量的人。） 〔78中二專夜〕

( ) 3. He held ________ views. (A) extreme (B) extent (C) failure (D) isolated（他抱持偏激的見解。）〔75、77師大工教,78中二專夜,79二專〕

( ) 4. The first fairly efficient steam engine was made by James Watt. (A)美麗的 (B)公平的 (C)尚可地 (D)清楚地 〔57台北工專〕

( ) 5. When you have the flu, usually you cough, you have a ________ , and you feel ill. (A) throat (B) fever (C) medicine (D) cure（當你得流行性感冒時,通常會咳嗽、發燒、感覺不舒服。） 〔67台北工專〕

( ) 6. Our water supply has ________ . (A) failure (B) failed (C) faired (D) familiar（我們的飲水供應不足。） 〔78保送甄試〕

( ) 7. I ________ assumed that he was familiar with the subject. (A) false (B) failly (C) falsely (D) fairly
（我錯認爲他對那題目很熟悉。） 〔77嘉南二專夜〕

( ) 8. He has very few ________ friends. (A) objective (B) favorite (C) familiar (D) fashion.（他很少親密的朋友。）

( ) 9. When did this style of dress go out of ________ ?
(A) favor (B) familiar (C) fashion (D) marrow
（這種款式的衣服，什麼時候變得不流行了？）〔81四技商專〕

ANSWERS

1. (B)	2. (A)	3. (A)	4. (C)	5. (B)
6. (B)	7. (C)	8. (C)	9. (C)	

■ **fierce** 形 猛烈的；兇猛的　a *fierce* tiger 猛虎
〔fɪrs〕 have a *fierce* look on one's face 面部有兇狠的表情

■ **figure** 名 人物；姿態；數字　動 演算；估計
〔'fɪgɚ〕 a man of *figure* 有聲望的人
cut a *figure* 露頭角

■ **flesh** 名（動物或果實的）肉；肉體（↔ *soul* 靈魂）
〔flɛʃ〕 lose *flesh* 變瘦　grow in *flesh* 長胖

■ **follow** 動 順從；跟隨；沿著走　as *follows* 如下
〔'fɑlo〕 I don't quite *follow* you. 我聽不大懂。

■ **forbid** 動 禁止；不許（forbade; forbidden）
〔fɚ'bɪd〕 Smoking is *forbidden* in this room. 這房間禁止吸煙。

■ **force** 名 效力；暴力；武力　動 强迫；迫使
〔fɔrs〕 the air *force* 空軍　*force* one's hand 逼某人做事

■ **former** 形 早先的；前者（↔ *latter* 後者）
〔'fɔrmɚ〕 in *former* times (*or* days) 往昔；從前

■ **forsake** 動 遺棄；革除（forsook; forsaken）
〔fɚ'sek〕 *forsake* a bad habit 革除惡習

■ **fortune** 名 幸運；財富　make a *fortune* 發財
〔'fɔrtʃən〕 ***fortunate*** 〔'fɔrtʃənɪt〕形 幸運的

■ **frequent** 形 時常的　動〔frɪ'kwɛnt〕常去
〔'frikwənt〕 *frequent* a library 常去圖書館
frequency 名 頻仍；頻率　*frequency* changer 變頻器

■ **gain** 動 得到；到達；（鐘錶）走快　名 利益；增加
〔gen〕 *gain* in weight 體重增加　*gain* 3 minutes a day 每天快3分鐘

■ **general** 形 一般的；大衆的　名 將軍；全體　as a *general* rule＝
〔'dʒɛnərəl〕 in *general* 通常　***generalization*** 名 總合；概論
hasty *generalization* 以偏概全

▩歷屆考題・精選試題

( ) 1. The computer can certainly figure just as the human brain does.
(A) use figures to find the answer to a problem (B) represent (C) illustrate (D) imagine
(電腦當然能像人腦般計算。)〔75教育學院,80保送甄試、北二專夜〕

( ) 2. If you ________ my advice, everything will go smoothly.
(A) follow (B) received (C) accepted (D) hear
(假如你聽從我的忠告,一切都會很順利的。)
〔78空中商專,80彰師〕

( ) 3. The spirit is willing but the ________ is weak. (A) flash (B) flesh (C) fleshion (D) flush (心有餘而力不足。)

( ) 4. I am ________ tobacco. (A) forbade (B) forbidded (C) forbided (D) forbidden (我被禁止吸煙。)

( ) 5. This rule is no longer in ________. (A) time (B) used (C) force (D) immense (這條規則現已失效。) 〔78教育學院〕

( ) 6. Canada and the United States are in North America; the ________ country lies north of the latter.
(A) later (B) former (C) farmer (D) fromer
(加拿大和美國均位於北美,前者位於後者之北。)
〔80高屏二專夜〕

( ) 7. She has ________ her old friends.
(A) falsaken (B) frequented (C) forsaken (D) forbidden
(她背棄了她的老友。)

________ 8. No pains, no g________ns.
(沒有耕耘,就沒有收穫。) 〔62二專〕

ANSWERS

1. (A) 2. (A) 3. (B) 4. (D)
5. (C) 6. (B) 7. (C) 8. gains

■ **generation** 名 世代；同時代的人 *generation* gap 代溝
〔ˌdʒɛnəˈreʃən〕 the rising *generation* 年輕的一代；青年

■ **generator** 名 發電機；(煤氣、蒸汽等的)發生器
〔ˈdʒɛnəˌretɚ〕 A *generator* gives electrical energy. 發電機提供電力。

■ **glance** 動 瞥見 名 一瞥；閃光
〔glæns〕 at a (*or* the first) *glance* 匆匆一瞥；乍看之下

■ **government** 名 政府；統治 *government* of the people, by the
〔ˈgʌvənmənt〕 people, for the people 民有、民治、民享的政府

■ **gradually** 副 漸漸地 (＝*by degrees*) Spring is *gradually*
〔ˈgrædʒuəlɪ〕 drawing near. 春天快來了。

■ **grown-up** 名 形 成年人(的) She has a *grown-up* daughter
〔ˈgronˌʌp〕 who lives abroad. 她有一位住在國外，現已成年的女兒。

■ **habit** 名 習慣 fall into a bad *habit* 養成惡習
〔ˈhæbɪt〕 be in the *habit* of ～ 有做～的習慣

■ **height** 名 高度；身高 **heighten** 動 加高；升高
〔haɪt〕 the *height* of a mountain 山的高度

■ **helpless** 形 無依無靠的 a *helpless* orphan 無依無靠的孤兒
〔ˈhɛlplɪs〕 **helplessly** 副 孤苦無依地

■ **hence** 副 因此；今後 *five years hence* 今後五年
〔hɛns〕 It's late, *hence* you must go to bed.
時間已晚，因此你必須去睡覺了。

■ **hospital** 名 醫院 He is in *hospital*. 他住院了。
〔ˈhɑspɪtḷ〕 **hospitalize** 動 使入院；送入醫院

■ **human** 形 人類的 名 人類 *human* nature 人性
〔ˈhjumən〕 **humane**〔hjuˈmen〕形 合乎人道的

■歷屆考題・精選試題

______1. The Chinese g______t made Taiwan a prefecture in 1875.
(中華民國政府於 1875 年將台灣設省。)
〔80四技商專、保送甄試、中二專夜〕

______2. I could hardly speak any English at first, but, g______y, as days went by, I managed to make myself understood.
(起先我幾乎不會說英文，但漸漸地，一天天過去，我設法說得能讓人聽得懂。)
〔77空中商專〕

(　) 3. There were no ______ there, only children. (A) grown-ups (B) growns up (C) growth-ups (D) grows-up
(沒有大人，只有小孩。)

(　) 4. (選錯的) (A) highten (B) appearance (C) elephant (D) camera
〔71嘉南二專夜〕

______5. Gambling is a bad h______t.
(賭博是不良嗜好。)〔74北二專夜，78技術學院，81四技商專、保送甄試〕

______6. That tree is fifteen feet in (high).
(這樹有50英呎高。)
〔80、81保送甄試〕

______7. The h______l is a place where patients and wounded men are treated for their illness or injuries. (醫院是病人和傷患治療疾病和傷處的地方。)
〔79二專，80彰師、北二專夜〕

(　) 8. It is very late; ______ you must go to bed.
(A) henceforth (B) since (C) for (D) hence
(時間已很晚了，因此你必須去睡了。)

(　) 9. A______at his face told me that something had happened.
(A) habit (B) hence (C) glance (D) generate
(瞥一下他的臉，我就曉得出了事了。)〔75中商專，78教育學院〕

ANSWERS

1. government 2. gradually 3. (A) 4. (A)
5. habit 6. height 7. hospital 8. (D) 9. (C)

■ **ignore** 〔ɪg'nɔr〕 勴忽視 *ignore* my remarks 忽視我的意見
ignorant〔'ɪgnərənt〕形無知的 *ignorance* 图無知

■ **immediate** 〔ɪ'midɪɪt〕 形立刻的；直接的
take *immediate* action 立即採取行動
immediately 副立刻；直接地 連一…馬上

■ **immense** 〔ɪ'mɛns〕 形廣大的；巨大的
an *immense* lake 廣大的湖泊

■ **imply** 〔ɪm'plaɪ〕 勴暗示；意味（= *mean*） Silence often *implies* agreement. 沈默常常暗示同意。

■ **import** 〔ɪm'port〕 勴輸入；進口 图〔'ɪmport〕輸入；輸入品
the *import* of foreign cars 外國車進口

■ **impress** 〔ɪm'prɛs〕 勴使印象深刻；銘記 *impressive* 形感人的
impression 图印象；刻印；意念

■ **improve** 〔ɪm'pruv〕 勴改良；利用 *improve* one's English 使英文進步
improvement 图改良；利用；進步

■ **include** 〔ɪn'klud〕 勴包括 postage *included* 郵資包括在內
inclusion 图包含 *inclusive* 形包括的

■ **increase** 〔ɪn'kris〕 勴增加（↔ *decrease* 減少） 图〔'ɪnkris〕增加
increase in number 數目增加

■ **indicate** 〔'ɪndə,ket〕 勴指示；指出；象徵 *indication* 图指示；指標；徵候
indicate the direction of the wind 指出風向

■ **industry** 〔'ɪndəstrɪ〕 图工業；勤勉 the tourist *industry* 觀光業
industrial 形工業的 *industrious* 形勤勉的

■ **inevitable** 〔ɪn'ɛvətəbḷ〕 形不可避免的；必然的
Death is *inevitable*. 人終須一死。

■ **influence** 〔'ɪnfluəns〕 图影響；勢力 勴影響；感化
the *influence* of the moon *on* the ocean 月亮對海洋的影響 *influential*〔,ɪnflu'ɛnʃəl〕形有影響的；有勢力的

■歷屆考題・精選試題

(　) 1. 工業：(A) engineering (B) factory (C) technology (D) industry
〔74保送甄試,75、78北商專、空中商專,76技術學院,78師大工教、中商專〕

(　) 2. The opposite of "knowledge" is "__________". (A) intelligence (B) information (C) ignorance (D) destiny (E) imagination（博學的相反就是無知。）〔77師大工教、高屏二專夜,78教育學院〕

(　) 3. The sanitation of this area is not good; the government wants to ________ it. (A) correct (B) change (C) maintain (D) improve（這地區的衛生設施不好；政府要加以改善。）
〔68、78保送甄試,79師大工教〕

(　) 4. The use of credit helps business to ________.
(A) increase (B) decrease (C) insurance (D) invasion
（貸款的使用有助於商業往來的增加。）〔79師大工教,80中二專夜〕

(　) 5. Tourism is also called an ________ without chimneys.
(A) agriculture (B) industry (C) office (D) exercise
（觀光事業被稱爲無煙囱工業。）〔80四技工專,81北二專夜〕

______ 6. To make something better is to i______e it.
（把事情做得更好,就是改進它。）〔80嘉商二專夜,81四技商專〕

______ 7. My brother was always trying to make an (improve) here and there.（我哥哥總是試著到處改進。）〔65二專〕

______ 8. We said good morning to them, but they, very rudely, completely i_______ed us.（我們向他們道早安，但他們非常無禮，完全不理睬我們。）〔80師大工教〕

______ 9. If someone is very ill, you should get a doctor im______ly.〔80嘉商二專夜,81四技商專〕
（如果有人病得很重,你應該馬上叫醫生。）

ANSWERS

1. (D)　2. (C)　3. (D)　4. (A)　5. (B)
6. improve　7. improvement　8. ignored　9. immediately

■ **inform** 動通知 a well-*informed* man 消息靈通之士
〔ɪn'fɔrm〕 *information* 名通知；情報；資訊
information age 資訊時代

■ **inherent** 形固有的；與生俱來的 Love for beauty is *inherent*
〔ɪn'hɪrənt〕 in human nature. 愛美是人類與生俱來的天性。

■ **inherit** 動繼承；遺傳 *inherit* a large fortune 繼承大筆財產
〔ɪn'hɛrɪt〕 *inheritance* 名遺產；繼承

■ **injure** 動傷害；損害 *injure* one's eye 傷到眼睛
〔'ɪndʒɚ〕 *injury* 名損傷 *injurious*〔ɪn'dʒʊrɪəs〕形有害的

■ **innumerable** 形無數的；數不清的 There are *innumerable* stars
〔ɪ'njumərəbḷ〕 in the sky. 天上有數不清的星星。

■ **inquire** 動詢問；調查 *inquire* after 問候
〔ɪn'kwaɪr〕 *inquiry* 名詢問；調查

■ **insect** 名昆蟲 an injurious (useful) *insect* 害（益）蟲
〔'ɪnsɛkt〕 *insecticide*〔ɪn'sɛktə,saɪd〕名殺蟲劑

■ **insist** 動堅持；强調 *insistence* 名主張；堅持
〔ɪn'sɪst〕 *insist* up(on) going alone 堅持單獨去

■ **institution** 名制度；機構；創立 *institution* of marriage 婚姻制度
〔,ɪnstə'tjuʃən〕 a charitable *institution* 慈善機關

■ **instruct** 動教授；通知；指導 be *instructed* in ~ 通曉~
〔ɪn'strʌkt〕 *instruction* 名教導；(*pl.*)指示 *instructive* 形教訓的

■ **intellect** 名智力；理解力 a man of *intellect* 有智慧的人
〔'ɪntḷ,ɛkt〕 *intellectual*〔,ɪntḷ'ɛktʃʊəl〕形知性的 名知識份子

■ **intelligent** 形聰明的；有才智的 an *intelligent* child 聰明的小孩
〔ɪn'tɛlədʒənt〕 *intelligence* 名智力 *intelligence* test 智力測驗

■ **interval** 名間隔；休息時間 at *intervals* 時時
〔'ɪntɚvḷ〕 at *intervals* of 30 feet (*or* 3 hours) 每隔30呎（3小時）

■ **introduce** 動介紹；傳入
〔,ɪntrə'djus〕 *introduction* 名介紹；傳入

■歷屆考題・精選試題

______1. If you do this, you will do an (injure) to him.

(如果你這麼做，會對他造成傷害。)〔78、79師大工教，81保送甄試〕

(　) 2. Ants, flies, mosquitoes, etc. are called ________.

(A) worms (B) beasts (C) insects (D) animals

(螞蟻，蒼蠅，蚊子都叫昆蟲。)〔74高屏二專夜，77技術學院〕

(　) 3. The reader needs specific, accurate information as quickly as he can get it. (A) accusation (B) knowledge (C) complain (D) informative 〔75、78中商專，78北商專、嘉義農專，79師大工教〕

(讀者需要儘快得到特殊且正確的訊息。)

(　) 4. It is customary to shake hands when ________.

(A) introduce (B) introduced (C) introducing (D) introduction

(被介紹時，握手是一種習慣。)〔74、78中商專，78北商專〕

(　) 5. 邀請 (A) invent (B) improve (C) induce (D) invite 〔80保送甄試〕

(　) 6. There were many stories about how his intelligence helped him to win important cases. (A) information (B) intellect (C) news (D) secret service (有許多關於他的聰明如何在重要場合幫他得勝的故事。)〔77中商專、北商專、北二專夜，78高屏二專夜〕

______7. Allow me to in______e my friend Mr. Chen to you.

(讓我介紹我的朋友陳先生和你認識。)〔81北二專夜〕

______8. The silkworm is an i______t that can spin cocoons of silk. (蠶是一種會織蠶繭的昆蟲。)〔81四技商專、保送甄試〕

______9. The students are receiving (instruct).

(學生正在接受指導。)〔75、78中商專，78、80嘉南二專夜，78師大工教〕

ANSWERS

1. injury　2. (C)　3. (B)　4. (B)　5. (D)
6. (B)　7. introduce　8. insect　9. instruction

■ **invariably** 副 不變地；一定地 It *invariably* rains when I take
〔ɪn'vɛrɪəblɪ〕 my holidays. 每當我渡假時一定下雨。

■ **invite** 動 邀請；懇請 ***invitation*** 名 招待；請帖
〔ɪn'vaɪt〕 *invitation* card (*or* ticket) 招待券

■ **journey** 名 旅行 動 旅行
〔'dʒɝnɪ〕 A pleasant *journey* to you!
= I wish you a good *journey*! 一路順風，旅途愉快。

■ **knowledge** 名 知識；認識 common *knowledge* 常識
〔'nɑlɪdʒ〕 to (the best of) one's *knowledge* 據某人所知

■ **lack** 名 缺乏；不足 動 缺乏；短少
〔læk〕 The *lack* of vitamin A often causes night blindness.
缺乏維他命A常會引起夜盲症。

■ **major** 形 主要的；較年長的 名 主修的課程
〔'medʒɚ〕 動 專攻；主修 (*major* in～) ***majority*** 〔mə'dʒɔrətɪ〕
名 過半數；大多數 <比較> minority 少數（派）

■ **manage** 動 處理；設法 *manage* to open the box 設法打開盒子
〔'mænɪdʒ〕 ***manager*** 名 經理

■ **material** 形 物質的；肉體的 名 原料；(*pl.*) 用具
〔mə'tɪrɪəl〕 *material* civilization 物質文明 writing *materials* 文具

■ **means** 名 方法；手段；財富
〔minz〕 by all *means* 必定；當然 by no *means* 絕不

■ **measure** 名 計量器；量度標準；手段 動 測量；評估
〔'mɛʒɚ〕 ***measurement*** 名 大小；尺寸

■ **method** 名 方法；方式 *methods* of payment 付款方法
〔'mɛθəd〕 a new *method* of teaching English 新的英語教學法

■ **minor** 形 少數的；次要的 a *minor* poet 二流詩人
〔'maɪnɚ〕 ***minority*** 〔mə'nɔrətɪ〕 名 少數（派）

■ **natural** 形 大然的；自然的 ***naturalist*** 名 博物學者；自然主義者
〔'nætʃərəl〕 ***nature*** 〔'netʃɚ〕 名 自然；天性 by *nature* 天生地

■歷屆考題・精選試題

______1. Uneducated children have little ________ (know).

(未受教育的小孩知識淺薄。) 〔78技術學院、嘉義農專、高屏二專夜〕

(　) 2. 選錯的：(A) material (B) knowledge (C) journey (D) inveriably (E) measurement 〔74、77中二專夜，77教育學院，78嘉南二專夜〕

______3. Freezing is the latest m________d invented to preserve food. (冷藏是最新發明保存食物的方法。) 〔75保送甄試〕

(　) 4. A bank ________ is a person in charge of a bank.

(A) manager (B) preacher (C) career (D) laborer

(銀行經理就是掌管銀行的人。)

〔80、81四技商專，80中二專夜、嘉南二專夜〕

(　) 5. majority：(A) ability (B) minority (C) reality (D) opportunity (反義字) 〔64二專〕

(　) 6. There's no <u>means</u> of learning what will happen.

(A) 財富 (B) 意義 (C) 方法 (D) 條件 〔79師大工教，80保送甄試〕

______7. Plants grow (nature) in such a good climate.

(植物在如此好的氣候下生長。) 〔78嘉南二專夜，80保送甄試〕

______8. They took the n______l resources of the colonies to Britain. They returned manufactured goods. (他們把殖民地的天然資源拿到大不列顛，製成物品送回。) 〔67二專夜，79二專〕

(　) 9. The ((A) natural (B) nature (C) naturalist) has lived in Africa many years studying wild animals. (這位自然學者住在非洲多年，以研究野生動物。) 〔68空中商專〕

______10. Cotton and wool are (nature) fibers.

(棉花和羊毛是天然纖維。) 〔73北商專〕

ANSWERS

1. knowledge 2. (D) 3. method 4. (A) 5. (B)
6. (C) 7. naturally 8. natural 9. (C) 10. natural

■ **necessary** 〔'nɛsə,sɛrɪ〕 形必要的　名(*pl.*)必需品
I will come again, if *necessary*. 如果必要，我會再來。
necessity〔nə'sɛsətɪ〕名需要；(*pl.*)必需品
necessarily 副必然地

■ **neighbor** 〔'nebɚ〕 名鄰居；同胞　*neighbor* countries 鄰國
neighborhood〔'nebɚ,hʊd〕名鄰近；鄰近地區

■ **nevertheless** 〔,nɛvɚðə'lɛs〕 副儘管如此　There was no news; *nevertheless*, she went on hoping. 沒有消息；然而她繼續存著希望。

■ **nourish** 〔'nɝɪʃ〕 動滋養；孕育　*nourish* a baby with milk 以牛奶養育嬰孩　***nourishment*** 名滋養品；營養

■ **observe** 〔əb'zɝv〕 動觀察；看到　*observe* the stars 觀察星辰
observation 名觀察；注意；(*pl.*)觀測報告

■ **obvious** 〔'ɑbvɪəs〕 形明白的；顯然的　It is quite *obvious* that he is lying. 他很顯然是在說謊。

■ **occasion** 〔ə'keʒən〕 名場合；時機；機會　on one *occasion* 曾經
occasional 形偶然的；(詩等)應景的
Cloudy, with *occasional* rains. 多雲偶陣雨。

■ **occupy** 〔'ɑkjə,paɪ〕 動佔領；使忙碌　*occupy* the top floor 佔用頂樓
occupation 名佔有；職業

■ **occur** 〔ə'kɝ〕 動發生；想到　Such an accident seldom *occurs*. 這種意外甚少發生。　***occurrence*** 名發生；事件

■ **oppose** 〔ə'poz〕 動反對　***opposition*** 名反對(黨)
opposite〔'ɑpəzɪt〕形相對的　名相反的事物
介在…對面　the *opposite* sex 異性

■ **organize** 〔'ɔrgən,aɪz〕 動組織　*organize* a football team 組織足球隊
organization 名組織；機構；有機體

■ **outcome** 〔'aʊt,kʌm〕 名結果；出口
the *outcome* of an election 選舉的結果

■歷屆考題・精選試題

______1. It was（necessity）to pump the waste water out.
（把廢水抽出來是必要的。）〔77、79師大工教、護二專，78空中商專，79二專〕

（　）2. To a mechanic, tools are as ________ as his own hands.
(A) necessary (B) independent (C) separable (D) intolerable
（對技工來說，工具就如同他的手一樣必要。）〔68三專夜〕

（　）3. Big men are not ________ strong men.
(A) scarcely (B) hardly (C) necessarily (D) barely
（個子高的人未必強壯。）〔71中二專夜〕

______4. The human body is a very complex（organize）.
（人體是個非常複雜的組織。）〔75、78中商專，78技術學院、北商專〕

______5. There are many commercial ________（organize）in Taiwan.（台灣有很多商業組織。）〔67二專夜，80北二專夜〕

（　）6.（選錯的）(A) sample (B) apartment (C) statistics
(D) ocupation 〔75技術學院、高屏二專夜，77北二專夜，80四技商專〕

（　）7. This was a great ________ ; there were flags everywhere, the band was playing, and everybody was most excited.
(A) ocasion (B) occasion (C) occesion (D) ocesion 〔75中商專〕
（這是個大場面，到處飄著旗幟，樂隊奏著音樂，每人都極為興奮。）

（　）8. A leap year ________ once every four years.
(A) occurs (B) reduces (C) controls (D) understands
（每四年有一次閏年。）〔79二專，81北二專夜〕

（　）9. The ________ of the election is still unknown.
(A) outcome (B) outcast (C) outcaste (D) outback
（選舉的結果依然未詳。）

ANSWERS

1. necessary 2. (A) 3. (C) 4. organization
5. organizations 6. (D) 7. (B) 8. (A) 9. (A)

■ **overcome** 動壓倒；擊敗；克服
〔ˌovəˈkʌm〕 *overcome* all difficulties 克服所有困難

■ **particular** 形特殊的；考究的 名特色；(*pl.*) 細節
〔pəˈtɪkjələ˞〕 He is *particular* about food. 他對食物很講究。

■ **passage** 名通行；航行；飛行；一節 a bird of *passage* 候鳥
〔ˈpæsɪdʒ〕 a *passage* from the Bible 聖經的一節

■ **peculiar** 形奇異的；特有的 a *peculiar* smell 古怪的氣味
〔pɪˈkjuljə˞〕 ***peculiarity***〔pɪˌkjulɪˈærətɪ〕名特色；特權；怪癖

■ **perceive** 動察覺到；看出 *perceive* the truth 看出真象
〔pə˞ˈsiv〕 ***perception***〔pə˞ˈsɛpʃən〕名知覺；認知

■ **period** 名期間；句點 for a six-year *period* 六年間
〔ˈpɪrɪəd〕 ***periodical***〔ˌpɪrɪˈɑdɪkl̩〕名定期刊物

■ **permit** 動許可 名〔ˈpɝmɪt〕許可；許可證
〔pə˞ˈmɪt〕 if time *permits* 若時間許可的話
permission 名許可 without *permission* 未經許可；擅自

■ **persist** 動堅持；主張 *persist* in one's opinion 堅持己見
〔pə˞ˈsɪst〕 ***persistent*** 形固執的；持久的
persistent efforts 不斷的努力

■ **phenomenon** 名現象（複數 *phenomena*）；特殊的人或事（複數
〔fəˈnɑməˌnɑn〕 *phenomenons*） the *phenomena* of nature 自然現象

■ **plenty** 名豐富；多 There is wine *in plenty*. 有很多酒。
〔ˈplɛntɪ〕 We have *plenty* of time. 我們有很多時間。

■ **poison** 名毒藥 動毒殺；毀掉 kill oneself by taking
〔ˈpɔɪzn̩〕 *poison* 服毒自殺 ***poisonous*** 形有毒的；懷有惡意的

■ **population** 名人口
〔ˌpɑpjəˈleʃən〕 What is the *population* of Taipei? 台北有多少人口?

■ **possibility** 名可能性 the *possibility* of success 成功的可能性
〔ˌpɑsəˈbɪlətɪ〕 ***possible*** 形可能的 if *possible* 可能的話

■歷屆考題・精選試題

(　) 1. The professor________in wearing an old overcoat.
(A) persuades (B) perceives (C) persists (D) permits
(那位教授堅持要穿舊外套。) 〔75嘉南二專夜,80師大工教〕

(　) 2. Taipei has a_______of more than 2,000,000.
(A) people (B) resident (C) person (D) population
(台北有兩百多萬人口。) 〔76高屏二專夜,77技術學院,78護二專〕

(　) 3. (選錯的) (A) rainfall (B) production (C) pioneer (D) peroid
(E) ornament 〔72二專,75中商專,80北二專夜、師大工教,81保送甄試〕

(　) 4. A passport is a_______given to a person by his government to leave his own country. (A) notebook (B) permission
(C) visa (D) ticket (護照就是政府允許該國人民離國的證件。)
〔74空中商專,80四技工專、師大工教、彰師、四技商專、中二專夜、高屏二專夜〕

(　) 5. I_______that I could not make her change her mind.
(A) percived (B) perceived (C) percept (D) principle
(我發覺不能使她改變計劃。)

(　) 6. Take them all－there are_______more in the kitchen.
(A) plenty (B) efficient (C) requited (D) sacred
(全都拿去吧－厨房裏還很多。) 〔78中商專、北商專〕

(　) 7. He preferred the general to the_______approach.
(A) particular (B) paticular (C) particalar (D) paticalar
(他喜歡一般性的而不喜歡個別性的處理方法。)
〔78嘉義農專,79師大工教〕

(　) 8. An eclipse is an interesting_______. (A) phemonenon
(B) phenomenon (C) phonemenon (D) phomenenon
(日月蝕是很有趣的特殊現象。) 〔77北商專,80中二專夜、高屏二專夜〕

(　) 9. Slander_______his mind. (A) destory (B) saved (C) poisoned
(D) secured (誹謗毀了他的意志。) 〔78台北工專,80高屏二專夜〕

ANSWERS

1.(C) 2.(D) 3.(D) 4.(B) 5.(B) 6.(A) 7.(A) 8.(B) 9.(C)

■ **postpone** 動延期（＝*put off*） The game will be *postponed* till
〔post'pon〕 next Sunday. 比賽將延至下星期天。

■ **pour** 動灌注；傾訴；流 It never rains but it *pours*. 一下
〔pɔr〕 雨就傾盆而降（事情一發生就接二連三。）

■ **poverty** 名貧困；不足 *poverty* of blood 貧血
〔'pɑvətɪ〕 *poverty* of imagination 缺乏想像力

■ **precise** 形正確的；精密的 to be *precise* 正確地說
〔prɪ'saɪs〕 ***precision***〔prɪ'sɪʒən〕名正確；精密度

■ **preserve** 動保存；保護；醃製 名(*pl.*) 蜜餞
〔prɪ'zɝv〕 *preserve* peace and order 維持治安
preservation 名保存；保護

■ **press** 名擠壓；印刷（機）；新聞界 動擠壓；逼迫
〔prɛs〕 They *pressed* for payment. 他們催促付款。

■ **prevail** 動流行；佔優勢 ***prevailing*** 形佔優勢的；流行的
〔prɪ'vel〕 ***prevalent***〔'prɛvələnt〕形普徧的；流行的
The flu is *prevalent* now. 目前感冒正在流行。

■ **prevent** 動妨礙；預防 ***prevention*** 名防止；預防
〔prɪ'vɛnt〕 *prevent* the fire *from* spreading 阻止火勢蔓延

■ **previous** 形在前的；先前的（*previous to*～）
〔'privɪəs〕 two days *previous* to Christmas 聖誕節的前兩天

■ **primary** 形最初的；首要的 *primary* school 小學
〔'praɪ,mɛrɪ〕 What is his *primary* idea? 他原來的意思是什麼？

■ **proceed** 動前進；繼續進行 *proceed* with typewriting 繼續打字
〔prə'sid〕 ***procedure***〔prə'sidʒə〕名手續；程序

■ **product** 名產品；乘積 farm *products* 農產品
〔'prɑdəkt〕 ***productive***〔prə'dʌktɪv〕形生產的；多產的

■ **progress** 名進行；進步 動〔prə'grɛs〕進行；進步 He makes
〔'progrɛs〕 remarkable *progress* in English. 他的英語有顯著的進步。

■歷屆考題・精選試題

______1. We should help those who are living in (poor).
（我們應該幫助生活窮困的人。） 〔81四技商專、北二專夜〕

( ) 2. 選錯的：(A) productive (B) prevention (C) preservation (D) prevelant (E) postpone

( ) 3. The ball game was______because of rain. (A) listed (B) simulated (C) postponed (D) saved（球賽因雨延期。）

( ) 4. After the meeting, the people______out in crowds. (A) escaped (B) poured (C) practiced (D) dugged
（散會後人們成群湧出。） 〔73教育學院,80嘉南二專夜〕

( ) 5. He came at the______moment when I lifted the receiver. (A) precise (B) pricese (C) precision (D) precission
（正好在我拿起聽筒的時刻，他來了。） 〔80北二專夜〕

( ) 6. Ice helps to______food. (A) present (B) presorve (C) presserve (D) preserve（冰能幫助保存食物。）
〔78高屏二專夜,80師大工教〕

( ) 7. They tried hard to______the war. (A) prevail (B) organize (C) prevent (D) preserve（他們竭力防止戰爭。）
〔78教育學院、台北工專,80中二專夜〕

( ) 8. This building was______intended to be an assembly hall. (A) primarily (B) primevally (C) fulfilling (D) regularly
（這建築物原本是作爲會堂用的。） 〔77北二專夜,79二專〕

( ) 9. 40 is the______of 8 by 5. (A) accomplishment (B) profit (C) product (D) negation（40是8乘5的積。）
〔77技術學院、北商專、中商專,80中二專夜,81四技工專、北二專夜〕

( ) 10. They______their trip because of rain. (A) pool (B) postpone (C) expand (D) preserve (E) clutch
（他們因雨而將旅行延期。） 〔75、77技術學院,76高屏二專夜〕

ANSWERS

1. poverty 2. (D) 3. (C) 4. (B)
5. (A) 6. (D) 7. (C) 8. (A) 9. (C) 10. (B)

■ **proof** 〔pruf〕 图證明；證據（＝*evidence*） 形防…的；耐…的
in *proof* of 爲了證明　a *waterproof* coat 防水的外衣
prove 動證明；證實　I'll *prove* my words.

■ **proper** 〔ˈprɑpɚ〕 形正當的；獨特的　Please return the books to their *proper* places. 請將書放回原處。

■ **property** 〔ˈprɑpɚtɪ〕 图財產；所有（權）；特性　real *property* 不動產
the *properties* of rubber 塑膠的特性

■ **prophecy** 〔ˈprɑfəsɪ〕 图預言　***prophesy***〔ˈprɑfə,saɪ〕動預言
prophetic 形預言的

■ **provide** 〔prəˈvaɪd〕 動供給；準備；預先規定　*provide* oneself 自備
The trees *provide* us with fruit.
那些樹供給我們水果。

■ **publish** 〔ˈpʌblɪʃ〕 動發表；出版　*publish* the news 發布這項新聞
a *publishing* company 出版社

■ **punctual** 〔ˈpʌŋktʃuəl〕 形準時的　***punctuality***〔,pʌŋktʃuˈælətɪ〕图準時
Be *punctual*. 請準時。

■ **quality** 〔ˈkwɑlətɪ〕 图品質；特質　形上流社會的；上等品質的
paper of good *quality* 上等紙

■ **quantity** 〔ˈkwɑntətɪ〕 图數量；(*pl.*)大量　in *quantities*（*quantity*）大量地
a large(small) *quantity* of salt 大(少)量的塩

■ **racial** 〔ˈreʃəl〕 形人種的；種族的　***race*** 图人種；種族
racial prejudice 種族偏見

■ **radical** 〔ˈrædɪkḷ〕 形根本的；急進的；偏激的　图急進分子
His opinions are very *radical*. 他的意見很偏激。

■ **range** 〔rendʒ〕 图行列；界限；範圍　動排列　Her reading is of a very wide *range*. 她閱讀的範圍非常廣泛。

■ **rapid** 〔ˈræpɪd〕 形迅速的；急促的　图(*pl.*)湍流　a *rapid* stream 急流
make *rapid* progress 進步神速

■歷屆考題・精選試題

_____ 1. Neither late nor early : p_____l.（準時。） 〔78保送甄試〕

_____ 2. There is no (prove) that he said it.
（沒有證據證明是他說的。） 〔77教育學院,78北商專,79師大工教〕

_____ 3. He comes at seven-thirty every day and this shows that he is p_____l.（他每天7:30來，這顯示他是個守時的人。） 〔67二專夜,80彰師〕

(　) 4. The word "_____" means arriving on time. (A) punctuality (B) punctuation (C) satellite (D) puncher 〔74中商專〕

(　) 5. Every animal has its_____ instincts. (A) proportional (B) property (C) quality (D) proper（動物各有其特殊本能。） 〔75技術學院〕

(　) 6. There is no_____ in the seashore. (A) climate (B) property (C) prophecy (D) radical（海岸是公有的。）

(　) 7. His words were_____ of his future greatness.
(A) overlook (B) transference (C) prophetic (D) prophesy
（彼之所言預示彼來日之偉大。）

(　) 8. range (A) apply (B) scope (C) trend (D) model（界限；範圍） 〔75師大工教〕

_____ 9. Messages are_____ (rapid) transmitted from one place to another in Taiwan by telegram.（在台灣信息以電報從一個地方快速傳送到另一個地方。） 〔69二專,79師大工教〕

(　) 10. It is a radical change in factory operations. (A) slight (B) fundamental (C) special (D) general（在工廠經營方面，這是一項徹底的改變。） 〔68技術學院〕

(　) 11. The baker bought flour in _____. (A) quarter (B) region (C) traffic (D) quantity（這麪包商買進大量的麪粉。） 〔78嘉南二專夜,81四技商專〕

ANSWERS

1. punctual　2. proof　3. punctual　4. (A)　5. (D)
6. (B)　7. (C)　8. (B)　9. rapidly　10. (B)　11. (D)

■ **rational** 形理性的；合理的 *rational* explanation 合理的解釋
['ræʃənl̩] think in a *rational* way 理智地思考

■ **readily** 副迅速地；容易地；欣然
['rɛdl̩ɪ] She will *readily* consent. 她會欣然同意。

■ **reality** 名實體；現實；眞實
[rɪ'ælətɪ] *realities* of life 現實生活

■ **realize** 動實現；了解；變賣 *realize* one's ambition 實現抱負
['rɪə,laɪz] ***realization*** 名實現；了解

■ **recent** 形最近的；近代的 in *recent* years 近年來
['risn̩t] ***recently*** 副最近地 till quite *recently* 直到最近

■ **recognize** 動辨認；承認 ***recognition*** 名認識；認可
['rɛkəg,naɪz] I can hardly *recognize* him. 我幾乎認不出他來。

■ **reflect** 動反射；反映；反省 *reflect* in the lake 映在湖上
[rɪ'flɛkt] ***reflection*** 名反射；反映；映像

■ **refuse** 動拒絕；不肯 名 ['rɛfjus] 垃圾
[rɪ'fjuz] a *refuse* can 垃圾桶 ***refusal*** 名拒絕；否決權

■ **regard** 動視爲；敬重；關於 名注意；(*pl.*) 問候
[rɪ'gɑrd] *regard* the matter *as* important 視此爲重要事件
give him my *regards* 請代我向他問候
regarding 介關於 (＝*with regard to*)

■ **regret** 動後悔；抱歉；遺憾 名後悔；遺憾
[rɪ'grɛt] to one's *regret* 使～感到遺憾的

■ **reject** 動拒絕；丟棄 *reject* spotted apples 丟棄爛蘋果
[rɪ'dʒɛkt] ***rejection*** 名拒絕；剔除

■ **relate** 動有關聯；敍述 be *related* with each other 彼此相關
[rɪ'let] ***relation(ship)*** 名關係；敍述 ***relative*** 名親戚

■ **rely** 動信賴；依賴 *rely* on others 依賴別人
[rɪ'laɪ] ***reliable*** 形可靠的；可信賴的 ***reliance*** 名信賴；信心

■歷屆考題・精選試題

(　) 1. Scientists around the world are studying ways of changing ______ into usable products. (A) refuse (B) refusal (C) protein (D) nutrition (E) food（全世界的科學家正在研究，把垃圾轉變爲有用的產品的方法。）〔67 二專〕

______ 2. To my deep ______(regret), I can't accept your invitation.（非常遺憾，我不能接受你的邀請。）〔78 教育學院、北商專、中商專，81 北二專夜〕

______ 3. Please give my kind r______ to your brother.（請替我向你哥哥問候。）〔74 教育學院，78 師大工教、護二專〕

(　) 4. His signature is very difficult to ______.
(A) criticize (B) signify (C) interrupt (D) recognize
（他的簽字非常不易辨認。）〔74 高屏二專夜，75 技術學院，78 嘉南二專夜〕

(　) 5. When very angry, people seldom act in a ______ way.
(A) recent (B) rational (C) readily (D) stressful
（人們盛怒時，鮮有理智的行爲。）

(　) 6. A bright boy answers ______ when called on.
(A) slowly (B) substitutingly (C) subtle (D) readily
（聰明的男孩一旦被問到能馬上作答。）〔79 二專〕

(　) 7. Before going abroad, he ______ all his property.
(A) realized (B) swept (C) settled (D) received
（在出國以前他把所有財產都變賣了。）

(　) 8. Their actions ______ their thoughts. (A) reveals (B) reflect (C) revolute (D) revive（他們的行爲反映他們的思想。）〔78 北二專夜〕

(　) 9. You are much changed; I can hardly ______ you. (A) doubt (B) recognize (C) forgive (D) escape (E) conclude
〔78 嘉南二專夜，80 彰師、中二專夜〕

ANSWERS

1. (A)	2. regret	3. regards	4. (D)
5. (B)	6. (D)	7. (A)	8. (B)
9. (B)			

■ **remain** 動繼續；停留 名(*pl.*)遺體；遺跡
〔rɪ'men〕 *remain* silent 繼續保持沈默

■ **remark** 動談及；注意到 名摘要；短評
〔rɪ'mɑrk〕 ***remarkable*** 形值得注意的；了不起的
be *remarkable* for one's courage 勇氣驚人

■ **remove** 動移動；取走；開除 be *removed* from school 被退學
〔rɪ'muv〕 ***removal*** 名除去；移動；搬家

■ **render** 動報答；使成爲 *render* good for evil 以德報怨
〔'rɛndɚ〕 His wealth *renders* him unhappy. 財富使他變得不快樂。

■ **repeat** 動重覆；轉述 History *repeats* itself. 歷史會重演。
〔rɪ'pit〕 ***repetition***〔,rɛpə'tɪʃən〕名重覆

■ **represent** 動代表；象徵；扮演 ***representative*** 形代表的
〔,rɛprɪ'zɛnt〕 名代表人；代議士 ***representation*** 名表現；象徵
The dove is a symbolic *representation* of peace.
鴿子是和平的象徵。

■ **require** 動要求；需要 We will do all that is *required* of us.
〔rɪ'kwaɪr〕 凡是要求我們的事，我們都會辦到。

■ **resource** 名(常用*pl.*)資源；來源
〔rɪ'sors〕 natural *resources* 天然資源

■ **respect** 動尊敬；尊重 名尊敬；關心 *respect* one's parents 尊敬
〔rɪ'spɛkt〕 父母 ***respectable*** 形可尊敬的 ***respective*** 形各別的

■ **result** 名結果 動產生；終歸(*result in* ～)
〔rɪ'zʌlt〕 as a *result* of 由於～的結果

■ **reveal** 動洩露；顯示 *reveal* one's identity 透露身分
〔rɪ'vil〕 *reveal* the secret to～將秘密透露給～

■ **revolution** 名旋轉；循環；革命 industrial *revolution* 工業革命
〔,rɛvə'luʃən〕 ***revolutionary*** 形革命的；迴旋的 ***revolve*** 動旋轉；循環

■ **rumo(u)r** 名謠言 動謠傳 start a *rumor* 造謠
〔'rumɚ〕 He is *rumored* to be ill. 傳說他病了。

■歷屆考題・精選試題

(　) 1. As a ______, we have today an amazing number of machines. (A) temperature (B) object (C) result (D) metal
(結果，今天我們有許多機器。)
〔77、78教育學院,79師大工教,80四技工專、北二專夜、中二專夜〕

(　) 2. To say what your teacher says is to ______ after him.
(A) repeat (B) prepare (C) whistle (D) follew
(說老師說的話，就是重覆他所說的。) 〔77師大工教〕

(　) 3. The neighbors do not consider him quite ______ as most evenings he awakens them with his drunken singing.
(A) respectful (B) respected (C) respectable (D) respective
(鄰居認爲他不值得尊敬，因爲大部分晚上他酒醉唱歌吵醒他們。) 〔70師大工教,75技術學院〕

(　) 4. Images ______ of animals were made by the children.
(A) represent (B) representation (C) representative
(孩子們製造肖像代表動物。) 〔71空中商專,75技術學院、中商專〕

(　) 5. He ______ poor all his life. (A) introduced (B) complied (C) reminded (D) remained (他終身貧窮。)
〔78北商專、中商專、嘉南二專夜,79二專,81四技工專〕

(　) 6. This point has often been ______ upon. (A) unwrung (B) remarked (C) comped (D) dated (此點時常被談論。)
〔75技術學院,79師大工教,80四技工專〕

(　) 7. An accident has ______ him helpless.
(A) rendered (B) qualified (C) roughed (D) suspected
(一件意外使得他束手無策。)

(　) 8. 選錯的：(A) sense (B) victim (C) circulate (D) commission (E) representetive 〔75二專〕

(　) 9. At school he ______ an aptitude for science.
(A) reversed (B) delicated (C) obeyed (D) revealed
(在校時他表現出在科學方面的才能。)

ANSWERS

1. (C) 2. (A) 3. (C) 4. (C) 5. (D) 6. (B) 7. (A) 8. (E) 9. (D)

■ **rural** ['rʊrəl] 形鄉村的；田園的 the peace of *rural* life 田園生活的安詳

■ **ruthless** ['ruθlɪs] 形無情的；殘忍的 The city came under *ruthless* attack from the enemy. 城市遭受敵軍殘忍地攻擊。

■ **satisfy** ['sætɪs,faɪ] 動滿足；履行(義務) be *satisfied* with 對～感到滿意 ***satisfaction*** 名滿足 ***satisfactory*** 形滿意的

■ **scanty** ['skæntɪ] 形貧乏的；不足的 be *scanty* of words 沈默寡言 a *scanty* crop of rice 稻米歉收

■ **scatter** ['skætɚ] 動散播；驅散 Many small islands are *scattered* in the bay. 海灣內散播著許多小島。

■ **scene** [sin] 名(特定的)風景；舞台；出事地點 *scene* of battle 戰場 ***scenery*** 名風景(指天然的全景) mountain *scenery* 山景

■ **scholar** ['skɑlɚ] 名學者 He's a famous Shakespearean *scholar*. 他是著名的研究莎士比亞的學者。***scholarship*** 名獎學金；學問

■ **secure** [sɪ'kjʊr] 形安全的；確信的 動保護；使安全；保證 We were *secure* of victory. 我們確信會勝利。 ***security*** 名安全；保護；保證金

■ **seize** [siz] 動捕捉；把握；理解(＝*understand*) *seize* him *by* the collar 抓住他的衣領

■ **sense** [sɛns] 名感官；感覺；意識 the *sense* of hearing 聽覺 ***sensitive*** 形敏感的 *sensitive* plant 含羞草

■ **serious** ['sɪrɪəs] 形嚴肅的；認眞的；嚴重的 a *serious* look 認眞的表情 a *serious* illness 重病

■ **settle** ['sɛtl̩] 動解決；定居；安排 At last we are *settled* in our new house. 最後我們在新居安頓下來。

■ **share** [ʃɛr] 名部分；股份；分擔 動分擔；分享 I *share* a room with my brother. 我和弟弟共住一間房。

■歷屆考題・精選試題

(　　) 1. Good <u>scholarship</u> is more important than athletics.
(A)獎學金　(B)學者　(C)學費　(D)學問
〔77高屏二專夜, 78教育學院〕

______ 2. Your success will be a great (satisfy) to your parents.
(你的成功將會使你父母非常滿意。)〔62台北、高雄工專, 80保送甄試〕

(　　) 3. If he owns a comfortable house, he has ______ shelter over his head. (A) satisfy (B) satisfaction (C) satisfactions (D) satisfactory (E) satisfied (如果他有一間舒適的房子，他的頭頂上就有滿意的遮蔽物。)〔70二專, 80四技工專、保送甄試〕

(　　) 4. To my great ______, he works harder than ever before.
(A) satisfied (B) satisfaction (C) satisfying
(最讓我滿意的是他工作比以前努力。)〔71空中商專〕

(　　) 5. His school report last semester was very ______.
(A) fulfilling (B) fortunate (C) satisfactory (D) happy
(他上學期的報告非常令人滿意。)〔72師大工教, 81北二專夜〕

(　　) 6. The mountain forms a very beautiful background to the whole ______. (A) science (B) sense (C) scenery (D) scholarship (這山成爲整個風景中怡人的背景。)
〔73中二專夜, 78空中商專〕

(　　) 7. I hope your reply to my question will be ______.
(A) satisfy (B) satisfaction (C) satisfactorily (D) satisfactory
(我希望你的回答會令我滿意。)〔75北二專夜、中商專, 78保送甄試〕

(　　) 8. He is ______ of words. (A) scanty (B) vivid (C) jealous (D) silver (他沈默寡言。)

(　　) 9. He will soon recover his ______. (A) sentence (B) progress (C) senses (D) mask (他不久即將恢復知覺。)
〔78師大工教, 80中二專夜、嘉南二專夜, 81四技工專、北二專夜〕

ANSWERS

1. (D) 2. satisfaction 3. (D) 4. (B) 5. (C) 6. (C) 7. (D) 8. (A) 9. (C)

■ **sight** 〔saɪt〕 图視力；風景；(*pl.*)名勝
He has good (poor) *sight*. 他視力很好(差)。

■ **significance** 〔sɪg'nɪfəkəns〕 图意義；重要性
significant 形有意義的；重大的

■ **similar** 〔'sɪmələ˞〕 形類似的(be *similar* to～)
similarity〔,sɪmə'lærətɪ〕图類似；類似之處

■ **situation** 〔,sɪtʃʊ'eʃən〕 图位置；立場；形勢 He found himself in an embarrassing *situation*. 他發現他的立場很困窘。

■ **slight** 〔slaɪt〕 形細微的；纖細的；脆弱的 a *slight* wound 輕傷
I have a *slight* cold. 我得了輕微的感冒。

■ **society** 〔sə'saɪətɪ〕 图社會 a well organized *society* 組織嚴密的社會
social〔'soʃəl〕形社會的；社交的

■ **soil** 〔sɔɪl〕 图土壤；溫床 動弄髒；污損
rich (poor) *soil* 肥沃(貧瘠)的土壤

■ **solve** 〔sɑlv〕 動解決 *solve* the food problem 解決糧食問題
solution〔sə'luʃən〕图解決；溶解；溶液

■ **sound** 〔saʊnd〕 图聲音 動聽起來；使鳴響 形健全的；完全的
副舒暢地 though it may *sound* strange 聽起來雖然怪誕 *sound* asleep 酣睡著

■ **species** 〔'spiʃɪz〕 图(單複數同形)種；類
the human *species*＝our *species* 人類

■ **specific** 〔spɪ'sɪfɪk〕 形明確的；特殊的 a *specific* medicine 特效藥
for a *specific* reason 爲了特別的理由

■ **spoil** 〔spɔɪl〕 動寵壞；腐敗 图戰利品；掠奪品
Spare the rod and *spoil* the child. 不打不成器。

■ **statement** 〔'stetmənt〕 图陳述；聲明書 ***state*** 動陳述；聲明
publish an official *statement* 發表官方聲明

■歷屆考題‧精選試題

______1. The twin brothers are______in every way.
（這對雙胞胎各方面都非常相似。）〔75師大工教，78中商專、北商專〕

(　) 2. I know him by______, but I've never spoken to him.
(A) sight (B) thunder (C) sympathy (D) sorrow
（我和他面熟，但從未同他談過話。）〔80中二專夜、嘉南二專夜〕

(　) 3. He is apt to read______into every casual remark.
(A) signal (B) sparrow (C) significance (D) summons
（他喜歡在每一句隨便說的話中尋找弦外之音。）〔77高屏二專夜〕

(　) 4. Choose an attractive______for our camp.
(A) coincendent (B) explosion (C) limit (D) situation
（選一個很好的場地供我們紮營。）
〔75中商專，80四技工專、保送甄試，81四技商專〕

(　) 5. There is not the______doubt about it. (A) stall
(B) slightest (C) riot (D) sale（這事毫不容置疑。）

(　) 6. She has a______nature. (A) social (B) touchable
(C) supreme (D) spotted（她天性好交際。）
〔75技術學院，79師大工教，81四技商專〕

(　) 7. His actions have______his family name. (A) voted
(B) planted (C) outgrown (D) soiled（他的行爲辱沒了家門。）
〔80中二專夜，81保送甄試〕

(　) 8. The mystery was never______. (A) measured (B) solved
(C) invested (D) instituted（這個奧祕始終未得解明。）
〔77教育學院，79師大工教，80保送甄試、四技商專、北二專夜，81四技商專、北二專夜〕

(　) 9. I wish my house were out of the______of street noises.
(A) sound (B) status (C) fission (D) grace
（我希望我的房屋在市塵喧囂範圍之外。）〔78台北工專，79師大工教〕

(　) 10. There are many______of advertisement. (A) timekeepers
(B) rules (C) species (D) prefaces（有許多種廣告。）

ANSWERS

1. similar	2. (A)	3. (C)	4. (D)	5. (B)
6. (A)	7. (D)	8. (B)	9. (A)	10. (C)

■ **steady** 〔'stɛdɪ〕
形穩固的；沈著的　go *steady* 和固定的情人來往
Slow and *steady* wins the race. 慢而穩則贏。

■ **stir** 〔stɝ〕
動激動；惹起；攪動　名激動；攪拌
He *stirred* his coffee with a spoon.
他用湯匙攪和咖啡。

■ **stomach** 〔'stʌmək〕
名胃；胃口；慾望　lie on one's *stomach* 不消化
have a *stomach* ache 肚子痛

■ **strength** 〔strɛŋθ〕
名力量；毅力　at full *strength* 以全力；全體動員
strengthen 動使强；增强

■ **stretch** 〔strɛtʃ〕
動伸展；拉長；曲解　名伸展；限度
He *stretched* the rope tight. 他拉緊繩子。

■ **strict** 〔strɪkt〕
形嚴格的；完全的　Miss Kate is *strict* with her student. 凱蒂小姐對學生很嚴格。

■ **strive** 〔straɪv〕
動努力；奮鬥（strove；striven）
He *strove* after honor. 他努力爭取榮譽。

■ **structure** 〔'strʌktʃɚ〕
名構造；建築物
the *structure* of the human body 人體的構造

■ **subsequent** 〔'sʌbsɪˌkwɛnt〕
形繼起的（＝*following*）；後來的（＝*later*）
the period *subsequent* to the war 戰後時期
subsequently 副此後；接著

■ **substance** 〔'sʌbstəns〕
名物質；要旨　chemical *substances* 化學物質
substantial 〔səb'stænʃəl〕形實質上的

■ **succeed** 〔sək'sid〕
動成功（➡名詞爲 *success*）；連續；繼承（➡名詞爲 *succession*）　***successful*** 〔sək'sɛsfəl〕形成功的

■ **suffer** 〔'sʌfɚ〕
動蒙受；受苦
suffer from a headache 患頭痛

■ **sufficient** 〔sə'fɪʃənt〕
形充分的；足夠的（＝*enough*）　The money isn't *sufficient* for this plan. 這些錢不夠應付這項計畫。

■ 歷屆考題・精選試題

( ) 1. If scientists ______ in making use of the power of the sun, this new energy will have many different uses.
(A) success (B) succeed (C) successful (D) successfully
(E) succession（如果科學家使用太陽能成功，這新能源將有許多不同的用途。）〔74北二專夜，75技術學院、北商專，78高屏二專夜，79二專、師大工教，80嘉南二專夜，81北二專夜〕

______ 2. Wood is poorer than steel in (strong).
（木材比鋼不强固。）〔74教育學院〕

( ) 3. It is true that failure is the mother of ______.
(A) success (B) invention (C) discovery (D) reward
（失敗爲成功之母是眞理。）〔72台北工專〕

( ) 4. We should take proper food to ______ our body. (A) strength (B) strengthen (C) strongly (D) strong（我們應該吃適當的食物來强固我們的身體。）〔73中二專夜〕

______ 5. By 1897 he built the first (succeed) Diesel engine.
（在1897年，他成功地建造第一架柴油機。）〔68二專夜〕

______ 6. To live is not (suffice). We need also the joy of living.
（活著並不夠，我們還需要生活的樂趣。）〔61台北、高雄工專〕

( ) 7. Please accept my congratulations on your ______.
(A) succeed (B) success (C) successive (D) successful
（請接受我祝賀你的成功。）〔73空中商專〕

( ) 8. I want to ((A) success (B) successful (C) successfully (D) succeed) as a student.（我要做個成功的學生。）
〔74北二專夜〕

______ 9. With all my s______, I pushed my car forward.
（我使盡力氣，推車向前。）〔80四技工專〕

ANSWERS

1. (B) 2. strength 3. (A) 4. (B) 5. successful
6. sufficient 7. (B) 8. (D) 9. strength

■ **suitable** 形適合的；恰當的
〔ˈsjutəbḷ〕 a *suitable* example 適當的例子

■ **superficial** 形表面的；膚淺的 a *superficial* wound 表皮的傷
〔ˌsupɚˈfɪʃəl〕 a *superficial* similarity 表面上類似

■ **superstition** 名迷信 ***superstitious*** 形迷信的
〔ˌsupɚˈstɪʃən〕 Many *superstitions* were prevalent.
流行著許多迷信。

■ **supply** 動供給；滿足(需求) 名供給；供給物
〔səˈplaɪ〕 Cows *supply* us with milk. 牛供給我們牛奶。

■ **support** 動支持；扶養 名扶養；支持 in *support* 贊成
〔səˈport〕 *support* a family 維持家計

■ **suppose** 動想像；假定 be *supposed* to＋*V.* 應當
〔səˈpoz〕 Let's *suppose* you're right. 假定你說得對。

■ **surround** 動包圍；環繞 be *surrounded* by the sea 四面環海
〔səˈraʊnd〕 ***surrounding*** 形周圍的 名環境

■ **survive** 動比～活得久；生還 *survive* one's son 比兒子活
〔sɚˈvaɪv〕 得久 ***survival*** 名生存；殘存
the *survival* of the fittest 適者生存

■ **system** 名系統；制度；方法
〔ˈsɪstəm〕 a new *system* of elections 新的選舉制度

■ **tend** 動照料；傾向 ***tendency*** 名傾向；趨勢
〔tɛnd〕 He *tends* to selfishness. 他有自私的傾向。

■ **term** 名期間；術語
〔tɝm〕 technical *terms* 專門用語 keep a *term* 一學期全勤

■ **terrible** 形可怕的；非常的 a *terrible* war 可怕的戰爭
〔ˈtɛrəbḷ〕 in a *terrible* hurry 非常匆忙地

■歷屆考題・精選試題

( ) 1. The heat will be ______ in June. (A) terribley (B) tarrible (C) terreble (D) terrible (E) terruble（六月將非常地熱。）

〔78保送甄試、空中商專,80北二專夜,81四技商專、四技工專〕

( ) 2. Do you think this present is ______ for a little boy?
(A) suitable (B) tolerant (C) syllabic (D) necessary
（你覺得這份禮物送給小男孩適合嗎？） 〔77教育學院,80彰師〕

( ) 3. His burns were ______ and soon got well.
(A) surface (B) superficial (C) superior (D) superlative
（他的灼傷僅及於皮膚,不久就好了。）

( ) 4. A common ______ considered it bad luck to sleep in a room numbered 13. (A) knowledge (B) superstition (C) superpower (D) supernature（一種普遍的迷信認爲住在13號房間睡覺是壞運氣。）

〔78空中商專〕

( ) 5. There is no ______ of coffee now. (A) storage (B) supply (C) outline (D) tool（市上現無咖啡供應。） 〔80、81保送甄試〕

( ) 6. He is the only ______ that his poor old mother has.
(A) suport (B) theory (C) support (D) term
（他是他可憐的老母親唯一的贍養者。）

〔76技術學院,78嘉南二專夜,81保送甄試〕

( ) 7. Everybody is ______ to know the law. (A) nagged (B) coughed (C) bled (D) supposed（每個人都該知道這法律。）

〔78嘉南二專夜,80四技商專、中二專夜、高屏二專夜〕

( ) 8. All his family ______ his deathbed. (A) conveyed (B) broke (C) surrounded (D) survived（他臨終時,全家人都圍繞他床邊。）

〔78教育學院〕

( ) 9. They had to find ways to ______ the danger of everyday life. (A) survive (B) survival (C) survivor (D) surveyor
（他們必須在日常生活的危險中尋求生之道。）

〔79二專,80四技工專〕

( ) 10. He invented a new ______ at roulette. (A) road (B) commerce (C) feather (D) system（他發明一套輪盤賭博的新方法。）

〔80保送甄試〕

ANSWERS

1. (D) 2. (A) 3. (B) 4. (B) 5. (B) 6. (C) 7. (D) 8. (C) 9. (A) 10. (D)

■ **therefore** 副因此；所以（＝*consequently*）
［'ðɛr, for］ I think, *therefore* I am. 我思故我在。

■ **thorough** 形完全的；徹底的 take a *thorough* rest 徹底地休息
［'θɝo］ ***thoroughly*** 副完全地（＝*completely*）；徹底地

■ **threat** 名脅迫；恐嚇；惡兆 a *threat* of storm 暴風雨之兆
［θrɛt］ ***threaten*** 動脅迫；威脅

■ **throat** 名喉嚨；嗓門
［θrot］ clear one's *throat* 清喉嚨

■ **tolerable** 形可忍受的；相當好的 *tolerable* income 相當好的收入
［'tɑlərəbl̩］ ***intolerable*** 形無法忍受的 ***tolerate*** 動容忍
tolerance 名寬容；忍受

■ **tomb** 名墳墓 The *tomb* of General Grant is in New
［tum］ York City. 格蘭特將軍的墳墓在紐約市。

■ **tool** 名道具；工具
［tul］ They made a *tool* of him. 他們利用他。

■ **tradition** 名傳說；傳統 true to *tradition* 名不虛傳
［trə'dɪʃən］ ***traditional*** 形傳說的；傳統的

■ **traffic** 名交通；交通量 動買賣 a one-way *traffic* 單行道
［'træfɪk］ a *traffic* island 安全島 *traffic* jam 交通阻塞

■ **treat** 動對待；治療；論述 名款待
［trit］ be badly *treated* 被虐待 It is my *treat* today. 今天我請客。 ***treatment*** 名治療（法）；處理；待遇

■ **trial** 名試驗；審判 *trial* and error 嘗試錯誤法
［'traɪəl］ bring one up to *trial* 審訊某人

■ **trifle** 名瑣事；少量 動浪費；玩忽
［'traɪfl̩］ spend time on *trifles* 虛度光陰

■ **trivial** 形瑣屑的；微不足道的 a *trivial* loss 輕微的損失
［'trɪvɪəl］ *trivial* young man 輕浮的年輕人

■歷屆考題・精選試題

(　) 1. Give the house a ______ cleaning. (A) digestion (B) thorough (C) universal (D) partical（把這房屋徹底掃除一番。）

(　) 2. They ______ him with a lawsuit. (A) threated (B) led (C) threatened (D) definited（他們以訴訟威脅他。）〔80高屏二專夜〕

(　) 3. Don't thrust your opinions down other people's ______. (A) ears (B) throats (C) heart (D) stomach（不要勉强旁人接受你的意見。）〔80北二專夜,81四技商專〕

(　) 4. A nation will not ______ treason. (A) forget (B) doubt (C) invoke (D) tolerate（一個國家不能忍受叛國行爲。）

(　) 5. He is a ______ of the party boss. (A) hypocrite (B) reporter (C) machanic (D) tool（他是這個政黨領袖的嘍囉。）〔80彰師、保送甄試〕

(　) 6. The stories of Robin Hood are based mainly on ______. (A) backgrounds (B) remors (C) traditions (D) inheritance（羅賓漢的故事主要是根據傳說而來的。）〔78嘉南二專夜〕

(　) 7. The bridge is open to ______. (A) traffic (B) scatler (C) abide (D) cancel（此橋可以通行。）〔80中二專夜,81四技工專〕

(　) 8. This essay ______ of the progress of medical research. (A) treats (B) explain (C) overcomes (D) images（這篇文章論述醫學研究的進步。）〔80四技工專、北二專夜〕

(　) 9. He soon recovered under the doctor's ______. (A) promotion (B) treatment (C) development (D) demonstration（他經醫生治療不久即告痊癒。）〔77技術學院,78保送甄試〕

(　) 10. Please take it on ______; if you like it, then buy it. (A) sale (B) draw (C) trial (D) guard（請拿去試用，如果你喜歡它，然後再買。）〔81保送甄試〕

ANSWERS

1. (B) 2. (C) 3. (B) 4. (D) 5. (D) 6. (C) 7. (A) 8. (A) 9. (B) 10. (C)

■ **trust** 名信賴；委託 動信賴；委託 *trust* company 信託公司
〔trʌst〕 ***trustworthy***〔'trʌst,wɝðɪ〕形可靠的 ***trustful*** 形信任的

■ **typical** 形典型的；象徵的
〔'tɪpɪkḷ〕 a *typical* patriot 典型的愛國主義者

■ **universal** 形宇宙的；普徧的 *universal* entertainment 大衆化的娛樂
〔,junə'vɝsḷ〕 ***universe***〔'junə,vɝs〕名宇宙；全人類

■ **upset** 動使煩擾；打翻 *upset* a boat 把船弄翻
〔ʌp'sɛt〕 The news of his death *upset* us. 他的死訊使我們心煩。

■ **usage** 名用法；慣例 This book is damaged by rough
〔'jusɪdʒ〕 *usage*. 使用不當使這本書受損。

■ **utmost** 形最遠的；極限的（= *ultimate*） 名極限
〔'ʌt,most〕 to the *utmost* ends of the earth 到天涯海角

■ **utter** 形完全的 動說出 can't *utter* a word 一句話也說不出來
〔'ʌtɚ〕 ***utterly*** 副全然地（= *completely*） ***utterance*** 名發言

■ **vague** 形含糊的；不清楚的
〔veg〕 make a *vague* answer 含糊地回答

■ **value** 名價值；重要性 動估價；重視
〔'vælju〕 *value*-added tax 加值稅
valuable 形貴重的 名(*pl.*)貴重物品
Time is more *valuable* than money. 時間比金錢更有價值。

■ **vary** 動改變；使不同
〔'vɛrɪ〕 The prices *vary* with the size. 價格隨尺寸大小而異。

■ **various** 形不同的；種種的 *various* experiences 種種經驗
〔'vɛrɪəs〕 ***variety***〔və'raɪətɪ〕名變化；多樣性

■ **vehicle** 名車輛；傳達的工具
〔'vi(h)ɪkḷ〕 Air is the *vehicle* of sound. 空氣是傳播聲音的媒介。

■ **violate** 動騷擾；違犯 *violate* others' rights 侵犯他人權利
〔'vaɪə,let〕 *violate* the law 違犯法律

■歷屆考題・精選試題

______ 1. We are (trust) of our government.(我們信任政府。)
〔74 北商專〕

(　) 2. Don't ______ a word of this to anyone. (A) utter (B) pack (C) excel (D) invalid (E) wrinkle(不要告訴任何人。)
〔78北商專、中商專〕

______ 3. Our world is only a small part of the u______e which includes everything that exists everywhere.(我們的世界只不過是這包羅萬象的宇宙的一小部分。) 〔75技術學院, 78中二專夜〕

______ 4. Machine-made articles and their (variety) parts are made according to standard patterns.(機器製成的物品及其各種零件是依標準規格製造的。)〔77教育學院, 78師大工教、北商專、中商專、護二專〕

______ 5. He experimented with (variety) ways of putting on his clothes, in order to discover the most efficient way of dressing.(他用各種方式做穿衣服的實驗，以便發現最有效率的穿衣方法。)
〔70二專夜, 81四技商專〕

(　) 6. The driver can ______ the speed of an automobile. (A) vary (B) variety (C) various(司機可改變車速。) 〔71 空中商專〕

(　) 7. ______ entertainment is provided by the cinema.
(A) Uniuersal (B) Universal (C) Univeral (D) Uniueral
(電影供給大衆娛樂。)

(　) 8. 選錯的：(A) univerce (B) nature (C) income (D) destination (E) attack
〔75二專, 81北二專夜〕

(　) 9. Sunshine is of the ______ importance to health.
(A) utmore (B) remote (C) extremeness (D) utmost
(日光對於健康極爲重要。)

ANSWERS

1. trustful	2. (A)	3. universe	4. various	
5. various	6. (A)	7. (B)	8. (A)	9. (D)

Well begun's half done. 好的開始是成功的一半！

二專80分單字篇

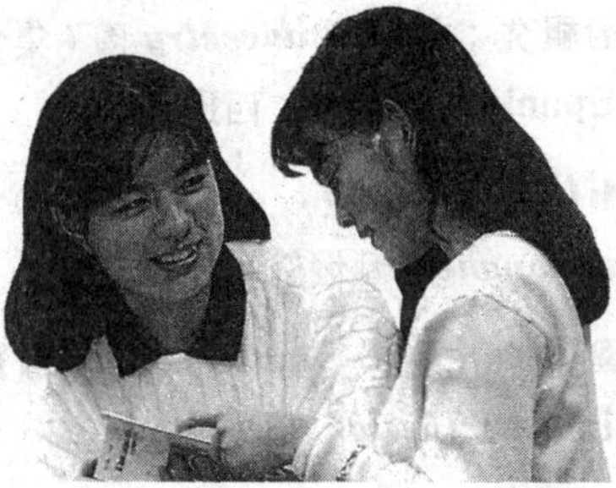

■ **abstract** 〔'æbstrækt〕 形抽象的 名抽象 動〔æb'strækt〕抽象化
abstract art 抽象藝術

■ **absurd** 〔əb'sɝd〕 形荒謬的；愚蠢的 Don't be *absurd.* 別傻了。
absurdity 名荒謬；可笑

■ **accompany** 〔ə'kʌmpənɪ〕 動陪伴；伴奏 *accompany* the violin on the piano 以鋼琴爲小提琴伴奏

■ **acquaint** 〔ə'kwent〕 動使知道；使熟悉（get *acquainted* with）
acquaintance 名相識的人；知識

■ **affection** 〔ə'fɛkʃən〕 名愛情；愛好 ***affectionate***〔ə'fɛkʃənɪt〕形摯愛的；親愛的 an *affectionate* letter 情書

■ **allude** 〔ə'lud〕 動提及；暗指（*allude to* ～）
allusion〔ə'luʒən〕名暗示；典故

■ **ambiguous** 〔æm'bɪgjuəs〕 形模稜兩可的；曖昧的
➡ ambi（= *both ways*）+ guous（= *going*）

■ **amuse** 〔ə'mjuz〕 動使快樂；消遣 *amuse* oneself 自娛；取樂
amusement 名娛樂 ***amusing*** 形好玩的；有趣的

■ **ancestor** 〔'ænsɛstɚ〕 名祖先；祖宗 ***ancestry*** 名（集合用法）祖先；血統 Spanish *ancestry* 西班牙血統

■ **annoy** 〔ə'nɔɪ〕 動使苦惱；騷擾 get（*or* feel）*annoyed* 感到苦惱
annoyance 名惱怒；騷擾

■ **anticipate** 〔æn'tɪsə,pet〕 動預期；希望 ***anticipation*** 名預期
in *anticipation* 預先地

■ **anxious** 〔'æŋkʃəs〕 形不安的；渴望的
anxiety〔æŋ'zaɪətɪ〕名不安；渴望

■ **appetite** 〔'æpə,taɪt〕 名食慾 have a good（poor）*appetite* 胃口好(不好)
appetizer〔'æpə,taɪzɚ〕名開胃菜

■歷屆考題・精選試題

______ 1. To my extreme (annoy), I found that my application had been turned down.
(我發現申請書被駁回，使我極爲苦惱。) 〔60台北工專〕

( ) 2. Mary agreed to ________ me on my way home.
(A) compete (B) complete (C) accompany (D) accomplish
(瑪麗同意陪我回家。)

( ) 3. Philosophy is an ________ subject. (A) appealable (B) esoterica (C) insanitary (D) abstract (哲學是一門抽象的學科。)

( ) 4. 選錯的：(A) appetide (B) diet (C) power (D) identify (E) fatigue 〔75技術學院、二專，76嘉南二專夜〕

( ) 5. He doesn't show much ________ for animals. (A) affliction (B) affection (C) affluence (D) affray (他不太喜歡動物。)
〔75中商專，77嘉南二專夜、空中商專〕

( ) 6. He often ________ to his poverty. (A) alluded (B) described (C) freshed (D) holded (他常提及他的窮困。)

( ) 7. This sentence is ________ in sense. (A) amendable (B) amicable (C) ambiguous (D) durative (此句意義曖昧。)

( ) 8. I find ________ in collecting stamps. (A) anagoge (B) disruption (C) code (D) amusement (我以收集郵票爲娛樂。) 〔76保送甄試〕

( ) 9. He boasts of his Spanish ______. (A) ancestor (B) ancestry (C) anchoret (D) anchor (他以西班牙血統自豪。)
〔77中商專、北商專〕

( ) 10. We ______ a lot of opposition to our plan.
(A) anticipant (B) anticipate (C) contemplate (D) destroy
(我們預期計劃將遭到很多反對意見。)

ANSWERS

1. annoyance	2. (C)	3. (D)	4. (A)	5. (B)
6. (A)	7. (C)	8. (D)	9. (B)	10. (B)

■ **applause** 〔ə'plɔz〕 名 鼓掌；喝采 win *applause* 博得鼓掌讚許
applaud 動 鼓掌；讚許

■ **appoint** 〔ə'pɔɪnt〕 動 約定（日期、地點）；任命 He was *appointed* stationmaster. 他被任命爲站長。
appointment 名 約會；任命

■ **appreciate** 〔ə'priʃɪ,et〕 動 鑑賞；感謝；重視 *appreciation* 名 鑑賞；感謝
appreciate your kindness 感謝你的好意

■ **apprehend** 〔,æprɪ'hɛnd〕 動 理解（= *understand*）；疑慮
apprehension 名 理解；憂慮

■ **approve** 〔ə'pruv〕 動 贊成；認可 *approve* his plan 贊成他的計畫
approval 名 承認；贊成

■ **arrogant** 〔'ærəgənt〕 形 傲慢的；自大的 *arrogance* 名 傲慢；自負
speak in an *arrogant* tone 用傲慢的口氣說話

■ **ashamed** 〔ə'ʃemd〕 形 感到羞恥的；慚愧的 *shame* 名 羞恥；慚愧
shameful 形 丟臉的；可恥的

■ **aspire** 〔ə'spaɪr〕 動 渴望 *aspire* after truth 渴求眞理
aspiration 〔,æspə'reʃən〕 名 渴望

■ **assign** 〔ə'saɪn〕 動 分派；指定（時間、地點）
assignment 名 派定的工作；作業

■ **assume** 〔ə'sjum〕 動 假定；假裝 *assuming* that ~ 假定~
assumption 〔ə'sʌmpʃən〕 名 假定；假裝

■ **astray** 〔ə'stre〕 副 迷途地 go *astray* 步入歧途；迷路
lead a person *astray* 使墮落

■ **attractive** 〔ə'træktɪv〕 形 動人的；有吸引力的
attract 動 吸引；引誘

■ **audience** 〔'ɔdɪəns〕 名 （集合名詞）聽衆；觀衆
audience rating 收視率 *audible* 形 聽得見的

■歷屆考題・精選試題

( ) 1. His work was not _______ by the boss.
(A) convinced (B) appreciated (C) interested (D) satisfied
(他的工作不爲老板所欣賞。)〔76、78教育學院,78北二專夜,79師大工教〕

( ) 2. The _______ was pleased with the excellent performance.
(A) auditorium (B) audition (C) audience (D) audible
(觀衆對精采的表演感到高興。)〔73中商專,77、78高屏二專夜〕

( ) 3. We all _______ a holiday after a year of hard work.
(A) appreciate (B) appreciation (C) appreciative
(在辛苦工作一年後,我們都珍惜假日。)〔71空中商專〕

( ) 4. Her father will never _______ of her marrying such a poor man. (A) against (B) applause (C) approve (D) approach
(她的父親永不會贊成她嫁給這樣窮的人。)
〔75師大工教,80彰師〕

( ) 5. He is _______ toward us. (A) ghastful (B) anxious (C) ambiguous (D) arrogant (他對我們傲慢。)

( ) 6. You ought to be _______ of your foolish behavior.
(A) anxieous (B) ashamed (C) abnormal (D) arrogant
(你對你愚蠢的行爲應引爲恥。)〔78保送甄試〕

( ) 7. He _______ a look of innocence. (A) assumed (B) assigned (C) ashamed (D) approved (他裝出一副天眞無邪的樣子。)
〔75、79師大工教〕

( ) 8. The boy was led _______ by bad companions.
(A) astray (B) minically (C) liberally (D) attractive
(這男孩被壞夥伴誘入歧途。)

ANSWERS

1. (B)	2. (C)	3. (A)	4. (C)
5. (D)	6. (B)	7. (A)	8. (A)

■ **awe** [名] 敬畏 [動] 使敬畏 ***awesome*** [形] 令人畏懼的
〔ɔ〕 a feeling of *awe* 敬畏之感

■ **awkward** [形] 笨拙的；不便的 *awkward* age 尷尬年齡
〔'ɔkwəd〕 feel *awkward* 覺得侷促不安

■ **betray** [動] 出賣；背叛；暴露 *betray* oneself 露出本性
〔bɪ'tre〕 ***betrayal*** [名] 出賣；告密

■ **biography** [名] 傳記 <比較> auto*biography* [名] 自傳
〔baɪ'ɑgrəfɪ〕 *biography* of Dr. Johnson 强森博士傳

■ **boast** [動] 自誇 [名] 自誇
〔bost〕 He *boasted* of having good eyes. 他自誇視力很好。

■ **bold** [形] 大膽的；無禮的 a *bold* attempt 大膽嘗試
〔bold〕 ***boldness*** [名] 魯莽；大膽

■ **bosom** [名] 胸部；(衣服的)胸襟
〔'buzəm〕 a *bosom* friend 心腹之交

■ **bother** [動] 麻煩；困擾 [名] 麻煩；困擾
〔'bɑðɚ〕 Don't *bother* to come. 不用麻煩你來。

■ **brief** [形] 簡短的；簡潔的 [名] 摘要 in *brief* 簡言之
〔brif〕 ***briefing*** [名] 簡報；任務講解

■ **brilliant** [形] 燦爛的；輝煌的 *brilliant* sunshine 燦爛的陽光
〔'brɪljənt〕 *brilliant* idea 高明的主意

■ **brook** [名] 小川；溪流 We used to fish in that *brook*. 我們
〔brʊk〕 過去常在那條小河釣魚。

■ **brute** [名] 野獸；獸性 [形] 野蠻的；粗魯的
〔brut〕 *brute* courage 蠻勇

■ **burden** [名] 負擔 [動] 使負重擔
〔'bɝdn̩〕 *burden* the people with heavy taxes 使人民負擔重稅

■ **bury** 〔'bɛrɪ〕 [動] 埋葬；隱匿 ***burial*** [名] 葬禮 *burial* at sea 海葬

■歷屆考題・精選試題

(　　) 1. (選錯的) (A) brillient (B) wholesale (C) tax (D) temperature 〔72北二專夜〕

(　　) 2. This is an ________ time for breakfast.
(A) awesome (B) bewildered (C) betrayal (D) awkward
(這時候不便於吃早餐。) 〔76北商專,79二專〕

(　　) 3. He ________ his friend's secret. (A) celebrated (B) betrayed (C) committed (D) trusted (他洩露朋友的秘密。)

(　　) 4. He deserves a place in the ________ of famous men of the age. (A) biogrophy (B) boigrophy (C) biography (D) boigraphy
(他於當代名人傳記中應佔一席之地。) 〔74高屏二專夜,80師大工教〕

(　　) 5. The library ________ a first edition of Shakespeare.
(A) compared (B) proud (C) excelled (D) boasts
(這圖書館以藏有初版的莎士比亞集而自豪。)

(　　) 6. It is really very ________ of him to venture to do this.
(A) bravery (B) conqured (C) bold (D) successful
(他敢冒險做這事,眞是非常大胆。) 〔78北二專夜〕

(　　) 7. She has a child in her ________. (A) bosom (B) arms (C) clump (D) front (她懷裏抱著一個小孩。)

(　　) 8. It's not important; don't ________ your head about it.
(A) remember (B) bother (C) require (D) consist
(它不太重要,不要爲它焦急。) 〔75師大工教,80四技工專〕

(　　) 9. He drew up a(n) ________ for his speech. (A) content (B) brief (C) underline (D) case (他起草演講的綱要。)

ANSWERS

1. (A)	2. (D)	3. (B)	4. (C)	5. (D)
6. (C)	7. (A)	8. (B)	9. (B)	

■ **capricious** 形 善變的；反覆無常的
〔kə'prɪʃəs〕 *capricious* weather 多變的天氣

■ **carve** 動 雕刻；將…切片（塊）；創造
〔kɑrv〕 a *carved* image of Buddha 佛陀的雕像

■ **casual** 形 偶然的；不小心的 a casual *remark* 漫不經心的言論
〔'kæʒuəl〕 ***casualty*** 名 意外 *casualty* insurance 意外保險

■ **cheat** 動 欺騙；躲避 名 欺騙
〔tʃit〕 *cheat* on an examination 考試作弊

■ **cling** 動 固守；黏著（clung）
〔klɪŋ〕 *cling* to one's hand 緊抓著～的手

■ **command** 動 指揮；支配 名 命令；支配能力
〔kə'mænd〕 at one's *command* 受某人指揮；在某人掌握之中
He has a good *command* of English. 他精通英文。

■ **comment** 名 評論；註解 動 評論（*comment* (up)on～）
〔'kɑmɛnt〕 ***commentary*** 名 回憶錄；實況報導

■ **compassion** 名 憐憫；同情
〔kəm'pæʃən〕 have *compassion* on (*or* for) the poor 同情窮人

■ **compile** 動 編輯 *compile* a dictionary 編字典
〔kəm'paɪl〕 ***compiler*** 名 編纂者

■ **complain** 動 抱怨；發牢騷（*complain about* ～）
〔kəm'plen〕 ***complaint*** 名 抱怨；牢騷

■ **compose** 動 組成；作曲；保持鎮靜
〔kəm'poz〕 ***composition*** 名 成分；作文（曲） ***composed*** 形 鎮靜的

■ **conceal** 動 隱藏 He did not *conceal* his feelings *from* me.
〔kən'sil〕 他並未對我隱瞞他的感情。

■ **conceit** 名 自負；奇思異想 ***conceited*** 形 自負的
〔kən'sit〕 ***conceivable*** 形 可料想到的

■歷屆考題‧精選試題

( ) 1.（選錯的）(A) mission (B) candle (C) landscape (D) cemmet (E) angel 〔72二專〕

( ) 2. He is a man of ________ temper.
(A) changed (B) capricious (C) careless (D) continuous
（他是一個性情多變的人。） 〔69師大工教〕

( ) 3. He ________ out a career for himself. (A) carved (B) created (C) complainted (D) concluded（他替自己創造出一番事業。）

( ) 4. He ________ the law by suicide. (A) ran (B) cheated (C) seized (D) stirred（他以自殺躲避法律的制裁。）

( ) 5. The wet clothes ________ to his body. (A) clang (B) clung (C) climbed (D) cleared（濕衣黏在他身上。）

( ) 6. He cannot ________ so large a sum of money.
(A) commend (B) comment (C) economize (D) command
（他不能支配這樣大筆的款子。） 〔75、79師大工教〕

( ) 7. The general is in ________ of the army.
(A) situation (B) inquirement (C) command (D) contact
（這位將軍負責指揮陸軍。）

( ) 8. He made no ________ on the subject.
(A) conclusion (B) command (C) comment (D) commendation
（他對這問題未予評論。）

( ) 9. Her heart was filled with ________ for the motherless children. (A) patient (B) compassion (C) emotion (D) complaint
（她對於沒有母親的孩子們充滿憐憫心。） 〔78北商專、中商專〕

( ) 10. He ________ their plans. (A) rewarded (B) critic (C) commented (D) concealed（他對於他們的計劃保守秘密。）

ANSWERS

1. (D) 2. (B) 3. (A) 4. (B) 5. (B) 6. (D) 7. (C) 8. (C) 9. (B) 10. (D)

■ **confide** 勔 信賴（*confide* in～）；吐露（秘密）
〔kən'faɪd〕 ***confidence***〔'kɑnfədəns〕图 信賴；自信心
confident 形 確信的；充滿信心的 图 密友

■ **confound** 勔 混淆（＝*confuse*）；使困惑 *confound* him with
〔kən'faʊnd〕 his twin brother 分不清他和其孿生兄弟

■ **confront** 勔 面對；對照 We were *confronted* with many
〔kən'frʌnt〕 difficulties. 我們面臨許多困難。

■ **conscience** 图 良心 a good *conscience* 問心無愧（心安理得）
〔'kɑnʃəns〕 upon one's *conscience* 憑良心地（＝conscientiously）

■ **conscious** 形 有意識的；能察覺的 be *conscious* of～
〔'kɑnʃəs〕 ***consciousness*** 图 意識；知覺

■ **console** 勔 安慰 That *consoled* me for the loss. 那對我的
〔kən'sol〕 損失是一種安慰。

■ **contempt** 图 輕視 in *contempt* of danger 不顧危險
〔kən'tɛmpt〕 ***contemptible*** 形 可輕視的；可鄙的；卑劣的

■ **contend** 勔 爭鬥；競爭
〔kən'tɛnd〕 *contend* with him for a prize 和他競爭獎品

■ **continent** 图 大陸；（不包括英國的）歐洲大陸（the *Continent*）
〔'kɑntənənt〕 ***continental*** 形 大陸性的 *continental* climate 大陸性氣候

■ **countenance** 图 面容；臉色；鎮靜
〔'kaʊntənəns〕 change（one's）*countenance*（因喜、怒而）改變臉色

■ **courage** 图 勇氣 take *courage* 鼓起勇氣
〔'kɝɪdʒ〕 ***courageous***〔kə'redʒəs〕形 勇敢的

■ **cousin** 图 堂（表）兄弟姊妹
〔'kʌzn̩〕 call *cousins*（with～）認～為親戚；稱兄道弟

■ **coward** 图 懦夫 形 膽怯的 turn *coward* 變成懦夫
〔'kaʊəd〕 ***cowardice*** 图 怯懦；膽小

■歷屆考題・精選試題

( ) 1. (選錯的) (A) asylum (B) comfidence (C) splendid (D) gratitude 〔71中二專夜，80北二專夜〕

( ) 2. 憑著良心地： (A) consent (B) consequently (C) conscientiously (D) constantly 〔75師大工教，78中商專、北商專〕

( ) 3. The servant enjoyed his master's ________.
(A) confidence (B) pleasure (C) complaint (D) compliance
(這傭人深得主人的信任。) 〔75、78教育學院〕

( ) 4. Her husband's cruelty amazed and ________ her.
(A) excuted (B) confounded (C) sepreated (D) prolonged
(她丈夫的殘忍使她既驚嚇又困惑。)

( ) 5. He confessed when ________ with the evidence of his guilt.
(A) confided (B) divided (C) confounded (D) confronted
(當犯罪的證據擺在他面前時，他招認了。) 〔70教育學院〕

( ) 6. She behaves as if she has something on her ________.
(A) consciousness (B) compassion (C) conscience (D) influence
(她的行動像是做了什麼虧心事似的。) 〔80師大工教〕

( ) 7. He is ________ of his own mistakes. (A) invisible (B) conscious (C) comfortable (D) contrary (他自知其過。)
〔75、79師大工教，78中商專、北商專〕

( ) 8. Only his children could ________ him when his wife died.
(A) console (B) conceal (C) compose (D) consider
(當他的妻子死後，只有他的子女能安慰他。)

( ) 9. His conduct is beneath ________. (A) surroundings (B) conceal (C) secrete (D) contempt (他的行爲爲人所不齒。)
〔75中二專夜〕

( ) 10. They have the ________ of their convictions. (A) courage (B) danger (C) privilege (D) right (他們有勇氣做自以爲對的事情。)

ANSWERS

1. (B) 2. (C) 3. (A) 4. (B) 5. (D) 6. (C) 7. (B) 8. (A) 9. (D) 10. (A)

■ **cradle** ['kredḷ]
图 搖籃；發源地 *cradle*song 搖籃曲
the *cradle* of civilization 文明的發源地

■ **critic** ['krɪtɪk]
图 批評家 an art *critic* 藝術批評家
criticism ['krɪtə,sɪzəm] 图 批評；評論
criticize ['krɪtə,saɪz] 動 批評；吹毛求疵

■ **curious** ['kjʊrɪəs]
形 好奇的；奇怪的 *curious* to say 說起來眞怪
curiosity [,kjʊrɪ'ɑsətɪ] 图 好奇心；珍品

■ **curse** [kɝs]
動 詛咒；因～而受苦（*cursed* or *curst*）
图 詛咒（↔ *blessing* 祝福）；禍源

■ **customer** ['kʌstəmɚ]
图 顧客
a regular *customer* 常客

■ **daring** ['dɛrɪŋ]
形 大膽的（＝*bold*） 图 大膽 ***dare*** 動 膽敢
The plan was very *daring*. 這是項大膽的計畫。

■ **dawn** [dɔn]
動 黎明；了解（*dawn* (up)on～） 图 黎明
The truth *dawned* upon me at last.
我終於明白眞象了。

■ **deliberate** [dɪ'lɪbərɪt]
形 深思熟慮的；故意的 動 [dɪ'lɪbə,ret] 深思熟慮
deliberately 副 故意地；愼重地

■ **depress** [dɪ'prɛs]
動 使沮喪；蕭條 feel *depressed* 感到沮喪
depressing 形 令人沮喪的
depression 图 沮喪；低氣壓

■ **derive** [də'raɪv]
動 引出；獲得；起源 Are English words *derived* from Greek and Latin? 英文字起源於希臘文和拉丁文嗎?

■ **descend** [dɪ'sɛnd]
動 降下；傳下來 *descend* from father to son 父子相傳
descent 图 下降；血統 direct *descent* 直系子孫

■ **describe** [dɪ'skraɪb]
動 描寫；敘述 ***description*** 图 描寫；敘述
beyond *description* 無法形容

■歷屆考題・精選試題

(　) 1. Greece was the ________ of Western culture. (A) cradle (B) fashion (C) effort (D) pollution（希臘爲西方文化的發源地。）〔80北二專夜〕

______ 2. What I need is a helper, not a (criticize).（我所需要的是能幫我的人，而不是批評家。）〔75技術學院，78護二專〕

(　) 3. The old woman is too _______ about other people's business. (A) busy (B) curious (C) serious (D) boring（這位老太婆太愛管人家的閒事。）〔77高屏二專夜，80嘉南二專夜〕

(　) 4. He ________ the man who stepped on his toes. (A) blessed (B) angry (C) suffered (D) cursed（他詛咒踩到他腳趾頭的人。）

______ 5. The grand sight of Niagara Falls is beyond (describe).（尼加拉瀑布景色壯觀，非筆墨所能形容。）〔72嘉南二專夜，80北二專夜〕

______ 6. The policeman was engaged in the d______n of the case.（警察正忙於描述案件。）〔66二專夜，74北二專夜〕

(　) 7. 選錯的：(A) information (B) discription (C) commercial (D) reputation 〔75二專夜，78教育學院、空中商專〕

______ 8. Our regular c______r is Mrs. Lee, there is never a day when she does not come to our store to buy milk and bread.（李太太是我們的老顧客，她沒有一天不到店裏來買牛奶和麪包。）〔78台北工專，79二專，80師大工教、高屏二專夜，81四技商專、保送甄試〕

(　) 9. This was a(n)_________insult to him. (A) noticeable (B) curious (C) deliberate (D) daring（這是有意侮辱他的。）〔77師大工教、高屏二專夜〕

(　) 10. When business is ________, many people lose their jobs. (A) depresst (B) depressed (C) deprised (D) derived（商業蕭條時，許多人失業。）〔79師大工教，81四技商專〕

ANSWERS

1. (A)　2. critic　3. (B)　4. (D)　5. description
6. description　7. (B)　8. customer　9. (C)　10. (B)

■ **despair** 〔dɪ'spɛr〕
動 絕望（*despair* of～） 名 絕望 in *despair* 絕望地
His life is *despaired* of. 他沒救了。
desperate 〔'dɛspərɪt〕 形 絕望的；嚴重的

■ **despise** 〔dɪ'spaɪz〕
動 輕視；瞧不起
You should by no means *despise* others.
你不應該輕視別人。

■ **destination** 〔,dɛstə'neʃən〕
名 目的地 The parcel was sent to the wrong *destination*. 小包裹被送錯目的地。

■ **destine** 〔'dɛstɪn〕
動 指定；命運註定（通常用被動式）
destiny 名 命運 the man of *destiny* 支配命運的人

■ **devote** 〔dɪ'vot〕
動 專心從事；獻身 a *devoted* friend 忠心耿耿的朋友
devotion 名 獻身；專心

■ **dialect** 〔'daɪəlɛkt〕
名 方言 Scottish *dialect* 蘇格蘭方言
a poem written in *dialect* 一首用方言寫的詩

■ **dignity** 〔'dɪgnətɪ〕
名 威嚴；莊重 keep one's *dignity* 保持尊嚴
dignify 動 使威嚴；使高貴

■ **dimension** 〔də'mɛnʃən〕
名（長、寬、高的）尺寸；（空間的）度數；(*pl.*)範圍
four-*dimension* space 四度空間

■ **disappoint** 〔,dɪsə'pɔɪnt〕
動 使失望；使受挫（＝*discourage*）
We were *disappointed* at the result. 我們對結果感到失望。 ***disappointment*** 名 失望；挫折

■ **discern** 〔dɪ'sɝn〕
動 看出；辨別 *discern* good from bad 辨別好壞
discernment 名 識別；洞察力

■ **disguise** 〔dɪs'gaɪz〕
動 改裝；隱瞞（＝*hide*） 名 化裝；偽裝
a blessing in *disguise* 因禍得福

■ **disgust** 〔dɪs'gʌst〕
動 使厭惡 名 嫌惡；厭惡
He was *disgusted* with life. 他厭惡人生。

■歷屆考題・精選試題

( ) 1. The man looked ________ in his uniform. (A) dignity (B) dignify (C) dignified (這人穿制服看起來頗有威嚴。)
〔71 空中商專〕

( ) 2. Naturally I am ________ that I didn't pass the examination, but I will do better next time. (A) deceived (B) despaired (C) disappointed (D) disillusioned (我沒通過考試當然很失望，但我下次會做得更好。)〔77 中商專、北商專、空中商專, 78 護二專, 80 彰師〕

( ) 3. The hotel room was so dirty that I was ________ and complained to the manager. (A) ashamed (B) disgusted (C) disgusting (D) embarrassed (這旅館的房間這麼髒，我很厭惡並向經理抱怨。)〔71 師大工教, 77 中商專、北商專〕

______ 4. (同義) to hate or dislike. 〔71 教育學院〕

( ) 5. He pushed his way through the crowd and reached his ________. (A) demonstration (B) destiny (C) desperate (D) destination (他排開群衆而抵達目的地。) 〔75 技術學院〕

( ) 6. He gave up the attempt in ________. (A) attitude (B) despair (C) design (D) willing (他失望地放棄嘗試。)
〔77 空中商專, 80 四技工專、中二專夜〕

( ) 7. Don't cheat at examinations, or your classmates will ________ you. (A) despise (B) detail (C) discern (D) disguise (考試不要作弊，否則同學會輕視你。)

( ) 8. They were ________ never to meet again. (A) despised (B) devoted (C) destined (D) believed (命運注定他們永不再相逢。)
〔75 保送甄試, 79 二專, 80 高屛二專夜〕

( ) 9. It's wrong to ________ yourself only to amusement. (A) destine (B) devote (C) judge (D) interrupt (只專心於娛樂是不對的。) 〔75 保送甄試, 80 中二專夜〕

ANSWERS

1. (C)	2. (C)	3. (B)	4. disgust	5. (D)
6. (B)	7. (A)	8. (C)	9. (B)	

■ **entertain** 〔ˌɛntɚˈten〕 動使娛樂；款待 *entertain* one's guests with～ 以～款待客人 *entertainment* 名娛樂；款待

■ **enthusiasm** 〔ɪnˈθjuzɪˌæzəm〕 名熱中；狂熱 *enthusiastic*〔ɪnˌθjuzɪˈæstɪk〕形熱烈的 receive an *enthusiastic* welcome 受到熱烈歡迎

■ **envy** 〔ˈɛnvɪ〕 動嫉妒；羨慕 名嫉妒 I *envy* your success. 我羨慕你的成功。

■ **erroneous** 〔əˈronɪəs〕 形錯誤的 *error*〔ˈɛrɚ〕名錯誤 an *erroneous* report 錯誤的報導

■ **esteem** 〔əˈstim〕 動尊重；尊敬 名尊重；尊敬 We hold our teacher in high *esteem*. 我們非常尊敬我們老師。

■ **eternal** 〔ɪˈtɝnḷ〕 形永遠的；不變的；不停的 Rome was called the *Eternal* City. 羅馬被稱爲永恆之城。

■ **exaggerate** 〔ɪgˈzædʒəˌret〕 動誇張；使惡化 *exaggerate* the fact 誇大事實 *exaggeration* 名誇張 it's no *exaggeration* to～ ～並不算誇張

■ **express** 〔ɪkˈsprɛs〕 動表達 形明白表示的；快遞的 名快車；快遞 *express* one's feelings in music 以音樂表達情感 *expression* 名表現；表情

■ **exquisite** 〔ˈɛkskwɪzɪt〕 形精巧的;劇烈的 名花花公子;過分講究衣著的人 an *exquisite* flower design 精緻的花紋

■ **fame** 〔fem〕 名名聲；聲譽 *famous* 形著名的；聞名的 a man of international *fame* 國際名人

■ **fascinate** 〔ˈfæsṇˌet〕 動使迷惑;使着迷 I was *fascinated* with the beautiful scene of Mt. Ali. 我被阿里山漂亮的景色迷住了。

■ **fatigue** 〔fəˈtig〕 名疲勞 動使疲勞 She was pale with *fatigue*. 她因疲勞而臉色蒼白。

■ **fault** 〔fɔlt〕 名過錯；缺點 *faulty* 形有缺點的 find *fault* with 對～吹毛求疵；挑剔

■歷屆考題・精選試題

( ) 1. We all were ______ by his tricks. (A) guilty (B) generous (C) entertained (D) misunderstood（他要把戲來娛樂我們。）〔75師大工教〕

( ) 2. We are received with great ______. (A) applause (B) enthusiasm (C) patient (D) freedom（我們受到熱烈歡迎。）〔77、78北二專夜〕

( ) 3. His magnificent house is the ______ of all his friends. (A) envy (B) jealous (C) instance (D) harbor（他富麗堂皇的房屋，是他所有朋友羨慕的東西。）〔73教育學院〕

( ) 4. No one ______ your father more than I do. (A) fastens (B) esteems (C) assumes (D) balance（沒有人比我更尊重你父親。）

( ) 5. Stop this ______ chatter. (A) annoy (B) award (C) eternal (D) screeming（不要囉囉嗦嗦說個不停。）

( ) 6. I can't ______ how grateful I am to you. (A) explicit (B) expose (C) express (D) explore（我眞說不出我是多麼感激你。）〔80北二專夜〕

( ) 7. Those violets are ______ flowers. (A) extensive (B) exquisite (C) nobleness (D) oberse（紫羅蘭是纖美的花。）

( ) 8. His ______ spread all over the country. (A) fame (B) habbit (C) catalogue (D) mud（他名震全國。）〔74嘉南二專夜，78保送甄試〕

( ) 9. The boy was ______ by all the toys in the big department store. (A) bothered (B) fascinated (D) worished (D) worshiped（這孩子爲大百貨店裏的玩具所迷惑。）〔78高屏二專夜，79二專〕

( ) 10. He always finds ______ with her. (A) accomplishment (B) admission (C) obligation (D) fault（他老是挑剔她。）〔78護二專〕

ANSWERS

1. (C)	2. (B)	3. (A)	4. (B)	5. (C)
6. (C)	7. (B)	8. (A)	9. (B)	10. (D)

■ **flatter** 動諂媚；奉承 You *flatter* me. 你過獎了。
〔'flætɚ〕 ***flatterer*** 名阿諛者；奉承者

■ **flavo(u)r** 名滋味；香料（味） 動加味於；調味 story with a
〔'flevɚ〕 *flavor* of country life 充滿鄉村風味的故事

■ **flood** 名洪水；水災 動氾濫；淹沒 There was heavy rain
〔flʌd〕 and there was a *flood*. 豪雨造成水災。

■ **flour** 名麪粉；粉末
〔flaʊr〕 Wheat is ground into *flour*. 小麥磨成麪粉。

■ **folly** 名愚笨；愚行
〔'fɑlɪ〕 youthful *follies* 年輕時代的荒唐事

■ **forge** 名熔爐；鐵匠舖 動鍛造；僞造 ***forgery*** 名僞造文書
〔fordʒ〕 *forge* a signature 僞造簽字

■ **fretful** 形焦急的；煩躁的；易怒的
〔'frɛtfəl〕 in a *fretful* voice 以焦急的音調

■ **friendship** 名友情；友善
〔'frɛndʃɪp〕 Real *friendship* is more valuable than money.
純眞的友情比金錢更可貴。

■ **fright** 名驚駭 have a *fright* 大吃一驚
〔fraɪt〕 ***frighten*** 動使吃驚；恐嚇

■ **frown** 動皺眉頭；不悅；反對 名皺眉
〔fraʊn〕 Don't *frown* at me. 別對我皺眉頭。

■ **frustration** 名挫折；失敗 ***frustrate*** 動受到挫折
〔'frʌstreʃən〕 Life is full of *frustrations*. 人生充滿了挫折。

■ **furnish** 動供給（必要物品）；裝備（傢俱等）
〔'fɝnɪʃ〕 The library is *furnished* with many good books.
圖書館裏備置有許多好書。

■ **furniture** 名傢俱（集合名詞無複數形）
〔'fɝnɪtʃɚ〕

■歷屆考題・精選試題

(　) 1. Many exciting adventures ______ an explorer's life.
(A) float (B) glorify (C) flavor (D) flour
(許多動人的奇遇,使冒險家的一生別具風味。)〔70技術學院,80師大工教〕

(　) 2. The rain-storm caused ______ in the low-lying parts of the town. (A) floods (B) miracles (C) advancement (D) current (豪雨使這城的低窪處造成水災。)
〔74北二專夜,80四技商專、北二專夜〕

(　) 3. "You are too old for such ______," said Mother.
(A) foolish (B) fright (C) forge (D) folly 〔77北二專夜,78中二專夜〕
(母親說:「你這樣大了,不該做這種荒唐事。」)

(　) 4. He was sentenced to three years for ______.
(A) forge (B) forgery (C) furgery (D) furge
(他因僞造文書被判三年徒刑。)

(　) 5. My baby brother is ______ because he is cutting his teeth.
(A) frustrating (B) furnished (C) fretful (D) fritful
(我的小弟弟直發脾氣,因他正在長牙齒。) 〔78護二專〕

(　) 6. Were you ______ by the earthquake? (A) frowned (B) frightened (C) frustrated (D) flattered (此次地震你害怕嗎?)
〔78護二專,81四技商專、北二專夜〕

(　) 7. There was a deep ______ on his face. (A) frozen (B) forge (C) frown (D) flavor (他的額頭深深皺著。) 〔77嘉南二專夜〕

(　) 8. His trouble is that he is ______ much too easily.
(A) frustrated (B) declared (C) advantured (D) grumbled
(他的毛病是他很容易洩氣。) 〔78護二專〕

(　) 9. Beds, chairs, tables, and desks are ______. (A) furniture (B) furnitures (C) furnishment (D) furnishments
(床、椅、桌、及書桌皆是傢俱。)
〔75中商專,77北二專夜,78保送甄試、空中商專〕

ANSWERS

1. (C) 2. (A) 3. (D) 4. (B) 5. (C) 6. (B) 7. (C) 8. (A) 9. (A)

■ **fury** 图憤怒；（戰爭、暴風雨、疾病等）猛烈
〔'fjʊrɪ〕 *furious*〔'fjʊrɪəs〕形狂怒的；猛烈的 a *furious* sea 怒海

■ **gaze** 動凝視；注視 *gaze* at the stars 凝視著星星
〔gez〕

■ **generous** 形慷慨的；豐富的 be *generous* in giving help 慷慨助人
〔'dʒɛnərəs〕 *generosity*〔,dʒɛnə'rɑsətɪ〕图慷慨；寬大

■ **genius** 图天才；才能 men of *genius* 有天才的人
〔'dʒinjəs〕 Einstein was a math *genius*. 愛因斯坦是個數學天才。

■ **genuine** 形眞正的；誠懇的 a *genuine* signature 親筆簽名
〔'dʒɛnjʊɪn〕 Mary had a *genuine* smile. 瑪麗露出誠摯的笑容。

■ **glory** 图光榮；榮譽 動得意（*glory* in ～） gain (*or* win)
〔'glorɪ〕 *glory* 贏得榮譽 *glorious* 形光榮的；輝煌燦爛的

■ **graceful** 形優美的；得體的
〔'gresfəl〕 a *graceful* girl 優雅的少女

■ **graduate** 動畢業 图〔'grædʒʊɪt〕畢業生 形〔'grædʒʊɪt〕研究所的
〔'grædʒʊ,et〕 *graduate* from Cambridge 畢業於劍橋
graduation 图畢業；獲得學位

■ **grant** 動允許；答應；承認 take ～ for *granted* 視～爲當然
〔grænt〕 They *granted* us our request. 他們答應我們的要求。

■ **grave** 图坟墓 形莊重的；嚴重的
〔grev〕 make a *grave* mistake 造成重大的錯誤

■ **greet** 動打招呼；迎接
〔grit〕 He *greeted* me with a nod. 他點頭向我打招呼。

■ **grief** 图悲傷；憂愁 *grieve* 動使悲傷
〔grif〕 *grievous*〔'grivəs〕形悲慘的；痛苦的；嚴重的
a *grievous* traffic accident 悲慘的交通事故

■ **harvest** 图收穫；收穫物 動收穫
〔'hɑrvɪst〕 a good *harvest* of strawberries 草莓大豐收

■歷屆考題・精選試題

( ) 1. He flew into a ______ when I said I couldn't help him.
(A) fury (B) futile (C) furious (D) glory〔77嘉南二專夜, 78保送甄試〕
(當我說不能幫他時，他立刻憤怒起來。)

______ 2. She danced (grace). (她舞姿優美。) 〔74北商專〕

______ 3. Jane studied so hard that she g______ted with honors.
(珍讀書用功，以致以優等成績畢業。)〔67師大工教, 79二專, 81四技商專〕

( ) 4. It was very ______ of them to share their meal with their out-of-work neighbors. (A) graceful (B) gentle (C) generous (D) grateful 〔70台北工專, 74北商專〕
(他們願讓失業的鄰人共進餐食，甚爲慷慨。)

( ) 5. Scientific achievement may bring greater ______ than fighting. (A) genius (B) emigration (C) grace (D) glory
(科學的成就也許比戰爭帶來更大的榮耀。)
〔74北商專, 78保送甄試〕

( ) 6. He spoke English so well that I took it for ______ that he was an American. (A) ensured (B) evidented (C) granted (D) exacted (他的英文說得好極了，因此我認爲他當然是個美國人。)
〔78北二專夜〕

( ) 7. If her deceased husband knew how she was spending his money, he would turn over in his ______.
(A) heel (B) grave (C) nickname (D) closet 〔75中商專, 77空中商專〕
(倘使她死去的丈夫知道她如何揮霍金錢，他會死不瞑目的。)

( ) 8. His speech was ______ with cheers. (A) devided (B) united (C) deprived (D) greeted (他的演說受到熱烈喝采。)
〔74北二專夜, 76技術學院〕

( ) 9. Wasting food when people are starving is a ______ wrong.
(A) enormous (B) grim (C) grievous (D) dental
(在別人挨餓時浪費食物是一種嚴重的罪惡。)

ANSWERS

1. (A) 2. gracefully 3. graduated 4. (C) 5. (D) 6. (C) 7. (B) 8. (D) 9. (C)

■ **haste** 图急忙 More *haste*, less speed. 欲速則不達。
〔hest〕 *hasten* 〔'hesn̩〕 動趕快；催促 *hasty* 形匆匆的；草率的

■ **hatred** 图憎恨；敵意 He looked at me with *hatred* in
〔'hetrɪd〕 his eyes. 他以憎恨的目光看著我。

■ **heaven** 图天空；天堂；上帝（=*God*）
〔'hɛvən〕 *Heaven* knows (=God knows). 天曉得。

■ **hesitate** 動猶豫；遲疑 *hesitation* 图猶豫；遲疑
〔'hɛzə,tet〕 without *hesitation* 毫不猶豫

■ **horrible** 形可怕的；恐怖的 a *horrible* sight 恐怖的景象
〔'hɑrəbl̩〕 *horror* 图恐怖；戰慄

■ **hospitality** 图好客；慇懃款待 We enjoyed his *hospitality* for
〔,hɑspɪ'tælətɪ〕 three days. 我們接受他三天的款待。

■ **humiliate** 動使丟臉；屈辱 feel *humiliated* 感到屈辱
〔hju'mɪlɪ,et〕 *humiliate* oneself 丟臉

■ **hypocrisy** 图僞善
〔hɪ'pɑkrəsɪ〕 *hypocrite* 〔'hɪpəkrɪt〕 图僞善者；僞君子

■ **illustrate** 動舉例說明；挿圖 an *illustrated* book 有挿圖的書
〔ɪ'lʌstret〕 *illustration* 图實例；挿圖

■ **imagine** 動想像 *image* 〔'ɪmɪdʒ〕 *n.* 像；肖像
〔ɪ'mædʒɪn〕 *imaginative* 形想像的；幻想的

■ **impatient** 形不耐煩的；急躁的 He was *impatient* to know the
〔ɪm'peʃənt〕 result. 他急著想知道結果。 *impatience* 图性急；無耐性

■ **implicit** 形盲目的；暗含的 *implicit* obedience 盲從
〔ɪm'plɪsɪt〕 an *implicit* agreement 默許

■ **incline** 動有～的傾向；想（做） be *inclined* to (*or* for ～)
〔ɪn'klaɪn〕 I am not *inclined* for work today. 今天我不想工作。

■歷屆考題・精選試題

(　) 1. If you have any question, don't______ to ask me. (A) hurry (B) worry (C) hesitate (E) fearful 〔78教育學院、北商專、中商專〕
(假使有任何問題，不要猶豫來問我。)

(　) 2. Artificial heating______the growth of plants. (A) hastens (B) investigates (C) hestens (D) invastigates
(人工加熱法加速植物的生長。)

(　) 3. He looked at me with______in his eyes. (A) hetred (B) hatred (C) hospitality (D) hypocrite (他以憎恨的目光望著我。)

(　) 4. His______cost him the championship. (A) hesition (B) hasitate (C) hestation (D) hesitation (猶豫使他失去冠軍。)
〔78教育學院、北商專、中商專〕

(　) 5. A good housewife has a______of dirt. (A) horror (B) laundry (C) matter (D) pillow
(一個好的主婦極度憎惡污穢。) 〔75中商專，78保送甄試〕

(　) 6. the <u>impatient</u> man (A) 病人 (B) 無情感的 (C) 不耐煩 (D) 無感覺的。 〔80北二專夜〕

(　) 7. Fairy tales are______. (A) imagine (B) image (C) imaginative (D) imagination
(神仙故事都是幻想的。) 〔73北二專夜，78空中商專，80北二專夜〕

______8. He is the (imagination) of his father.
(他像貌酷似他父親。) 〔73北商專，78空中商專，79師大工教，80中二專夜〕

(　) 9. Please send us a copy of your______catalog. (A) illustrate (B) illustrations (C) illustrated (D) illustrator
(請寄給我一份貴公司的圖解目錄。) 〔74中商專，79師大工教〕

ANSWERS

1. (C)　2. (A)　3. (B)　4. (D)　5. (A)　6. (C)
7. (C)　8. image　9. (C)

■ **indifferent** 〔ɪn'dɪfərənt〕 形漠不關心的 He's *indifferent* to success or failure. 他對成敗漠不關心。 ***indifference*** 名漠不關心；不重視

■ **individual** 〔,ɪndə'vɪdʒuəl〕 名個人 形個別的；特有的 We use *individual* towels. 我們各用各的毛巾。 ***individuality*** 〔,ɪndə,vɪdʒu'ælətɪ〕名個人的特徵；個性

■ **induce** 〔ɪn'djus〕 動說服；勸誘 Nothing could *induce* him to join the party. 他無論如何都不參加宴會。

■ **infamous** 〔'ɪnfəməs〕 形可恥的；聲名狼藉的 *infamous* behavior 不名譽的行爲

■ **infant** 〔'ɪnfənt〕 名嬰兒 形嬰兒的；初期的 ***infancy*** 名幼年時代；初期 *infant* industry 初期的工業

■ **inferior** 〔ɪn'fɪrɪɚ〕 形次等的；低級的 名部屬；劣品 ***inferiority*** 〔ɪn,fɪrɪ'ɑrətɪ〕名下級；劣等 *inferiority* complex 自卑感

■ **inflict** 〔ɪn'flɪkt〕 動施加（打擊、傷害、處罰） The teacher *inflicted* punishment *on* the boy. 老師處罰這孩子。

■ **insane** 〔ɪn'sen〕 形瘋狂的；極愚蠢的 an *insane* plan 極愚蠢的計畫 ***insanity*** 〔ɪn'sænətɪ〕名瘋狂；精神錯亂

■ **inspire** 〔ɪn'spaɪr〕 動鼓舞；激發 ***inspiration*** 名靈感；啟示 *inspire*～ with hope (confidence) 激起～的希望（信心）

■ **insult** 〔ɪn'sʌlt〕 動侮辱 名〔'ɪnsʌlt〕侮辱 Too much kindness is sometimes an *insult*. 過份親切有時候是一種侮辱。

■ **intend** 〔ɪn'tɛnd〕 動意欲；打算 I *intend* to help him. ***intent*** 名意向 with good *intent* 好意地

■ **intense** 〔ɪn'tɛns〕 形激烈的；緊張的 *intense* cold (heat) 酷寒（熱） ***intensify*** 動加强

■ **interpret** 〔ɪn'tɝprɪt〕 動解釋；通譯（口頭翻譯） ***interpretation*** 名解釋

■歷屆考題・精選試題

( ) 1. What ______ you to do such a foolish thing? (A) induced (B) conducted (C) implored (D) surpassed
(是什麼引誘你做這種傻事。) 〔78北商專、中商專〕

( ) 2. This industry is still in its ______. (A) infantile (B) infertile (C) infancy (D) infantry
(這項工業仍在初期階段。)

( ) 3. A good leader gets on well with ______. (A) inferiors (B) inferiorities (C) inflictions (D) infancy
(一位好領袖能與部屬相處得很好。)

( ) 4. The judge ______ the death penalty on the criminal. (A) preached (B) simplified (C) inflicted (D) sentence
(法官判處該罪犯死刑。)

( ) 5. The speaker ______ the crowd. (A) intended (B) postponed (C) consulted (D) inspired (演說者鼓舞群衆。)
〔75中商專、北商專，77中二專夜，78師大工教〕

( ) 6. The rebels ______ the flag by throwing mud on it. (A) intended (B) intensed (C) insulted (D) insoulted
(叛徒們投泥於旗上以示侮辱。)〔76保送甄試，77技術學院，78師大工教〕

( ) 7. I ______ to leave the next day. (A) protested (B) intended (C) recommended (D) mentioned (我本打算次日離開。)
〔80四技工專、保送甄試，81四技商專〕

( ) 8. 選與重母音相同的發音：individual (A) eat (B) pick (C) use (D) all 〔75二專夜、技術學院，76、78護二專〕

( ) 9. The passage may be given several ______. (A) interpertations (B) interpretations (C) essence (D) essences
(這段文字可以做幾種不同的解釋。)

ANSWERS

1. (A) 2. (C) 3. (A) 4. (C) 5. (D) 6. (C) 7. (B) 8. (B) 9. (B)

■ **intimate** 〔'ɪntəmɪt〕 形親密的；內心的 *intimate* friend 知己 one's *intimate* affairs 個人的私事

■ **irritate** 〔'ɪrə,tet〕 動激怒；刺激；使感不適 an *irritating* sound 惱人的聲音 Don't be *irritated* at my words. 別爲我的話生氣。

■ **laughter** 〔'læftɚ〕 名笑；笑聲 burst into *laughter* 哄然大笑 There's *laughter* in his eyes. 他眼裏含著笑意。

■ **lean** 〔lin〕 動靠；傾身（leaned *or* leant）形瘦的；不豐富的 名瘦肉；傾斜 *lean* against a wall 靠在牆上

■ **linguistic** 〔lɪŋ'gwɪstɪk〕 形語言的；語言學的 *linguistic* studies 語言學的研究 *linguistics* 名語言學

■ **literal** 〔'lɪtərəl〕 形文字的；逐字的 *literally* 副逐字地；按字面地 in a *literal* sense 照字面的意思

■ **literature** 〔'lɪtərətʃɚ〕 名文學；文獻 *literary* 〔'lɪtə,rɛrɪ〕 形文學的 *literary* works 文學作品

■ **litter** 〔'lɪtɚ〕 名雜物；零亂 動使雜亂 *litter* the room with books 房間裏零亂地堆滿書本 in a *litter* 亂七八糟；散亂地

■ **lofty** 〔'lɔftɪ〕 形高聳的；高傲的 a *lofty* mountain peak 高聳的山頂 *lofty* ideals 高遠的理想

■ **magnificent** 〔mæg'nɪfəsn̩t〕 形壯麗的；華麗的 a *magnificent* palace 壯麗的宮殿

■ **manuscript** 〔'mænjə,skrɪpt〕 名原稿；草稿 a sheet of *manuscript* 一張原稿

■ **marry** 〔'mærɪ〕 動結婚；娶；嫁 He'll be *married* to Jane. 他要和珍結婚。 *marriage* 名結婚；婚禮 <比較> *divorce* 離婚 When will the *marriage* take place? 婚禮何時舉行？

■歷屆考題・精選試題

( ) 1. There are ______ relations between politics and economics.
(A) intimate (B) stubborn (C) irritate (D) linguistic
(政治和經濟有極密切的關係。) 〔76嘉南二專夜,77空中商專〕

( ) 2. The thick smoke ______ my eyes. (A) littered
(B) displayed (C) irritated (D) accounted
(濃煙使我的眼睛感覺不適。) 〔71二專,77嘉南二專夜,79師大工教〕

( ) 3. He burst ______ loud ______ when he heard it.
(A) into... cancer (B) out... laughter (C) into... laughter
(D) out... cancer (他聽到此事不禁大笑。) 〔78嘉南二專夜〕

( ) 4. The distress signal SOS has no ______ meaning.
(A) linguistic (B) linguist (C) literal (D) literaul
(求救信號SOS在字面上並沒有什麼意義。) 〔73教育學院〕

( ) 5. I shall take ______ and mathematics this spring.
(A) litereture (B) literature (C) literary (D) literarence
(今年春天我要修文學和數學。) 〔78師大工教、中商專、北商專〕

( ) 6. Always pick up your ______ after a picnic. (A) laughter
(B) literal (C) impression (D) litter
(野餐後務必將雜物收拾起來。) 〔78嘉南二專夜〕

( ) 7. He had a ______ contempt for others. (A) prophecy (B) lofty
(C) prisoner (D) faculty (他對別人態度高傲而輕蔑。)

( ) 8. marriage: (A) advice (B) wedding (C) engage
(D) divorce (反義字) 〔77師大工教、教育學院,80中二專夜,81四技商專〕

( ) 9. Westminster Abbey is ______. (A) magnificent (B) maganefent
(C) manificent (D) maniphicent (西敏寺很富麗堂皇。)

ANSWERS

1. (A) 2. (C) 3. (C) 4. (C) 5. (B) 6. (D) 7. (B) 8. (D) 9. (A)

■ **mature** 〔mə'tjʊr〕 形成熟的 動成熟 Monkeys *mature* quickly. 猴子很快就長大成熟。 ***maturity*** 名成熟

■ **meditate** 〔'mɛdə,tet〕 動考慮；沈思 He *meditated* for a whole day. 他沈思了一天。 ***meditation*** 名沈思；冥想

■ **mention** 〔'mɛnʃən〕 動提及；述及 Don't *mention* it. 別客氣。 not to *mention*～ 更不用提～

■ **mischief** 〔'mɪstʃɪf〕 名危害；惡作劇 get into *mischief* 惡作劇 ***mischievous*** 〔'mɪstʃɪvəs〕 形有害的；淘氣的

■ **misery** 〔'mɪzərɪ〕 名悲慘；(*pl.*)不幸 live in *misery* 過著悲慘的生活 ***miserable*** 〔'mɪzərəbḷ〕 形可憐的；悲慘的

■ **moderate** 〔'mɑdərɪt〕 形適度的；有節制的 ***moderation*** 名中庸 *moderate* exercise 適度的運動

■ **modest** 〔'mɑdɪst〕 形謙虛的；客氣的 He's *modest* in his behavior. 他態度客氣。 ***modesty*** 名謙虛；樸素

■ **monotonous** 〔mə'nɑtnəs〕 形單調的 lead a *monotonous* life 過單調的生活 ***monotony*** 〔mə'nɑtṇɪ〕 名單調；無聊

■ **mortal** 〔'mɔrtḷ〕 形必死的；致命的 ***mortality*** 〔mɔr'tælətɪ〕 名死亡率 Man is *mortal*. 人皆有一死。

■ **mourn** 〔mɔrn〕 動悲傷；哀悼 *mourn* the death of one's friend 哀悼朋友的死亡

■ **naughty** 〔'nɔtɪ〕 形頑皮的；淘氣的(=*mischievous*) Don't be so *naughty*. 不要如此淘氣。

■ **nightmare** 〔'naɪt,mɛr〕 名惡夢；可怕的經驗 have a *nightmare* 做惡夢

■ **notorious** 〔no'torɪəs〕 形惡名昭彰的 New York is *notorious* for its high crime rate. 紐約以高犯罪率聞名。

■歷屆考題・精選試題

( ) 1. His character was ______ by age. (A) nature (B) mature (C) muture (D) future（他的性格隨著年齡而成熟。） 〔70二專〕

( ) 2. He is ______ revenge. (A) meditating (B) mediating (C) decorating (D) decurating（他在尋思報復。）

( ) 3. There were three of us there, ______ the children. (A) not mention (B) without mention (C) not to mention (D) without mentioned
（孩子不算在內，我們之中有三個人在那裏。）
〔77技術學院,80四技商專、高屏二專夜〕

( ) 4. One ______ comes on the neck of another. (A) verse (B) mischief (C) digest (D) retirement
（禍不單行。） 〔72技術學院〕

( ) 5. ______ loves company. (A) Blunder (B) Sin (C) Misery (D) Throne（禍不單行。） 〔77中二專夜〕

( ) 6. He is ______ in drinking. (A) maderate (B) moderative (C) moderate (D) maderative（他飲酒有節制。）

( ) 7. The ______ from automobile accidents is very serious. (A) mortality (B) foundation (C) resource (D) fortune
（車禍引起的死亡十分嚴重。）

( ) 8. Travelling on those bad mountain roads is a ______. (A) salvation (B) instrument (C) territory (D) nightmare
（在那崎嶇的山路旅行，眞是可怕的經驗。） 〔71師大工教〕

( ) 9. The ______ thief was sent to prison for his many crimes. (A) national (B) notorious (C) earnest (D) pompous
（這罪名昭彰的竊賊因犯罪累累而入獄。）

ANSWERS

1. (B) 2. (A) 3. (C) 4. (B) 5. (C) 6. (C) 7. (A) 8. (D) 9. (B)

■ **novel** 形新奇的 名小說 a historical ***novel*** 歷史小說
〔'nɑvl̩〕 a ***novel*** experience 新奇的經驗

■ **obtain** 動獲得；達到（目的） ***obtainable*** 形可到手的
〔əb'ten〕 ***obtain*** knowledge from study 由研究獲得知識

■ **omen** 名預兆 動預兆
〔'omən〕 This snowfall is a good ***omen***. 下這場雪是好兆頭。

■ **optimistic** 形樂觀的；樂觀主義的 He is ***optimistic*** about the
〔,ɑptə'mɪstɪk〕 economic future. 他對未來的經濟抱持樂觀的看法。
optimist 〔'ɑptəmɪst〕名樂觀的人

■ **ornament** 名裝飾品 動〔'ɔrnə,mɛnt〕裝飾 personal ***ornament***
〔'ɔrnəmənt〕 身上的裝飾品 ***ornamental*** 〔,ɔrnə'mɛntl̩〕形裝飾的

■ **overlook** 動俯視；監督 We can ***overlook*** the whole town from
〔,ovɚ'lʊk〕 the top of the tower. 我們可以從塔頂俯瞰整個城鎮。

■ **palm** 名手掌；棕櫚
〔pɑm〕 oil (*or* grease) a person's ***palm*** 向某人行賄

■ **pant** 動喘息；渴望 名喘氣
〔pænt〕 The horse ***panted*** along. 這匹馬一路喘氣。

■ **passenger** 名乘客；旅客
〔'pæsn̩dʒɚ〕 a ***passenger*** train（鐵路）客車

■ **passer-by** 名行人（複數 ***passers-by***） ***Passers-by*** did not
〔'pæsɚ'baɪ〕 notice the old man. 行人沒有注意到那老人。

■ **passion** 名强烈的感情（愛、恨、怒） fly into a ***passion*** 勃
〔'pæʃən〕 然大怒 ***passionate*** 〔'pæʃənɪt〕形熱情的；易怒的

■ **pathetic** 形可憐的；悲慘的
〔pə'θɛtɪk〕 a ***pathetic*** story 悲慘的故事

■ **patient** 形忍耐的 名病患 Be ***patient***. 忍耐點。
〔'peʃənt〕 ***patience*** 名耐心 lose ***patience*** 失去耐心

■歷屆考題・精選試題

(　) 1. to design new and <u>novel</u> types of space ships
(A)小說 (B)新奇 (C)附單 (D)描述 〔80師大工教〕

______2. Something that is used to add beauty is called an or________t.
（用來增加美感的東西叫裝飾品。） 〔78保送甄試、護二專〕

______3. A p________t is a man who is ill and is under medical care.
（病患就是生病且接受醫療的人。）〔75技術學院,77北商專、中商專、護二專,79二專,80四技工專、保送甄試、北二專夜〕

______4. We waited (patience) for my uncle to come.
（我們耐心地等待我叔叔來。） 〔60台北工專〕

(　) 5. It is the job of a stewardess to serve the______on a plane during the flight. (A) riders (B) pilots (C) passengers (D) guests （在飛行過程中爲乘客服務是空中小姐的工作。） 〔81四技工專〕

(　) 6. She did not know that she was being______by the woman next door. (A) minored (B) upseted (C) overlooked (D) blocked（她不知自己正被隔壁那個女的監視著。）〔78教育學院〕

(　) 7. The people ______after liberty. (A) launched (B) panted (C) restored (D) distorted（人民渴望自由。） 〔75師大工教〕

(　) 8. The robbery had been planned for a day when there would be fewer than the usual number of______.
(A) passers-by (B) passer-bys (C) passes-by (D) pesses-by
（那搶劫案計劃在行人較少的日子付諸行動。）

(　) 9. She has a______for painting. (A) favorite (B) domestic (C) passion (D) inflation（她熱愛繪畫。）

ANSWERS

1. (B)　2. ornament　3. patient　4. patiently
5. (C)　6. (C)　7. (B)　8. (A)　9. (C)

■ **pause** 图停頓；中止 動中止；暫停
〔pɔz〕 *pause* to look back 停下來回顧

■ **perfume** 图香氣；香水 動〔pɚ'fjum〕使香；噴香水 The flowers
〔'pɝfjum〕 *perfume* the room. 房間裏瀰漫著花香。

■ **persuade** 動說服；勸誘 *persuade* oneself 讓自己相信
〔pɚ'swed〕 *persuasion* 〔pɚ'sweʒən〕图說服；宗教信仰

■ **pierce** 動刺穿；看穿 A ray of light *pierced* the darkness.
〔pɪrs〕 一線光穿過黑暗。

■ **pious** 形虔誠的；孝順的 His parents were *pious* Christians.
〔'paɪəs〕 他父母是虔誠的基督教徒。 *piety* 图虔敬；孝順

■ **plunge** 動使投入；跳入 图跳水台
〔plʌndʒ〕 He *plunged* into the water. 他跳入水中。

■ **poem** 图詩 a lyric *poem* 抒情詩 *poetry* 〔'poɪtrɪ〕图詩集
〔'po·ɪm〕 *poet* 图詩人

■ **popular** 形受歡迎的；流行的；一般的 a *popular* song 流行歌曲
〔'pɑpjəlɚ〕 **popularity** 〔,pɑpjə'lærətɪ〕图流行；聲望

■ **positive** 形確實的；肯定的；積極的
〔'pɑzətɪv〕 no *positive* evidence 沒有確實的證據

■ **praise** 图讚美 動稱讚
〔prez〕 win high *praise* 贏得高度的讚美
praise ～ to the sky 將～捧上天；極力讚美～

■ **pray** 動祈禱；懇求 *pray* to God for one's safety 祈求神保
〔pre〕 佑～平安 *prayer* 图祈禱；禱告

■ **preach** 動傳教；倡導 *preach* exercise 倡導運動
〔pritʃ〕 *preach* to deaf ears 對聾子講道；對牛彈琴

■ **precious** 形貴重的；可愛的 a *precious* stone 寶石
〔'prɛʃəs〕 a *precious* child 可愛的兒童

■歷屆考題・精選試題

(　) 1. John is a very______name for boys. (A) curious (B) special (C) popular (D) peculiar
（對男孩子而言，約翰是個大衆化的名字。）
〔74保送甄試,80師大工教、四技商專〕

______2. Diamond is a p________s stone.（金剛鑽是寶石。）〔78教育學院〕

(　) 3. Nearly everyone likes to be popular. (A)年代的 (B)容易的 (C)受歡迎的 (D)民間的 〔78教育學院,79二專,80中二專夜〕

(　) 4. He made a short______and then went on reading. (A) pause (B) ignorance (C) admiration (D) source
（他停頓一下，然後繼續唸下去。）

(　) 5. All our______was of no use; she would not come. (A) gratitude (B) persuasion (C) separation (D) renewal
（我們所有的勸說都無效，她不願意來。）
〔75高屏二專夜,78中商專、北商專,79二專〕

(　) 6. A tunnel________the mountain. (A) avoids (B) causes (C) injures (D) pierces（一條隧道通過此山。）

(　) 7. 選錯的：(A) perfume (B) popularity (C) persuwade (D) precious (E) poetry 〔74保送甄試,78教育學院,80彰師、嘉南二專夜〕

(　) 8. We have______knowledge that the earth moves around the sun. (A) possessed (B) positive (C) pentential (D) pontential
（我們確信地球繞太陽而行。）〔75空中商專〕

(　) 9. Your______pleased her very much. (A) praise (B) chastity (C) trend (D) plot（你的讚譽很使她高興。）

(　) 10. The farmers are______for rain. (A) appealing (B) submitting (C) agitating (D) praying（農夫正向神求雨。）

ANSWERS

1. (C)　2. precious　3. (C)　4. (A)　5. (B)　6. (D)
7. (C)　8. (B)　9. (A)　10. (D)

■ **predict** 〔prɪˈdɪkt〕 動預言；預報 *predict* sunshine 預測天晴
prediction 名預言；預報

■ **predominant** 〔prɪˈdɑmənənt〕 形傑出的；主要的 Blue is the *predominant* color of his paintings. 藍色是他畫中的主色。

■ **prefer** 〔prɪˈfɝ〕 動較喜愛；寧願 *prefer* dying to doing it 寧死也不願做 *preference* 〔ˈprɛfərəns〕 名偏好；優先權
preferable 形較好的；較合人意的

■ **pretend** 〔prɪˈtɛnd〕 動僞裝；佯裝 He *pretended* to be sleeping. 他假裝正在睡覺。

■ **principal** 〔ˈprɪnsəpl̩〕 形主要的 名校長；主犯
the *principal* of our school 本校的校長

■ **profess** 〔prəˈfɛs〕 動宣稱；聲明 *professor* 名教授
profession 名宣布；表示；職業

■ **proficient** 〔prəˈfɪʃənt〕 形精通的；熟練的 She is *proficient* in French. 她精通法文。 *proficiency* 名熟練；精通

■ **profound** 〔prəˈfaʊnd〕 形深的（=*deep*）；深奧的
fall into a *profound* sleep 酣睡

■ **prominent** 〔ˈprɑmənənt〕 形傑出的；突出的 *prominent* teeth 暴牙
a *prominent* writer 傑出的作家

■ **prompt** 〔prɑmpt〕 形立刻的；迅速的 動激勵；喚起
make a *prompt* answer 迅速回答

■ **proverb** 〔ˈprɑvɝb〕 名格言；諺語 as the *proverb* goes (runs, says) 俗話說

■ **provoke** 〔prəˈvok〕 動激怒；挑撥 *provoke* a war 挑起戰火
provocative 〔prəˈvɑkətɪv〕 形撩人的；激怒的

■ **prudent** 〔ˈprudn̩t〕 形謹慎的；精明的
a *prudent* housekeeper 謹慎的女管家

■歷屆考題・精選試題

______1. Atoms are all built of the same pr________l materials.
（原子都是由同樣的主要物質組成的。）〔78北商專、中商專〕

______2. "Never brag of your fish before you catch it." is a p_______b.（"勿做白日夢"是條格言。）〔60台北工專, 80高屏二專夜〕

______3. Weather (predict) are sometimes unreliable.
（氣象預測有時不準。）〔75、77中商專, 75中二專夜, 77北商專〕

(　) 4. The______of our school is a middle-aged gentleman.
(A) principle (B) principal (C) puppy (D) profession
(E) population（我們學校的校長是位中年紳士。）〔78技術學院, 81四技商專〕

(　) 5. As soon as he looked at her, a small______smile curved her lips. (A) provoke (B) provocative (C) provocation (D) provocatively
（當他一看到她時，她發出迷人的微笑。）〔74中商專〕

______6. Doctor Wang is a p_______r of physics; he teaches at Taiwan University.
（王博士是物理教授，任教於台大。）〔66二專, 77中商專, 79師大工教〕

(　) 7. A doctor's______duties are to care for the sick.
(A) financial (B) amateur (C) professional (D) political
(E) occasional（醫生的職責在照顧病人。）〔80北二專夜, 81四技商專〕

______8. While in college a p_______r told his class about the low efficiency of the steam engine. 〔68二專夜, 77嘉南二專夜, 79二專〕
（在大學時，有位教授上課說到蒸汽引擎的低效率。）

______9.（同義）likely to cause anger（激怒的）〔71教育學院, 78技術學院〕

ANSWERS

1. principal　2. proverb　3. predictions　4. (B)　5. (B)
6. professor　7. (C)　8. professor　9. provocative

■ **publication** 图發表；出版；刊物
〔,pʌblɪ'keʃən〕 new *publications* 新刊物

■ **pursuit** 图追求；追捕 the *pursuit* of happiness 幸福的追求
〔pɚ'sut〕 *pursue* 〔pɚ'su〕 動追求；追擊

■ **quarrel** 图口角；爭論 動爭吵；抱怨
〔'kwɔrəl〕 have a *quarrel* with～與～爭吵

■ **queer** 形古怪的；奇怪的 a *queer* way 古怪的方式
〔kwɪr〕 What a *queer* story！多古怪的故事！

■ **rage** 图盛怒；偏好 動發怒；狂暴
〔redʒ〕 Jim *raged* against us. 吉姆對我們大發雷霆。

■ **rapture** 图全神貫注；狂喜 *rapturous* 形狂喜的
〔'ræptʃɚ〕 fall (go) into *raptures* over～ 對～喜愛若狂

■ **reap** 動收割；收獲 *reap* crops 收割農作物 *reap* what
〔rip〕 one has sown 種瓜得瓜（自食其果）

■ **recover** 動恢復；使清醒 *recover* one's courage (strength)
〔rɪ'kʌvɚ〕 恢復勇氣（體力） *recovery* 图恢復；痊癒

■ **reduce** 動減少；降低 *reduce* speed 減低速度
〔rɪ'djus〕 *reduction* 〔rɪ'dʌkʃən〕 图減少；減縮

■ **refer** 動提到（*refer* to～）；參考 *reference* 图參考
〔rɪ'fɝ〕 You should make *reference* to a dictionary.
你應該參考字典。

■ **refresh** 動使恢復精神；使爽快 We *refreshed* ourselves with
〔rɪ'frɛʃ〕 a cup of tea. 我們喝一杯茶以提神。
refreshment 图精神爽快；(*pl.*) 點心

■ **reluctant** 形不願的；勉强的 He was *reluctant* to help us.
〔rɪ'lʌktənt〕 他不願幫忙我們。 *reluctantly* 副不願地；勉强地

■歷屆考題・精選試題

( ) 1. Among his many ________ was a volume of light verse.
(A) pursuits (B) reductions (C) publications (D) refreshments
（在他許多出版物中有一本短詩集。）〔74、76保送甄試，76空中商專〕

( ) 2. I hope the Government will ________ the rate of Income Tax. (A) remind (B) reduce (C) deduct (D) degrade
（我希望政府能降低所得稅的稅率。） 〔76空中商專，80師大工教〕

( ) 3. They ________ yesterday but made up today. (A) quarrel (B) quareled (C) quarreled (D) quarel
（他們昨天吵架，但今天和好了。） 〔75師大工教〕

( ) 4. There is something ________ about him. (A) quarrel (B) queer (C) quite (D) question（他有點兒奇怪。）

( ) 5. Mr. Brown has a ________ for dancing. (A) rank (B) rag (C) rage (D) rart（布朗先生對跳舞有偏好。） 〔68技術學院〕

______ 6. I was ________ to hear of his success. (rapture)
（聽到他成功我欣喜若狂。） 〔68教育學院〕

______ 7. As you sow, so shall you r________.（種瓜得瓜，種豆得豆。）

( ) 8. He ________ slowly after his long illness. (A) recovered (B) refreshed (C) refused (D) regarded（久病後，他慢慢痊癒。） 〔78北二專夜〕

______ 9. The factory had to r________ its production because of business depression.（工廠必須減少產品的生產，因爲經濟不景氣。） 〔76保送甄試，81四技商專〕

( ) 10. ________ yourself with a cup of coffee. (A) refresh (B) fresh (C) Fresh (D) Refresh（喝杯咖啡提神吧！）〔74北二專夜，80師大工教〕

ANSWERS

1. (C) 2. (B) 3. (C) 4. (B) 5. (C) 6. rapturous
7. reap 8. (A) 9. reduce 10. (D)

■ **remind** 動使憶起；提醒 You *remind* me *of* your father.
〔rɪˈmaɪnd〕 你使我想起令尊。

■ **repent** 動後悔；悔悟
〔rɪˈpɛnt〕 *repent* (of) having said so 後悔說了這種話

■ **reproach** 動譴責 图譴責；恥辱
〔rɪˈprotʃ〕 She *reproached* him *with* laziness. 她譴責他怠惰。

■ **resemble** 動和～相似（= *look like*） ***resemblance*** 图相似
〔rɪˈzɛmbl̩〕 He *resembles* his father. 他像他父親。

■ **resent** 動憤恨；厭惡 He *resents* being called a coward.
〔rɪˈzɛnt〕 他厭惡被叫做懦夫。 ***resentment*** 图憤慨；憤恨

■ **retort** 動反駁；反擊；頂嘴 图頂嘴
〔rɪˈtɔrt〕 *retort* insult for insult 以牙還牙

■ **revenge** 動報仇；報復 图報復；報仇心 I *revenged* myself
〔rɪˈvɛndʒ〕 *on* my enemy. 我向敵人報仇。

■ **reward** 图報酬；酬謝金 動酬謝 work without hope of a
〔rɪˈwɔrd〕 *reward* 不希求報酬的工作

■ **riches** 图財富（= *wealth*）. *Riches* do not always bring
〔ˈrɪtʃɪz〕 happiness. 財富未必帶來快樂。

■ **ridiculous** 形可笑的；荒謬的 *ridiculous* figure 可笑的人
〔rɪˈdɪkjələs〕 What a *ridiculous* idea！多荒謬的想法！

■ **ripe** 形成熟的；老練的 ***ripen*** 動變熟；使成熟
〔raɪp〕 This watermelon is not *ripe*. 西瓜尚未成熟。

■ **routine** 图例行公事；慣例
〔ruˈtin〕 the *routine* of daily life 每天要做的事情

■ **royal** 形王室的；皇家的 the *royal* crown 皇冠
〔ˈrɔɪəl〕 There's no *royal* road to learning. 學問無捷徑。

■歷屆考題・精選試題

( ) 1. Pauline______me very much of a girl I used to know at university. (A) remembers (B) reminds (C) recalls (D) recollects 〔78保送甄試〕

( ) 2. He has done wrong but _______. (A) repented (B) repents (C) repent (D) repenting (他做錯了事，但已悔悟。) 〔70空中商專〕

( ) 3. The slums are a ________ to London. (A) reproach (B) repression (C) reprimend (D) represent (貧民窟是倫敦之恥。) 〔63師大工教〕

( ) 4. A bank is offering a ________ to anyone who can give information about the robbery. (A) compensation (B) reward (C) pension (D) money (銀行提供獎金給任何能提供搶刼案線索的人。) 〔74台北工專、技術學院，77空中商專，78教育學院〕

( ) 5. Twins often show great ________. (A) resemblance (B) unisance (C) similar (D) lapse (雙胞胎通常長得很像。) 〔71技術學院〕

______ 6. You should not ________ insult for insult; try to forgive others. (你不應以牙還牙，要試著去原諒別人。) 〔68空中商專〕

( ) 7. It is a ________ for his hard work. (A) revenge (B) reward (C) root (D) rot (這是他辛勤工作的報酬。) 〔78教育學院，80四技商專〕

( ) 8. There is no ________ road to learning. (A) quick (B) royal (C) soon (D) swift (學問無捷徑。) 〔72教育學院〕

( ) 9. I am tired of my daily ________. (A) routine (B) routane (C) rautine (D) rautane (我對每天例行公事感到厭煩。) 〔78嘉南二專夜，79師大工教〕

______ 10. A proverb goes that, " Soon ________, soon rotten. " (有句格言這樣說：早熟早爛。)

ANSWERS

1. (B) 2. (A) 3. (A) 4. (B) 5. (A) 6. retort
7. (B) 8. (B) 9. (A) 10. ripe

■ **scorn** 图瞧不起；嘲弄 動瞧不起；不屑做
〔skɔrn〕 He *scorns* to tell a lie. 他不屑說謊。

■ **scream** 動尖叫 图尖叫聲 She *screamed* with laughter.
〔skrim〕 她放聲大笑。

■ **sculpture** 图雕刻；雕刻品；雕像 動雕刻 This is a *sculpture*
〔'skʌlptʃɚ〕 by Rodin. 這雕像是羅丹的作品。 ***sculptor*** 图雕刻家

■ **secretary** 图祕書；部長 the *Secretary* of State (美)國務卿；
〔'sɛkrə,tɛrɪ〕(英)國務大臣

■ **serene** 形晴朗的；(海等)平靜的 The sky is *serene* and
〔sə'rin〕 the air is fresh. 天空晴朗，空氣清新。

■ **shift** 動移動；變更 图變更；換班
〔ʃɪft〕 work in three *shifts* 三班制的工作

■ **shrewd** 形精明的；銳利的 make a *shrewd* guess as to ～
〔ʃrud〕 對～做了很準的推測

■ **sign** 图記號；告示牌 動簽字；做信號 *sign* one's name
〔saɪn〕 簽名 ***signature*** 〔'sɪgnətʃɚ〕图簽字
signal 图信號

■ **silly** 形愚蠢的(=*foolish*, *stupid*) 图傻瓜
〔'sɪlɪ〕 You are *silly* to trust him. 你信賴他，眞是愚蠢。

■ **sincere** 形誠摯的，眞實的
〔sɪn'sɪr〕 It is my *sincere* hope that ～ 我由衷地希望～
sincerity 〔sɪn'sɛrətɪ〕图誠懇

■ **slender** 形苗條的；微薄的 a *slender* girl 苗條的女孩
〔'slɛndɚ〕 a *slender* income 微薄的收入

■ **slumber** 图睡眠(=*sleep*) 動睡覺；虛度(一生)
〔'slʌmbɚ〕 fall into a *slumber* 睡著了

■ **sober** 形清醒的；冷靜的 動清醒 The drunken man *sobered*
〔'sobɚ〕 up. 那醉漢清醒了。

■歷屆考題・精選試題

(　) 1. The usual procedure for scheduling a business engagement with someone is to talk to or see his_________.
(A) secretary (B) staff (C) boss (D) chief（與某人約定商會的通常程序是與他的秘書會談或見面。）〔75北商專,78高屏二專夜,80北二專夜〕

(　) 2. There's a big ________ on the wall showing Taipei at night.
(A) notice (B) sign (C) poster（晚上牆上有個大的告示牌；標示著"台北"。）〔73師大工教,77高屏二專夜,81四技工專、北二專夜〕

______3. Your (sign) is easy to read.（你的簽名容易辨認。）〔69二專夜〕

(　) 4. Nowadays most young girls do not take enough food in order to keep the body_________. (A) plump (B) strong (C)
(C) slender (D) health（今日大部分的年輕女孩吃的不多以保持苗條。）〔73保送甄試,80嘉南二專夜〕

______5. We all know the (sign) of our teacher.（我們都認得老師的簽名。）〔74北商專,77高屏二專夜〕

(　) 6. He has a _______ temper, that is, he seldom loses his temper. (A) searce (B) serious (C) serene (D) sarene（他的性情很寧靜，也就是說，他很少發脾氣。）〔70師大工教〕

(　) 7. He is a ________ business man. (A) shred (B) shriek
(C) shrift (D) shrewd（他是個精明的商人。）〔69台北工專〕

______8. A red light is a ________(sign) of danger.
（紅燈表示危險。）〔71中二專夜,77高屏二專夜〕

______9. Friendship is grounded on realities and ________(sincere).
（友誼建立在真誠上。）〔70、78保送甄試〕

______10. The volcano had ________(slumber) for years.（火山已休眠多年。）

ANSWERS

1. (A)　2. (B)　3. signature　4. (C)　5. signature　6. (C)
7. (D)　8. signal　9. sincerities　10. slumbered

■ **solitary** 形單一的；孤獨的 a *solitary* traveler 孤獨的旅客
〔'sɑlə,tɛrɪ〕 ***solitude*** 〔'sɑlə,tjud〕 名獨居；孤獨

■ **soothe** 動安慰；哄（小孩） *soothe* the crying child 哄那個哭叫的孩子
〔suð〕

■ **spirit** 名精神；(*pl.*)心情 He is in high (low) *spirits*. 他心情很(不)好。 ***spiritual***〔'spɪrɪtʃʊəl〕形精神的；靈魂的
〔'spɪrɪt〕

■ **splendid** 形壯觀的；燦爛的 a *splendid* sight 壯觀的景色
〔'splɛndɪd〕 ***splendo(u)r*** 名壯麗；光輝

■ **stare** 動凝視 He *stared* at me in surprise. 他驚訝地瞪著我。
〔stɛr〕

■ **starve** 動飢餓；渴望 *starve* for affection 渴望親情
〔stɑrv〕 I'm *starving*. 我快餓死了。

■ **statue** 名雕像 <比較> ***status*** 地位； ***stature*** 身材
〔'stætʃʊ〕 the *Statue* of Liberty 自由女神像

■ **striking** 形顯目的；罷工的 a *striking* appearance 醒目的外表
〔'straɪkɪŋ〕 ***strike*** 動敲；擊；罷工 *strike* a light 點火

■ **stubborn** 形頑固的；倔强的 a *stubborn* child 倔强的小孩
〔'stʌbən〕 as *stubborn* as a mule 頑固如騾（非常頑固）

■ **stupid** 形愚蠢的；麻木的
〔'stjupɪd〕 a *stupid* answer 愚蠢的答案

■ **subjective** 形主觀的（↔ ***objective*** 客觀的）
〔səb'dʒɛktɪv〕 *subjective* judgement 主觀的判斷

■ **subscribe** 動捐助；簽名；訂閱（報紙、雜誌）
〔səb'skraɪb〕 *subscribe* to "Newsweek" 訂閱新聞週刊
subscription 〔səb'skrɪpʃən〕 名署名；捐款；訂閱

■ **subtle** 形微妙的；精巧的 a *subtle* influence 微妙的影響
〔'sʌtl̩〕 a *subtle* piece of work 精巧的作品

■歷屆考題・精選試題

( ) 1. The mother spared no effort to _______ the crying baby.
(A) smooth (B) smoothe (C) sooth (D) soothe
(母親不遺餘力地撫慰哭泣的嬰兒。)

______ 2. One should pay attention to one's ________(spirit) life.
(一個人應注意自己的精神生活。) 〔66 二專夜,79 師大工教〕

______ 3. Today we light matches by ________(strike) them.
(今日,我們劃火柴以點燃它們。) 〔78 教育學院、護二專〕

( ) 4. The Town Hall clock _______ every quarter of an hour.
(A) sounds (B) strikes (C) rings (D) ticks (E) hits
(市政廳的鐘每 15 分鐘敲一次。) 〔74 師大工教, 78 教育學院、護二專〕

( ) 5. Give me some food, please. I'm _______.
(A) starve (B) starved (C) starving (D) hunger
(請給我些食物,我快餓死了。) 〔69 嘉南二專夜〕

( ) 6. We all admire the _______ of Liberty.
(A) Stature (B) Statue (C) Statute (D) Status
(我們都稱讚自由女神像。) 〔69 保送甄試〕

( ) 7. My father is so _______ that there is no persuading him.
(A) stuborn (B) studorn (C) studdorn (D) stubborn
(我父親很頑固,沒有辦法說服他。)〔78 高屏二專夜, 80 彰師、北二專夜〕

( ) 8. " Newsweek " is such a good magazine that we decided to _______ to it. (A) inscribe (B) ascribe (C) subscribe (D) perscribe (新聞週刊是很好的雜誌,我們決定訂閱它。)
〔70 師大工教〕

( ) 9. Poetry is ________. (A) subject (B) subjective (C) subjectary (D) subjects (詩是主觀的。) 〔78 保送甄試, 79 二專〕

ANSWERS

1. (D) 2. spiritual 3. striking
4. (B) 5. (C) 6. (B) 7. (D) 8. (C) 9. (B)

■ **suspect** 動猜想；懷疑 名〔'sʌspɛkt〕嫌疑犯
〔sə'spɛkt〕 ***suspicion*** 名懷疑；些微 ***suspicious*** 形疑心的；可疑的
a ***suspicious*** nature 多疑的天性

■ **swallow** 動吞嚥；一吞之量；燕子
〔'swɑlo〕 take a ***swallow*** of water 喝一口水

■ **swear** 動發誓（swore; sworn）
〔swɛr〕 ***swear*** to tell the truth 立誓說出眞相

■ **swell** 動（swelled; swollen）腫脹；隆起 名隆起；腫脹
〔swɛl〕 His injured arm ***swelled*** up. 他受傷的手臂腫起來。

■ **sword** 名刀；劍 cross ***swords*** with～ 與～交鋒；與～爭論
〔sɔrd〕

■ **sympathy** 名同情；同感 express ***sympathy*** for～ 慰問～
〔'sɪmpəθɪ〕 ***sympathetic*** 〔,sɪmpə'θɛtɪk〕形同情的；共鳴的

■ **temper** 名氣質；性情；脾氣 動緩和；調劑 lose one's ***temper***
〔'tɛmpɚ〕 發脾氣 ***temperament*** 名氣質；資質；體質
an artistic ***temperament*** 藝術家的氣質

■ **tempt** 動誘惑；勾引 ***temptation*** 名誘惑
〔tɛmpt〕 This dish ***tempts*** me. 這道菜引起我的食慾。

■ **terror** 名恐怖；令人恐懼之人物 ***terrify*** 動驚嚇；嚇唬
〔'tɛrɚ〕 a novel of ***terror*** 恐怖小說

■ **throng** 名群衆 動群集 a ***throng*** of people 一群人
〔θrɔŋ〕 They ***throng*** around him. 他們群聚在他周圍。

■ **thumb** 名姆指 動以姆指翻（書） His fingers are all ***thumbs***.
〔θʌm〕 他笨手笨脚的。

■ **timid** 懦弱的；膽小的（= ***cowardly***） He is as ***timid*** as a
〔'tɪmɪd〕 rabbit. 他膽小如兔。

■ **torture** 名拷問；折磨 動拷問；折磨
〔'tɔrtʃɚ〕 ***torture*** a prisoner 拷問囚犯

■歷屆考題・精選試題

(　) 1. A ______ does not make a summer. (A) bird (B) swallow (C) coco (D) dove（不可以偏概全。）

______ 2. I have a (suspect) that the servant is dishonest.
（我懷疑僕人不誠實。）〔60 台北工專〕

______ 3. The policeman looked at me (suspect).
（警察懷疑地看著我。）〔63 台北、高雄工專〕

(　) 4. The pen is mightier than the ______. (A) sword (B) force (C) violence (D) army（文勝於武。）

______ 5. He has great ______ (sympathize) with people in trouble.
（他非常同情有困難的人。）〔75 嘉南二專夜、中二專夜, 79 二專, 81 北二專夜〕

(　) 6. Have you got toothache? Your face looks ______.
(A) big (B) enlarged (C) swollen (D) expanded (E) full
（你牙痛嗎？你的臉看起來腫腫的。）〔74 師大工教〕

______ 7. No ______ (tempt) can make him false to a friend.
（任何誘惑都不能使他不忠於朋友。）〔75 師大工教, 76 護二專〕

(　) 8. John gets angry easily; he cannot control his ______.
(A) heart (B) temper (C) mind (D) thought
（約翰很容易生氣，他無法控制脾氣。）〔70、78 台北工專, 76 中商專, 80 四技工專〕

______ 9. Don't ______ (terror) the small child.
（不要把小孩嚇壞了。）〔78 保送甄試、空中商專, 80 嘉南二專夜〕

(　) 10. I am all ______ at dancing. (A) finger (B) toes (C) thumbs (D) fingers（我對跳舞一竅不通。）

(　) 11. He is as ______ as a rabbit. (A) sly (B) stubborn (C) foolish (D) timid（他非常膽小。）

ANSWERS

1. (B)　2. suspicion　3. suspiciously　4. (A)　5. sympathy
6. (C)　7. temptation　8. (B)　9. terrify　10. (C)　11. (D)

■ **tragedy** 图悲劇　*tragic* 形悲劇(性)的　"King Lear" is a
〔'trædʒədɪ〕 famous *tragedy*.「李爾王」是齣有名的悲劇。

■ **transient** 形短暫的；過境的　图(美)過境旅客
〔'trænʃənt〕 *transient* happiness 一時的快樂

■ **tremendous** 形驚人的；極大的　at a *tremendous* speed 以極快的速
〔trɪ'mɛndəs〕度　He's a *tremendous* eater. 他的食量驚人。

■ **urge** 動催促；力勸　图衝動；強烈的願望
〔ɝdʒ〕 *urge* one's horse onward 策馬前進
urgent 形緊急的；催促的　*urgency* 图緊急

■ **vain** 形徒然的；無益的　in *vain* 無效地
〔ven〕 He did it, but *in vain*. 他做了，但沒用。

■ **valley** 图山谷；(大河的)流域
〔'vælɪ〕 the Mississippi *Valley* 密西西比河流域

■ **vanish** 動消失；消滅　All hopes have *vanished*. 所有的希望
〔'vænɪʃ〕 都破滅了。

■ **vanity** 图空虛；虛榮心　do something out of *vanity* 由於
〔'vænətɪ〕 虛榮而做某事

■ **virtue** 图美德；貞操　by *virtue* of ～靠～的力量；由於～
〔'vɝtʃʊ〕 Courage is a *virtue*. 勇氣是一種美德。
virtuous〔'vɝtʃʊəs〕形有品德的；貞潔的

■ **vivid** 形鮮明的；生動的　be *vivid* in one's memory 清楚地
〔'vɪvɪd〕 留在記憶裏　*vividly* 副生動地；栩栩如生地

■ **voyage** 图航海；太空旅行　make (go on) a *voyage* 出外航海
〔'vɔɪ,ɪdʒ〕

■ **wander** 動徘徊；漫遊；流浪
〔'wandɚ〕 *wander* through the woods 徘徊於森林中

■ **warn** 動警告　*warn* them of danger (*or* against danger)
〔wɔrn〕 警告他們注意危險

■歷屆考題・精選試題

( ) 1. He made a ________ to America and got seasick on the ship. (A) voyage (B) sail (C) flight (D) adventure
(他搭船往美國，在船上暈船了。) 〔74教育學院〕

______ 2. Life is t______t; that is, life is short. (人生苦短。)

( ) 3. There is a ________ difference between the two languages. (A) strong (B) strength (C) tremandous (D) tremendous
(這兩種語言有極大的不同。) 〔78空中商專,81保送甄試〕

______ 4. A house on fire is a matter of great ________(urge).
(房子著火是件緊急的事。) 〔72二專〕

( ) 5. I tried to open the door, but in ________.
(A) vain (B) futile (C) futility (D) nothing
(我試著打開這門，但沒有用。)

( ) 6. Your prospects of success have ________. (A) vanished (B) broken (C) disappeared (D) missed (你成功的希望破滅了。)

( ) 7. The girl's ________ made her look in the mirror often.
(A) vanish (B) venity (C) vanity (D) vantage
(這女孩的虛榮心使得她常常照鏡子。)

( ) 8. She is an American citizen by ________ of her marriage to an American. (A) valley (B) vanish (C) vanity (D) virtue
(由於她嫁給美國人，她成了美國公民。)〔78師大工教,79二專〕

( ) 9. The event is still ________ in my memory. (A) alive (B) living (C) life (D) vivid (這事仍淸晰地在我腦海裏。)

______ 10. He did not listen to my ________(warn), so he failed.
(他不聽我的勸告，因此失敗了。) 〔77師大工教〕

ANSWERS

1. (A) 2. transient 3. (D) 4. urgency
5. (A) 6. (A) 7. (C) 8. (D) 9. (D) 10. warnings

■ **whisper** 動低語；耳語 名耳語；沙沙聲
〔'hwɪspɚ〕 talk in a ***whisper*** 說悄悄話

■ **worry** 動使煩惱；焦慮 名憂慮；煩惱 There's nothing to ***worry***
〔'wɝɪ〕 about. 沒什麼好煩惱的。

■ **worship** 名崇拜；尊敬；禮拜 動崇拜；做禮拜
〔'wɝʃəp〕 He ***worships*** Napoleon. 他崇拜拿破崙。

■ **yield** 動生產；讓步 名生產；收穫 ***yielding*** 形讓步的；柔軟的
〔jild〕 The land ***yields*** heavy crops. 那土地收成很好。
yield precedence to him 讓他優先

■ **zeal** 名熱心；熱中 He shows great ***zeal*** for mastering
〔zil〕 computers. 他對學電腦表現得非常熱中。
zealous 〔'zɛləs〕 形狂熱的；熱心的

■歷屆考題・精選試題

_____ 1. She talked to me in a w______ to prevent others from knowing the matter. 〔73教育學院，76北商專〕
（她低聲對我說話免得讓別人知道這件事。）

(　) 2. Don't _______ yourself about the children; they're old enough to take good care of themselves.
(A) worrisome (B) worry (C) be worrying (D) be worried
（別為孩子們擔心；他們已經大得會照顧自己了。）〔81保送甄試〕

(　) 3. People go to church to _______ God.
(A) warship (B) warshop (C) worship (D) worshop
（人們到教堂去禮拜上帝。） 〔76北二專夜〕

(　) 4. Don't be too _______ (yield) to make a stand against any encroachment.
(A) yield (B) yeilded (C) yielding (D) yeildding
（不要變得太軟弱，而對任何侵佔皆不敢起而反抗。）

(　) 5. A good citizen feels _______ for his country's welfare.
(A) zealous (B) zealously (C) zealot (D) zeal
（一個好市民對自己國家的福利很熱心。）

ANSWERS

1. whisper　2. (B)　3. (C)　4. (C)　5. (D)

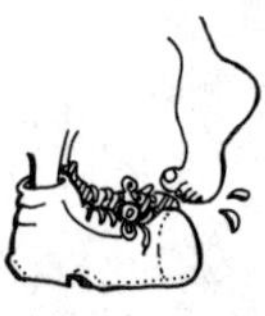

First come first served. **捷足先登！**

二專90分單字篇

■ **abolish** 〔ə'bɑlɪʃ〕 動 廢止；革除 There are many bad customs that ought to be *abolished*. 有很多壞習俗應該廢除。

■ **accommodate** 〔ə'kɑmə,det〕 動 使適應；供給住宿 ***accommodation*** 名 適應；暫時住宿 *accommodate* oneself to the situation 適應這種狀況

■ **accomplish** 〔ə'kɑmplɪʃ〕 動 完成；實現 ***accomplishment*** 名 成就；完成 *accomplish* a task 完成工作

■ **accuse** 〔ə'kjuz〕 動 控告；指責（= *blame*） *accuse* him *of* telling a lie 指責他說謊

■ **acknowledge** 〔ək'nɑlɪdʒ〕 動 承認；感謝 *acknowledge* his story as true 承認他的話是眞的

■ **adjust** 〔ə'dʒʌst〕 動 調整（機器）；適應 ***adjustment*** 名 調整；適應 *adjust* oneself to a new environment 適應新環境

■ **administration** 〔əd,mɪnə'streʃən〕 名 內閣；管理 business *administration* 企業管理 the Bush *administration* 布希政府

■ **admit** 〔əd'mɪt〕 動 承認；允許進入 ***admission*** 名 承認；允許進入 *Admission* free. 免費入場。

■ **adolescent** 〔,ædḷ'ɛsṇt〕 形 青春期的；未成熟的 名 青少年 I'm afraid his behavior is a bit *adolescent*. 我擔心他的行爲有點不成熟。

■ **advance** 〔əd'væns〕 動 前進；進步 名 前進；進步 形 先前的 *advanced* countries (ideas) 先進國家（進步的思想）

■ **advantage** 〔əd'væntɪdʒ〕 名 利益；優勢 ***advantageous*** 〔,ædvən'tedʒəs〕 形 有利的；便利的 take *advantage* of ～ 利用～

■ **adversity** 〔əd'vɝsətɪ〕 名 逆境；不幸 smile in the face of *adversity* 臨難不懼

■ **advertise** 〔'ædvɚ,taɪz〕 動 廣告；宣傳 ***advertisement*** 名 廣告；宣傳 *advertise* oneself 自我宣傳

■歷屆考題・精選試題

______ 1. He said that I could stay for the night, but I was unable to take a______e of his kindness.（他說我可以留下過夜，但我無法接受他的好意。）〔78教育學院,80四技商專、北二專夜,81四技工專〕

(　) 2. They______him of taking bribes. (A) accured (B) accursed (C) accused (D) acquire（他們控告他收賄。）〔75北商專〕

(　) 3. The hotel has______for one hundred people. (A) accomplishment (B) spaces (C) accommodation (D) sections（這旅館可容一百人住宿。）〔73教育學院,75中商專,78保送甄試〕

(　) 4. They______their mistakes. (A) knew (B) acknowledged (C) recognized (D) understood（他們承認自己的錯誤。）〔76北商專〕

(　) 5. 選錯的：(A) engagement (B) vacancy (C) accomodation (D) reluctantly 〔75二專夜、中商專〕

(　) 6. He has the requirements for______into the university. (A) admission (B) admittance (C) allowances (D) entrance（他具備獲准入該大學的條件。）〔74高屏二專夜,78嘉義農專〕

(　) 7. His struggles with______are fruitless. (A) miserable (B) advantage (C) advance (D) adversity（他徒與逆境掙扎而毫無結果。）〔77、78中商專、北商專,77空中商專〕

(　) 8. The______of his purpose took three months. (A) successful (B) accomplishment (C) triumphant (D) fulfill（他用三個月的時間達到目的。）〔78保送甄試,80師大工教〕

(　) 9. The Bush ______decided to reject the result of the summit. (A) government (B) authorities (C) ruler (D) administration（布希政府決定否認高峯會議的結果。）〔72台北工專,80保送甄試〕

ANSWERS

1. advantage	2. (C)	3. (C)	4. (B)	5. (C)
6. (A)	7. (D)	8. (B)	9. (D)	

■ **advocate** 名 提倡者；支持者 動〔'ædvə,ket〕提倡；辯護
〔'ædvəkɪt〕 He is an *advocate* of cold baths. 他提倡冷水浴。

■ **affair** 名 事務；事件 private *affairs* 私事
〔ə'fɛr〕 a love *affair* 韻事

■ **aggressive** 形 攻擊的；侵略的 *aggressive* weapons 攻擊性武器
〔ə'grɛsɪv〕 an *aggressive* war 侵略戰爭

■ **alarm** 名 警報；驚慌 動 警告；使驚慌
〔ə'lɑrm〕 a fire *alarm* 火災警報器 *alarm* clock 鬧鐘

■ **alien** 形 外國的；相反的 名 外國人 Cruelty is *alien* to
〔'eljən〕 his nature. 殘忍與他的天性相反。

■ **ally** 動 聯盟；聯姻 名 同盟國
〔ə'laɪ〕 The small countries *allied* themselves against the big countries. 小國結盟以反抗大國。

■ **ambulance** 名 救護車 He was taken to hospital by *ambulance*.
〔'æmbjələns〕 他被救護車送到醫院。

■ **annual** 形 一年一次的；每年的 名 一年生植物；年報
〔'ænjuəl〕 an *annual* ring 年輪 *annual* income 年收入

■ **antiquity** 名 古代；(*pl.*)古蹟；古物
〔æn'tɪkwətɪ〕 Greek and Roman *antiquities* 希臘羅馬的古蹟

■ **apologize** 動 道歉 ***apology*** 名 謝罪；道歉
〔ə'pɑlə,dʒaɪz〕 *apologize to* him *for* coming late 因遲到向他道歉

■ **appropriate** 形 適當的 Sports clothes are not *appropriate* for
〔ə'proprɪɪt〕 a wedding. 運動衣不適宜在婚禮穿著。

■ **aristocracy** 名 貴族政治；貴族社會 Ancient Rome was governed
〔,ærə'stɑkrəsɪ〕 by the *aristocracy*. 古羅馬是貴族政治。

■ **armament** 名 武裝；(*pl.*)軍備(↔ *disarmament* 裁軍)
〔'ɑrməmənt〕 the reduction of *armaments* 裁減軍備

■歷屆考題・精選試題

______1. The noisy boy made an______(apologize) for disturbing the class.（那吵鬧的男孩爲他的打擾上課道歉。）〔80、81北二專夜〕

(　) 2. Your birthday is an______event. (A) aggressive (B) annual (C) timely (D) amateur（你的生日是一年一次的大事。）〔74北商專〕

(　) 3. He______that we protect the wild animals.
(A) advocated (B) said (C) made a point of (D) estimated
（他提倡我們應保護野生動物。）〔70二專〕

(　) 4. It is just a false______. (A) nerves (B) emergency (C) surprise (D) alarm（不過是虛驚一場。）〔80四技商專〕

______5. We ought to (apology) when we are wrong.
（當我們做錯時，應當道歉。）〔74中二專夜，77、78師大工教〕

(　) 6. I need an______clock to wake me up in the morning.
(A) busy (B) answered (C) alarm (D) alien〔80高屏二專夜〕
（我早晨需要鬧鐘叫醒我。）

(　) 7. Great Britain, France and Italy were______during World War I. (A) alien (B) allyed (C) allied (D) advertised
（第一次世界大戰期間，英、法、義結爲盟國。）

(　) 8. Their ideas are______to our way of thinking.
(A) strange (B) external (C) different (D) alien
（他們的構想和我們的想法不同。）

(　) 9. A(n)______country is always ready to start a war.
(A) alien (B) annual (C) antiquity (D) aggressive
（一個好侵略的國家總是準備發動戰爭。）〔74北商專，80北二專夜〕

(　) 10. Athens is a city of great______. (A) ancient (B) old times (C) antique (D) antiquity（雅典是個古老的城市。）

ANSWERS

1. apology　2. (B)　3. (A)　4. (D)　5. apologize
6. (C)　7. (C)　8. (D)　9. (D)　10. (D)

■ **arrange** 動 安排；準備 ***arrangement*** 名 排列；準備
〔ə'rendʒ〕 *arrange* flowers 插花

■ **aspect** 名 觀點；局面；容貌 discuss the matter in all its
〔'æspɛkt〕 *aspects* 從各個角度來探討這件事

■ **authority** 名 權威；(*pl.*) 當局 ***authorize***〔'ɔθə,raɪz〕動 教授
〔ə'θɔrətɪ〕 the school *authorities* 學校當局

■ **autonomy** 名 自治權；自治（＝ *self-government*）
〔ɔ'tɑnəmɪ〕 full *autonomy* 絕對的自治權

■ **avenge** 動 報復；爲…報仇 He *avenged* his father's death
〔ə'vɛndʒ〕 *on* his uncle. 他因殺父之仇向叔叔報復。

■ **banish** 動 放逐；排除
〔'bænɪʃ〕 He was *banished* from Canada. 他被逐出加拿大。

■ **behalf** 名 利益；方面 on *behalf* of ～ 代表～
〔bɪ'hæf〕 He accepted the cup *on behalf of* the team.
他代表全隊接受獎杯。

■ **benefactor** 名 恩人；（學校、慈善機關的）捐助人
〔,bɛnə'fæktɚ〕 a generous *benefactor* 慷慨的捐助人

■ **benefit** 名 利益；恩惠 動 有益於
〔'bɛnəfɪt〕 The fresh air will *benefit* you. 新鮮的空氣對你有益。

■ **bondage** 名 束縛；奴役；囚禁
〔'bɑndɪdʒ〕 He was kept in *bondage*. 他被囚禁了。

■ **border** 名 國界；邊緣 動 毗連；鄰接
〔'bɔrdɚ〕 He is on the *border* of fifty. 他年近五十。

■ **bribe** 名 賄賂 動 賄賂 ***bribery*** 名 行賄或受賄之行爲 He
〔braɪb〕 *bribed* them to vote for him. 他賄賂他們投票給他。

■ **broadcast** 動 廣播；散佈 名 廣播；散播 *broadcast* the news
〔'brɔd,kæst〕 every hour on the hour 每小時正廣播新聞

■歷屆考題・精選試題

( ) 1. I am in favor of flower_______. (A) arrangment (B) install (C) arrangement (D) autonomy (我喜歡揷花。) 〔81四技商專〕

( ) 2. The school_______decided to expel him. (A) autonomy (B) authorities (C) concerns (D) bureau (學校當局決定開除他。)

( ) 3. He was present at the meeting on _______of his company. (A) behave (B) behalf (C) benefit (D) bondage (他代表他的公司出席會議。)

( ) 4. He is on the_______of bankruptcy. (A) bondage (B) boarder (C) border (D) danger (他瀕臨破產的邊緣。) 〔81保送甄試〕

( ) 5. They_______him with costly presents. (A) bought (B) palmed (C) bribered (D) bribed (他們以貴重禮物收買他。)

( ) 6. It proved of great_______to me. (A) benifit (B) benefit (C) binifit (D) binefit (它確實對我很有益處。) 〔74技術學院, 81四技工專、四技商專〕

( ) 7. He is indeed a generous_______. (A) benefector (B) banefector (C) benefacter (D) benefactor (他的確是個慷慨的施主。) 〔74技術學院〕

( ) 8. 選錯的：(A) servant (B) dish (C) broatcast (D) profound (E) alive 〔75二專、技術學院〕

( ) 9. I will_______all troubles from you. (A) exile (B) deport (C) expatriate (D) banish (我將驅散你的一切苦惱。)

( ) 10. Don't_______rumors of others. (A) brodcast (B) boardcast (C) bordcast (D) broadcast (別散佈別人的謠言。) 〔75技術學院〕

ANSWERS

1. (C)	2. (B)	3. (B)	4. (C)	5. (D)
6. (B)	7. (D)	8. (C)	9. (D)	10. (D)

■ **budget** 名預算 動做預算
〔'bʌdʒɪt〕 a family *budget* 家庭預算

■ **calamity** 名災難；不幸
〔kə'læmətɪ〕 War is a frightful *calamity*. 戰爭是可怕的災難。

■ **campaign** 名戰役；活動 動從事活動
〔kæm'pen〕 an election *campaign* 選舉活動

■ **capital** 名首都；資本；大寫字母 ***capitalism*** 名資本主義
〔'kæpətḷ〕 London is the *capital* of England. 倫敦是英國的首都。

■ **career** 名生涯；經歷；職業 形職業的
〔kə'rɪr〕 a *career* woman 職業婦女

■ **carriage** 名馬車；車廂；運輸 a *carriage* and pair 兩匹馬拉
〔'kærɪdʒ〕 的馬車 *carriage* paid 運費已付

■ **cave** 名洞穴 動挖洞；使陷落 After the long rain the
〔kev〕 road *caved* in. 久雨後道路塌陷了。

■ **cemetery** 名墓地；公墓
〔'sɛmə,tɛrɪ〕 We went to the *cemetery* to visit our grandfather's grave. 我們到公墓去祭拜祖父的墳墓。

■ **charge** 動索價；負責 名費用；責任
〔tʃɑrdʒ〕 in *charge* of 負責管理 free of *charge* 免費

■ **commerce** 名商業 ***commercial***〔kə'mɝʃəl〕形商業的
〔'kɑmɝs〕 school of *commerce* 商業學校

■ **commit** 動委託；犯（罪、錯等） *commit* a fault 犯錯
〔kə'mɪt〕 ***commitment*** 名委任；犯罪

■ **communicate** 動傳達；聯絡 ***communication*** 名傳達；通信；聯絡
〔kə'mjunə,ket〕 mass *communication* 大衆傳播（學）

■ **community** 名社區；團體
〔kə'mjunətɪ〕 *community* center 社區活動中心

■歷屆考題・精選試題

( ) 1. Taipei is the provisional ______ of China.
(A) cepital (B) capital (C) chapital (D) chepital
（台北是中國暫時的首都。）〔77中二專夜、嘉南二專夜，78台北工專〕

______ 2. New York is a (commerce) city.
（紐約是個商業都市。）〔77北二專夜、高屏二專夜，78中商專、北商專，80北二專夜〕

______ 3. How much money did the drugstore ch______e you for those pills？（那些藥丸，藥房向你索價多少？）〔77空中商專，78護二專〕

( ) 4. How much does it ______ to send a letter to America？
(A) charge (B) pay (C) take (D) cost (E) want
（寄信到美國要多少錢？）〔73師大工教，80四技工專〕

( ) 5. International trade is ______ activities between nations.
(A) national (B) commercial (C) common (D) communication
（國際貿易是國際間的商業活動。）〔78教育學院、保送甄試，80高屏二專夜〕

( ) 6. Mary had intended to attend an election ______.
(A) campaign (B) content (C) pompetition (D) movement
（瑪麗打算參加競選。）

( ) 7. You'd better ______ yourself to the doctor's care.
(A) commit (B) rely (C) common (D) correct
（你最好接受醫生治療。）〔74、80高屏二專夜〕

( ) 8. To start a business needs a great amount of ______.
(A) capital (B) interests (C) benefit (D) pay
（開創事業需要一筆很大的資金。）

( ) 9. 社區 (A) condition (B) consideration (C) community (D) commodity 〔75技術學院，77中二專夜，78、79師大工教、嘉南二專夜，80中二專夜〕

ANSWERS

1. (B) 2. commercial 3. charge 4. (D)
5. (B) 6. (A) 7. (A) 8. (A) 9. (C)

■ **company** 〔ˈkʌmpənɪ〕 图公司；同伴；交際
have plenty of *company* 交遊甚廣

■ **compel** 〔kəmˈpɛl〕 動強迫；驅策 The rain *compelled* us to stay indoors. 雨迫使我們留在室內。

■ **compensation** 〔ˌkɑmpənˈseʃən〕 图補償；報酬 The injured man was given $40,000 in *compensation*. 給傷患四萬元做爲賠償。

■ **compromise** 〔ˈkɑmprəˌmaɪz〕 图妥協；和解 動妥協；和解
make a *compromise* 妥協

■ **compulsory** 〔kəmˈpʌlsərɪ〕 形強制的；義務的
compulsory education 義務教育

■ **conduct** 〔ˈkɑndʌkt〕 图行爲；指導 動〔kənˈdʌkt〕處理；指揮
a prize for good *conduct* 品行優良獎

■ **confer** 〔kənˈfɝ〕 動商討；授與(勳章、權利等) ***conference*** 图會議；討論會 at a press *conference* 在記者會上

■ **confirm** 〔kənˈfɝm〕 動證實；認可 ***confirmation*** 图證實；認可
confirm a rumor 證實謠言

■ **conform** 〔kənˈfɔrm〕 動使一致；遵從 All students must *conform* to the school rules. 所有學生都必須守校規。

■ **confuse** 〔kənˈfjuz〕 動混淆；使混亂 ***confusion*** 图混淆；混亂
Don't *confuse* Austria with Australia. 別把奧國跟澳洲弄混了。

■ **congratulate** 〔kənˈgrætʃəˌlet〕 動祝賀 ***congratulations*** 图(*pl.*)祝賀(辭)；恭喜
congratulate you *on* your success 祝賀你成功

■ **congress** 〔ˈkɑŋgrɛs〕 图代表會議；美國國會 The medical *congress* is meeting in Chicago. 醫學會議在芝加哥召開。

■ **consent** 〔kənˈsɛnt〕 動同意；承諾 图同意；承諾
by common *consent* = with one *consent* 一致贊同

■歷屆考題・精選試題

( ) 1. Everybody wants to be in his______.
(A) companion (B) company (C) comparison (D) companionship
(每個人都想和他在一起。)〔78中商專、北商專,80保送甄試,81四技商專〕

( ) 2. Circumstances ______ him to be desperate.
(A) expelled (B) compelled (C) compired (D) repelled
(環境迫使他不顧一切。)

( ) 3. You must pay me one hundred dollars for______.
(A) compensation (B) compromise (C) sale (D) making up me
(你必須付我一百元做爲賠償。) 〔75中二專夜,77空中商專〕

( ) 4. The______education in Taiwan had been carried out well.
(A) compulsory (B) volunteer (C) obligation (D) duty
(台灣的義務教育成效很好。) 〔70二專〕

( ) 5. ______! I am proud of your passing the exam.
(A) congratuation (B) congratulation (C) Congratulations
(D) Congratuations (恭喜!我以你能通過考試爲榮。)〔80四技商專〕

( ) 6. We citizens should______to the laws. (A) confer (B) infer
(C) conform (D) reform (國民應該遵守法律。) 〔75北商專〕

( ) 7. ______your view by testimony. (A) Confirm (B) Testify
(C) Conform (D) Assure (用證據來證實你的觀點。)〔80北二專夜〕

( ) 8. The event was released at a press______.
(A) reference (B) preference (C) inference (D) conference
(那事在記者會上被揭露。)

( ) 9. Don't you want to make a______with him?
(A) company (B) compromise (C) intercourse
(D) compensational (你難道不想和他和解嗎?) 〔80高屏二專夜〕

ANSWERS

1. (B) 2. (B) 3. (A) 4. (A) 5. (C) 6. (C) 7. (A) 8. (D) 9. (B)

■ **conspicuous** 〔kənsˈpɪkjʊəs〕 形 顯著的；引人注目的 He was *conspicuous* by his laughter. 他的笑聲惹人注目。

■ **conspire** 〔kənˈspaɪr〕 動 陰謀；共謀 ***conspiracy*** 〔kənsˈpɪrəsɪ〕 名 陰謀；共謀 *conspire* to overthrow the government 陰謀推翻政府

■ **constitution** 〔ˌkənstəˈtjuʃən〕 名 憲法；體格 ***constitutional*** 形 憲法的；體質的 strong *constitution* 強壯的體格

■ **consult** 〔kənˈsʌlt〕 動 請教；求診；查閱 *consult* a dictionary 查字典

■ **consume** 〔kənˈsjum〕 動 消費；消耗 ***consumer*** 名 消費者 ***consumption*** 〔kənˈsʌmpʃən〕 名 消費(額)；肺病

■ **contact** 〔ˈkɑntækt〕 名 連絡；接觸 動 與～連絡 Bring the learner into direct *contact* with～. 使學習者直接與～接觸。

■ **contract** 〔ˈkɑntrækt〕 名 契約；合同 動〔kənˈtrækt〕訂契約；染病 make a *contract* with a company 和某公司訂約

■ **convention** 〔kənˈvɛnʃən〕 名 傳統；習俗 ***conventional*** 形 傳統的；習俗的 be a slave to *convention* 做傳統習俗的奴隸

■ **convey** 〔kənˈve〕 動 運輸；傳達 I can't *convey* my feelings in words. 我的感覺非語言所能表達。

■ **convince** 〔kənˈvɪns〕 動 使信服 It's hard to *convince* him that he is wrong. 要他相信他錯了是很難的。

■ **courtesy** 〔ˈkɝtəsɪ〕 名 禮儀；好意 ***courteous*** 形 禮貌的 They showed me great *courtesy*. 他們對我甚爲有禮。

■ **crime** 〔kraɪm〕 名 犯罪 ***criminal***〔ˈkrɪmənl̩〕 形 犯法的 名 犯人 commit a *crime* 犯罪 a *criminal* law 刑法

■ **cruel** 〔ˈkruəl〕 形 殘忍的；痛苦的 ***cruelty*** 名 殘忍；虐待 Don't be *cruel* to animals. 不要虐待動物。

■歷屆考題・精選試題

______ 1. I am (convince) of his honesty.（我確信他很誠實。）

〔75中商專〕

______ 2. A c______l is a person who has committed a crime.
（犯人是犯罪的人。）〔78教育學院,80中二專夜〕

(　) 3. you can______me when you have problems.
(A) consult (B) consult in (C) consult with (D) consult to
（你有問題時，可和我討論。）〔78師大工教、中商專、北商專,81北二專夜〕

(　) 4. They______to steal the bicycle.
(A) inspire (B) conspire (C) respire (D) aspire
（他們共謀偷那台腳踏車。）

(　) 5. It is unfortunate of you to contract______.
(A) lungs (B) consumption (C) resumption (D) descreption
（你眞不幸，得了肺病。）〔75師大工教、保送甄試,78中二專夜〕

(　) 6. Please keep in______with me. (A) contact (B) contract
(C) attach (D) contrast（請和我保持連繫。）〔78中二專夜,護二專〕

(　) 7. By______of you, I have the chance to acquire the job.
(A) way (B) means (C) courtesy (D) manners
（承蒙你的好意，我才得以獲得此工作。）〔78中商專、北商專〕

(　) 8. It______me that your skills do not quite qualify you for the job. (A) happens (B) occurs (C) convinces (D) rises
（我確信你的技術還不太有資格擔當你的工作。）

〔75中商專〕

(　) 9. Lateness for an appointment is______.
(A) courtesy (B) discourteous (C) courteous (D) dislike
（約會遲到是不禮貌的。）〔73中二專夜,78北商專〕

ANSWERS

1. convinced　2. criminal　3. (C)　4. (B)
5. (B)　6. (A)　7. (C)　8. (C)　9. (B)

■ **debate** 〔dɪ'bet〕 動辯論；考慮 名辯論；考慮 I *debated* with John upon the matter. 我和約翰辯論那事。

■ **debt** 〔dɛt〕 名債務；罪
I am in *debt* to him for $5. 我欠他五元。

■ **decay** 〔dɪ'ke〕 動腐蝕；衰退 名腐敗；衰弱
a *decayed* tooth 蛀牙

■ **deceive** 〔dɪ'siv〕 動欺騙；欺詐 ***deceit*** 名欺騙；虛僞 Don't be *deceived* by appearances. 不要爲外貌所欺。

■ **declare** 〔dɪ'klɛr〕 動宣布；(向海關)申報
declaration 名宣布；申報(書)
declare ～(to be) innocent 宣布～無罪

■ **decline** 〔dɪ'klaɪn〕 動拒絕；傾斜；衰退 名(太陽)西斜；衰微
His strength is *declining*. 他的體力正在衰退。

■ **decrease** 〔dɪ'kris〕 動減少 名〔'dikris〕減少；減少量
decrease prices 減低物價

■ **defeat** 〔dɪ'fit〕 動擊敗；使失敗 名敗北；征服
six victories and two *defeats* 六勝二敗

■ **defect** 〔dɪ'fɛkt〕 名缺陷；缺點 He pointed out some *defects* in the system of education. 他指出教育制度的一些缺點。

■ **deficient** 〔dɪ'fɪʃənt〕 形不足的；缺乏的 ***deficiency*** 名欠缺
be *deficient* in vitamins 缺乏維他命

■ **deliver** 〔dɪ'lɪvɚ〕 動遞送；傳達 ***delivery*** 名遞送；分娩
deliver letters 送信 special *delivery* 快遞

■ **deprive** 〔dɪ'praɪv〕 動剝奪；使失去 War *deprived* her *of* her only son. 戰爭奪走了她的獨子。

■ **diet** 〔'daɪət〕 名飲食；規定的飲食 動照規定飲食
vegetable *diet* 素食 on a *diet* 節食

■歷屆考題・精選試題

( ) 1. I am in his ______ for five dollars.
(A) owe (B) debt (C) lack (D) obligation (我欠他五元。)

( ) 2. Students are not supposed to ______ in exams. 〔78中二專夜〕
(A) fraud (B) defeat (C) deceive (D) steal (學生不應考試作弊。)

( ) 3. Great minds always have great ______. 〔75師大工教〕
(A) faults (B) mistakes (C) defects (D) errors (偉人總不拘小節。)

( ) 4. He was confined to bed because of a ______ disease.
(A) deficiency (B) lacking (C) shortage (D) misnutrition
(他因營養失調，臥病在牀。) 〔78護二專〕

( ) 5. The price of the article went higher because of a ______ in manufacture. (A) decrease (B) increase (C) decline (D) decay
(由於製造量的減少，此物價上漲。)〔78教育學院、師大工教，80保送甄試〕

( ) 6. John attended a ______ society yesterday.
(A) debate (B) debating (C) argument (D) argue
(約翰昨天參加一個討論會。) 〔74技術學院〕

( ) 7. Short ______ make long friends. 〔75師大工教，78中二專夜〕
(A) owe (B) debts (C) defect (D) defeat (債短友情長。)

( ) 8. When will the results of the election be ______. (A) declared (B) defected (C) delivered (D) deprived (選舉的結果幾時宣布？)

( ) 9. You must have been ______ for your being beautiful-looking.
(A) on a deit (B) on a diet (C) in a deit (D) in a diet
(妳必定節食了，妳看起來很好看。)〔78中二專夜、北商專，81四技商專〕

( ) 10. I can point out her ______ easily.
(A) defects (B) defectors (C) defeats (D) defenses
(我可以輕易找出她的缺點。) 〔75師大工教〕

ANSWERS

1. (B)	2. (C)	3. (C)	4. (A)	5. (A)
6. (B)	7. (B)	8. (A)	9. (B)	10. (A)

■ **diplomat** 〔'dɪplə,mæt〕 图外交官；外交家 ***diplomacy***〔dɪ'ploməsɪ〕图外交；外交手腕 ***diplomatic***〔,dɪplə'mætɪk〕形外交的

■ **discipline** 〔'dɪsəplɪn〕 图訓練；紀律 動訓練 His dog was *disciplined* by a professional trainer. 他的狗由一位職業訓練師訓練。

■ **discord** 〔'dɪskɔrd〕 图不一致；不和 The couple parted at last after years of *discord*. 該夫婦由於長期失和，終於分手。

■ **dismiss** 〔dɪs'mɪs〕 動下(課)；開除 If you are late so often, you will be *dismissed*. 如果你如此常遲到，你會被開除的。

■ **disorder** 〔dɪs'ɔrdɚ〕 图混亂；(身心機能)失調 The house was in *disorder*. 這屋子亂七八糟的。

■ **distort** 〔dɪs'tɔrt〕 動曲解；使變形 *distorted* face 扭曲的臉 You have *distorted* my words. 你曲解了我的話。

■ **distribute** 〔dɪ'strɪbjʊt〕 動分配；分類 ***distribution*** 图分配；分發 *distribute* the prizes *to*～ 分發獎品給～

■ **dominate** 〔'dɑmə,net〕 動支配；管轄 ***dominant*** 形有支配力的；有統治權的 He often *dominates* others. 他常支配別人。

■ **drain** 〔dren〕 動排水；徐徐流出 图陰溝；排水管 The water soon *drained* away. 水不久就流掉了。

■ **drought** 〔draʊt〕 图旱災；乾旱 The crops died during the *drought*. 穀物在旱災中死亡。

■ **dwell** 〔dwɛl〕 動居住；細思(*dwelt*) ***dweller*** 图居民 *dwell* on the past 追憶過去

■ **elaborate** 〔ɪ'læbərɪt〕 形精巧的；複雜的 動〔ɪ'læbə,ret〕用心做 an *elaborate* design 精巧的設計 I *elaborated* my plans. 我精心設計。

■ **empire** 〔'ɛmpaɪr〕 图帝國；大企業 the Roman *Empire* 羅馬帝國 *Empire* State Building (紐約)帝國大廈

■歷屆考題・精選試題

( ) 1. The crop died because of ______.
(A) draft (B) drought (C) draught (D) bought
（穀物因乾旱而死亡。） 〔70中二專夜，75師大工教〕

( ) 2. The water which ______ from the place is dirty.
(A) drains (B) trains (C) drams (D) draws
（從那兒流出來的水是髒的。）

( ) 3. Soldiers should abide by the military ______.
(A) disciple (B) discepline (C) discipline (D) dispiline
（軍人應守軍紀。） 〔72教育學院，75師大工教，76高屏二專夜〕

( ) 4. I ______ my plans. (A) elaberate (B) elaborate (C) elaborite (D) laborate （我用心設計。）

( ) 5. The strong ______ over the weak. (A) dominate (B) eminent (C) document (D) dome （强者支配弱者。） 〔77北商專、中商專〕

( ) 6. I took part in the ______ party. (A) ruled (B) holding (C) dominant (D) powered （我加入執政黨。） 〔77北商專、中商專〕

( ) 7. I have no appetite because of a ______ digestion.
(A) weak (B) sick (C) broken (D) disordered
（我因消化不良所以沒胃口。） 〔78、80嘉南二專〕

( ) 8. There is a ______ between us. (A) disorder (B) discount (C) discord (D) discard （我們之間不合。）

( ) 9. The teacher ______ the class at noon.
(A) dismissed (B) overed (C) interrupted (D) refrained
（老師在中午下課。） 〔80嘉南二專夜〕

( ) 10. ______ views will lead you to endless hatred.
(A) Prejudice (B) Distorted (C) Unfare (D) Evil
（偏見會使你無止境地仇恨。）

ANSWERS

1. (B)	2. (A)	3. (C)	4. (B)	5. (A)
6. (C)	7. (D)	8. (C)	9. (A)	10. (B)

■ **employ** 〔ɪm'plɔɪ〕 動 雇用 *employer* 名 雇主；老板 *employ* 60 men 雇用60 人 *employee*〔ɪm'plɔɪ·i〕名 職員

■ **enterprise** 〔'ɛntɚ,praɪz〕 名 企業；進取心 a man of *enterprise* 有進取心(企業精神)的人

■ **execute** 〔'ɛksɪ,kjut〕 動 實行；執行 *execution* 名 實行；執行死刑 *executive*〔ɪg'zɛkjʊtɪv〕形 執行的；行政的 名 行政官 *execute* all orders 執行一切命令

■ **expenditure** 〔ɪk'spɛndɪtʃɚ〕 名 支出；經費；費用 *Expenditures* should be less than income. 開支應該少於收入。

■ **expense** 〔ɪk'spɛns〕 名 費用；代價 living *expenses* 生活費 *expensive* 形 昂貴的

■ **exploit** 〔'ɛksplɔɪt〕 名 功業；功蹟 動〔ɪk'splɔɪt〕開發(資源)；剝削 *exploit* the oil under the sea 開發海底的石油

■ **faith** 〔feθ〕 名 信仰；信心 *faithful* 形 忠實的 lose *faith* in～ 對～失去信心

■ **fee** 〔fi〕 名 小費 動 付費給～；給小費 an entrance *fee* 入場費 a school *fee* 學費

■ **finance** 〔'faɪnæns〕 名 財政；金融 public *finance* 國家財政 *financial*〔faɪ'nænʃəl〕形 金融的；財政的

■ **flourish** 〔'flɝɪʃ〕 動 繁榮；享盛名 His business is *flourishing*. 他的生意正興隆。

■ **freedom** 〔'fridəm〕 名 自由；自由權 *freedom* of speech 言論自由 have the *freedom* of～ 有自由使用～的權利

■ **fulfill** 〔fʊl'fɪl〕 動 履行(義務)；完成(工作) *fulfillment* 名 實現 *fulfill* one's duties 履行義務

■ **fund** 〔fʌnd〕 名 基金；資金 a relief *fund* 救濟基金

■歷屆考題・精選試題

______1. An e________r usually requires an interview before hiring a job applicant.（老闆在雇用應徵者之前通常需先面談。）
〔75、78北商專，77北二專夜，78教育學院、嘉義農專、中商專，80中二專夜，81四技商專〕

______2. We should e________y a servant to help us with our work.（我們應雇個佣人來幫我們工作。）〔66二專夜，81四技商專〕

______3. When something is high in price, it is not cheap, it is e______e.（某物價錢高，即不便宜也就是貴。）〔80北二專夜，81四技工專〕

______4. When they go to college, many American youths continue to work part-time at a variety of jobs to help pay their e______es.（美國青年入了大學繼續各種不同的工讀以便付學費。）
〔72中二專夜，79師大工教〕

(　) 5. When you consult a lawyer, you should pay the ______.
(A) fare (B) wages (C) salary (D) fee
（你和律師洽談時，應該付費。）〔67台北工專，81保送甄試〕

______6. (Free) is more valuable than life.（自由比生命可貴。）
〔80保送甄試，81北二專夜〕

(　) 7. The government tried to improve the ______ of the country.
(A) fiance (B) fiancee (C) finance (D) finence
（政府試著改進國家的金融。）〔78保送甄試、中商專、北商專〕

(　) 8. I am convinced that my dream will be ______ one day.
(A) forfilled (B) fulfilled (C) carried (D) fullfilled
（我相信我的夢想總有一天會實現。）

(　) 9. Dogs are very ______ to their masters.〔78空中商專〕
(A) trustful (B) faithful (C) royal (D) honest（狗對主人很忠心。）

(　) 10. Socrates ______ about 400B.C.
(A) live (B) flowered (C) flourished (D) blossomed
（蘇格拉底在大約西元前四百年間最享盛名。）

ANSWERS

1. employer 2. employ 3. expensive 4. expenses 5. (D)
6. Freedom 7. (C) 8. (B) 9. (B) 10. (C)

■ **govern** 〔'gʌvən〕
動統治；治理 ***government*** 名政府；政治
govern the country 治理國家

■ **grateful** 〔'gretfəl〕
形感激的 I shall be *grateful* to you all my life. 我將一輩子感激你。

■ **gratitude** 〔'grætə,tjud〕
名感激；謝意
He has no sense of *gratitude*. 他不知感恩。

■ **greed** 〔grid〕
名貪婪；貪心 ***greedy*** 形貪心的；貪婪的
greed for money 貪財

■ **guarantee** 〔,gærən'ti〕
名保證；保證人 動保證；擔保 This watch is *guaranteed* for two years. 這只錶保用兩年。

■ **guilty** 〔'gɪltɪ〕
形有罪的；心虛的 ***guilt*** 名罪行；內疚
He was declared *guilty*. 他被判有罪。

■ **habitual** 〔hə'bɪtʃʊəl〕
形習慣的；慣常的 ***habit***〔'hæbɪt〕名習慣
habitual seat 慣常所坐的位子

■ **hardship** 〔'hɑrdʃɪp〕
名困苦；艱難 endure great *hardship* during the war. 在戰時忍受很大的苦難。

■ **heir** 〔ɛr〕
名繼承人；後繼者 Prince Charles is the *heir* to the throne. 查理王子是王位繼承人。

■ **heredity** 〔hə'rɛdətɪ〕
名遺傳；遺傳性 Very few diseases are caused by *heredity*. 很少疾病是由遺傳引起的。

■ **heritage** 〔'hɛrətɪdʒ〕
名（精神、文化的）遺產；繼承物
Freedom is an honorable *heritage* of the nation. 自由是該國光榮的遺產。

■ **hostile** 〔'hɑstɪl〕
形有敵意的 ***hostility***〔hɑs'tɪlətɪ〕名敵意；反抗
show *hostility* to～ 與～作對

■ **humble** 〔'hʌmbl̩〕
形謙卑的；簡陋的 a *humble* but comfortable house 簡陋却舒適的家。

■歷屆考題・精選試題

______1. If you help a blind man to cross the road, he will be gr________l.（如果你幫助盲人過馬路，他會感謝你。）〔77空中商專〕

______2. Every country has its g______t, which governs the people.（每個國家都有統治人民的政府。）〔80保送甄試、四技商專、中二專夜〕

______3. Gambling is a bad h________t.（賭博不是好習慣。）〔76中二專夜，81四技商專〕

______4. He went in the classroom and sat down in his(habit) seat.（他走進教室，坐在他習慣坐的位子上。）〔59台北工專，81保送甄試〕

(　) 5. He was generally thought of as his father's s________.
(A) haire (B) hair (C) heir (D) heire
（他被一致認為是他父親的繼承者。）

(　) 6. Be it ever so______, my home is the best place.
(A) humble (B) modestly (C) poorly (D) weak 〔78中商專、北商專，80四技工專〕
（不論我家如何簡陋，都是最好的地方。））

(　) 7. He is______a murder.
(A) guilt of (B) guilt (C) guilty of (D) guilty from
（他犯了殺人罪。）

(　) 8. Every country should protect its cultural ______ from being destroyed. (A) heredity (B) hairtage (C) heirtage (D) heritage
（每個國家都應保護其文化遺產不被破壞。）

(　) 9. Everyone should learn to bear______.
(A) hardness (B) hardware (C) hardship (D) hardtop
（每個人都應學著忍受苦難。）〔74中二專夜〕

(　) 10. I can hardly express my______to you for your help.
(A) grateful (B) guarantee (C) gratitude (D) heredity 〔75中商專、中二專夜，78護二專〕
（對於你的幫助，我幾乎難以表達感激之情。）

ANSWERS

1. grateful 2. government 3. habit 4. habitual 5. (C)
6. (A) 7. (C) 8. (D) 9. (C) 10. (C)

■ **illegal** 〔ɪ'ligl̩〕 形 違法的；非法的 It is *illegal* to park your car here. 你把車停在這兒是違法的。

■ **imitate** 〔'ɪmə,tet〕 動 模仿；仿造 *imitate* his voice 模仿他的聲音 ***imitation*** 名 仿造(品) 形 仿造的；人造的

■ **immigrate** 〔'ɪmə,gret〕 動(自外國)移入；移民 ***immigrant*** 名 移民(↔ *emigrant* 移居他國的移民)

■ **incredible** 〔ɪn'krɛdəbl̩〕 形 令人難以置信的；可疑的 an *incredible* story 令人難以相信的故事

■ **independent** 〔,ɪndɪ'pɛndənt〕 形 獨立的；自主的 He is *independent* of his parents. 他不依賴雙親生活。

■ **infect** 〔ɪn'fɛkt〕 動 感染；影響 ***infection*** 名 傳染(病) ***infectious***〔ɪn'fɛkʃəs〕形 傳染的

■ **inhabit** 〔ɪn'hæbɪt〕 動 居住；棲息 ***inhabitant*** 名 居民；居住者 The island is not *inhabited*. 島上無人居住。

■ **innocent** 〔'ɪnəsn̩t〕 形 天眞無邪的；無知的；無罪的 an *innocent* child 天眞無邪的小孩

■ **insight** 〔'ɪn,saɪt〕 名 洞察力；見識 *insight* into children's emotions 洞察孩子的感情

■ **instinct** 〔'ɪnstɪŋkt〕 名 本能 ***instinctive***〔ɪn'stɪŋktɪv〕形 本能的 The camel has an *instinct* for finding water. 駱駝有找尋水源的本能。

■ **insurance** 〔ɪn'ʃurəns〕 名 保險；保險費 fire(life)*insurance* 火災(人壽)保險

■ **intention** 〔ɪn'tɛnʃən〕 名 意圖；目的 His *intention* was to depart a week earlier. 他想要早一週出發。

■ **intercourse** 〔'ɪntɚ,kors〕 名 交通；交際 commercial *intercourse* 通商

■歷屆考題・精選試題

(　) 1. Oh！I don't know what you mean; that's ________.
(A) incredulous (B) incredible (C) incredit (D) credulous
（喔！你說什麼，那簡直令人難以置信。）〔75北商專〕

(　) 2. The laughter ______ the company.
(A) influenced (B) infected (C) infanted (D) effected
（笑聲感染全場。）〔77中二專夜，78護二專、中商專、北商專〕

(　) 3. I did not submit the paper on time by ______.
(A) purpose (B) desperate (C) intention (D) attention
（我故意遲交報告。）

(　) 4. He had a(n) ______ into human nature.
(A) far-thought (B) inthought (C) far-sighted (D) insight
（他能洞察人性。）

(　) 5. Good acts are better than good ______.
(A) views (B) minds (C) intentions (D) insights
（善行勝於善意。）

(　) 6. My family will ______ into the United States.
(A) emigrate (B) immigrate (C) transfer (D) transport
（我家要移居美國。）〔80高屏二專夜〕

(　) 7. The wood was painted to ______ stone.
(A) copy (B) mimic (C) inimate (D) imitate
（木頭上漆使之看似石頭。）〔77中二專夜，78護二專〕

(　) 8. We have ______ with that company.
(A) intercession (B) intercom (C) intercourse (D) intercept
（我們和那公司有來往。）

(　) 9. The island is thinly ________.
(A) inhabited (B) occupied (C) dwellered (D) lived
（這島居民不多。）〔78師大工教〕

ANSWERS

1.(B) 2.(B) 3.(C) 4.(D) 5.(C) 6.(B) 7.(D) 8.(C) 9.(A)

■ **interfere** 〔ˌɪntɚˈfɪr〕 動妨礙；干涉 Don't *interfere in* others' privacy. 別干涉他人的私事。

■ **intrude** 〔ɪnˈtrud〕 動侵入；闖入；强使他人採納 I don't want to *intrude*(*upon* you). 我不想打擾(你)。

■ **intuition** 〔ˌɪntjʊˈɪʃən〕 名直覺 He knew *by intuition* that he had only a few days to live. 他直覺地知道自己只能再活幾天。

■ **invade** 〔ɪnˈved〕 動(敵軍)入侵；侵害(權利)
invade the rights of citizens 侵害市民的權利
invasion 〔ɪnˈveʒən〕 名侵犯；侵害

■ **involve** 〔ɪnˈvɑlv〕 動牽涉(陰謀、不幸)；包含 The mistake *involved* me *in* troubles. 這項錯誤使我陷入困擾。

■ **isolate** 〔ˈaɪsəˌlet〕 動使孤立；使隔離
isolation 名隔離；孤立

■ **issue** 〔ˈɪʃjʊ〕 動發行；發表 名發行；爭論點
today's *issue* of a paper 今日發行的報紙

■ **jam** 〔dʒæm〕 動緊壓；阻塞 名擁擠；困難的處境
a traffic *jam* 交通阻塞

■ **justice** 〔ˈdʒʌstɪs〕 名正義；公平 To do him *justice*, he is a good teacher. 平心而論，他是個好老師。

■ **juvenile** 〔ˈdʒuvəˌnaɪl〕 形兒童的；少年的 名少年；童星
juvenile books 少年讀物

■ **lawyer** 〔ˈlɔjɚ〕 名法律專家；律師
He practices as a *lawyer*. 他開業做律師。

■ **legal** 〔ˈligl̩〕 形法律上的；合法的 *legal* knowledge 法律常識
legal holidays 法定假日

■ **legend** 〔ˈlɛdʒənd〕 名傳說；傳奇(文學) the *legends* of the Round Table 有關圓桌武士的傳奇

■歷屆考題・精選試題

( ) 1. You must not let pleasure ______ with business.
(A) interest (B) interdict (C) interfere (D) intercrop
(你不可以讓娛樂妨礙到工作。) 〔69 空中商專,80 高屏二專夜〕

( ) 2. We can not ______ our views upon others.
(A) intromit (B) intrude (C) introvert (D) invent
(我們無法强迫他人採納己見。) 〔75 中商專,78 保送甄試〕

( ) 3. My house was ______ by a crowd of visitors.
(A) invaded (B) invalided (C) intwined (D) inversed
(我的屋裏擠滿一群客人。) 〔77 中商專、北商專〕

( ) 4. He has great powers of ______.
(A) intiution (B) intiutions (C) intuition (D) intuitations
(他有很强的直覺力。)

( ) 5. These changes in the business ______ the interests of all owners. (A) involve (B) inverse (C) inwall (D) interfere
(這些營業上的變更牽涉所有股東的利益。)
〔80 彰師、高屏二專夜,81 北二專夜〕

( ) 6. When a person has an infectious disease, he is usually ______. (A) interested (B) isolated (C) lofted (D) partialized
(當人染上傳染病時,通常會被隔離。)〔78 教育學院,81 北二專夜〕

( ) 7. The matter really at ______ was whether he or his brother was to be the boss of the company.
(A) insolation (B) isthmus (C) istle (D) issue
(事實眞正的爭執點是他和他弟弟,誰該當公司的老闆。)
〔77 師大工教,80 四技工專〕

______ 8. We should fight for ______. (just)
(我們該爲正義而戰。)

( ) 9. The stories about King Arthur and his Knights of the Round Table are ______, not history.
(A) legand (B) legands (C) legend (D) legends 〔75 北商專,76 中商專〕
(亞瑟王及其圓桌武士的故事是傳說,而非正史。)

ANSWERS

1.(C) 2.(B) 3.(A) 4.(C) 5.(A) 6.(B) 7.(D) 8. justice 9.(D)

■ **legislation** 〔,lɛdʒɪs'leʃən〕 图立法；法令 ***legislative*** 形立法的 *Legislative* Yuan 立法院

■ **leisure** 〔'liʒɚ〕〔'lɛʒɚ〕 图閒暇 形有空的；閒暇的 I'll do it *at* my *leisure*. 我有空就去做。

■ **liberal** 〔'lɪbərəl〕 形自由的；開放的 图自由主義者 He is *liberal* in his ideas. 他的想法很開放。

■ **library** 〔'laɪ,brɛrɪ〕 图圖書館；叢書 a Shakespeare *library* 莎士比亞全集 ***librarian*** 〔laɪ'brɛrɪən〕图圖書館員

■ **load** 〔lod〕 图負擔；負荷 動載客(貨)；裝(子彈、膠捲) The ship was *loaded* with goods. 這船裝滿貨物。

■ **loyal** 〔'lɔɪəl〕 形忠實的(= *faithful*) ***loyalty*** 图忠誠；信實 *loyal* subjects of the king 國王忠貞的臣民

■ **luxury** 〔'lʌkʃərɪ〕 图奢侈(品)；豪華 live in *luxury* 生活很奢侈 ***luxurious*** 〔lʌg'ʒurɪəs〕形奢侈的；豪華的

■ **maintain** 〔men'ten〕 動維持；支持 *maintain* peace and order 維護治安

■ **malice** 〔'mælɪs〕 图惡意 ***malicious*** 〔mə'lɪʃəs〕形懷惡意的 bear *malice* toward～ 對～懷有惡意

■ **manufacture** 〔,mænjə'fæktʃɚ〕 图製造業；製品 動製作；生產 steel *manufacture* 製鋼業 plastic *manufactures* 塑膠製品

■ **marvel** 〔'mɑrvḷ〕 图奇景；奇蹟 動驚嘆；驚訝 the *marvels* of nature 大自然的奇妙 ***marvel(l)ous*** 形不可思議的；奇異的

■ **medium** 〔'midɪəm〕 图中間；媒介(複數爲*mediums* or *media*) 形中間的；媒介的 a *medium* of communication 傳播媒體 a shirt of *medium* size 中號的襯衫

■ **merchandise** 〔'mɝtʃən,daɪz〕 图(集合用法)商品；貨物 動交易；買賣 general *merchandise* 雜貨

■歷屆考題・精選試題

( ) 1. Our school has a ______ of more than one hundred thousand volumes.
(A) laboratory (B) library (C) department (D) museum
(我們學校圖書館藏書逾十萬。)〔77教育學院,78中商專,80保送甄試〕

( ) 2. Morality cannot be ______.
(A) legion (B) legislative (C) legislated (D) legitimate
(道德不能靠立法來規範。)

( ) 3. Because of the failure of the magazine, many experienced editors are now at ______. 〔75師大工教,76教育學院,80四技商專〕
(A) leisure (B) leisure-time (C) lemma (D) lemon
(由於雜誌的失敗，許多經驗豐富的編者失職了。)

( ) 4. It has been maintained that the power of the normal human voice. (A)堅稱 (B)維持 (C)贍養 (D)保管
(常人的發言權一直被維持著。)
〔76中商專,77北二專夜,79、80師大工教〕

( ) 5. The air is a ______ of sound.
(A) message (B) mean (C) kind (D) medium (E) piece
(空氣是音的媒介。) 〔72二專,76教育學院、中二專夜〕

( ) 6. This city is noted for its ______ of earthen ware.
(A) manufecture (B) manufectural (C) manufacture 〔77技術學院、
(D) manufactural (這城市以製造陶器聞名。)〔80中二專夜,81北二專夜〕

( ) 7. Niagara Falls is one of the great ______ in the world.
(A) martyrs (B) martinets (C) marvel (D) marvels
(尼加拉大瀑布是世界奇景之一。) 〔76、77中商專,78保送甄試〕

______ 8. L______l citizens will never betray their country or government.(忠實的公民絕不會背叛國家或政府。)〔80四技工專〕

( ) 9. 選錯的：(A) double (B) midium (C) pretty (D) relation (E) likely
〔75二專,80四技商專〕

ANSWERS

1.(B) 2.(C) 3.(A) 4.(B) 5.(D) 6.(C) 7.(D) 8. Loyal 9.(B)

■ mercy 〔'mɝsɪ〕 图支配；慈悲 Their lives were *at the mercy of* the sea. 他們的生命任由大海擺佈。

■ misfortune 〔mɪs'fɔrtʃən〕 图不幸 *Misfortunes* never come singly. 禍不單行。

■ modify 〔'mɑdə,faɪ〕 動修改；修飾 *modify* the original plan 修改原始計劃

■ movement 〔'muvmənt〕 图運動；活動 He is lying without *movement*. 他正一動也不動地躺著。

■ multitude 〔'mʌltə,tjud〕 图多數；大衆(the multitude) as the stars in *multitude* 多如繁星

■ murder 〔'mɝdɚ〕 图謀殺(案) 動謀殺 ***murderer*** 图兇手 six *murders* in one month 一個月六件謀殺案

■ mutual 〔'mjutʃʊəl〕 形共同的；互相的 for our *mutual* good 爲了我們相互的利益

■ nationality 〔,næʃən'ælətɪ〕 图國籍；國民 What is his *nationality*? 他是哪一國人？

■ neglect 〔nɪ'glɛkt〕 動忽視；疏忽 图怠慢；疏忽 Don't *neglect* your duty. 不要失職。

■ negotiate 〔nɪ'goʃɪ,et〕 動交涉；談判 ***negotiation*** 图交涉；談判 The labor union is *negotiating* with the employers. 工會正在和雇主談判。

■ notice 〔'notɪs〕 图注意；通知 動注意；通知 Nobody took *notice* of his words. 沒有人留意他的話。

■ numerous 〔'njumərəs〕 形多數的 ***numerable*** 形可數的；可計算的 He received *numerous* gifts. 他收到很多禮物。

■ obey 〔ə'be〕 動服從 *obey* one's parents 聽從父母的話 ***obedience*** 〔ə'bidɪəns〕 图服從；順從

■歷屆考題・精選試題

(　　) 1. The boat is at the ______ of the wild waves.
(A) mearsy (B) mearcy (C) mercy (D) merit
(船受大浪的擺佈。) 〔77師大工教、中二專夜〕

(　　) 2. The New Life ______ does us much good.
(A) movment (B) movement (C) Movment (D) Movement
(新生活運動對我們頗多助益。) 〔74空中商專，78教育學院〕

(　　) 3. Fair skin covers the ______ of sins.
(A) multitude (B) multivalve (C) multiple (D) multiplication.
(金玉其外，敗絮其中。) 〔77空中商專〕

(　　) 4. He is declared guilty of ______.
(A) murder (B) murdering (C) murderous (D) murderer
(他被宣判犯殺人罪。) 〔76嘉南二專夜、師大工教，80高屏二專夜〕

______ 5. Our N______ Day is the 10th of October.
(我們國慶日是10月10日。) 〔67二專夜，81四技商專〕

(　　) 6. American ______ form the largest alien group in Taipei.
(A) nation (B) nations (C) nationals (D) nationalities
(美國人形成了台北最大的外國人集團。) 〔74北二專夜，78中二專夜〕

(　　) 7. He lost his position owing to ______ of duty.
(A) negligent (B) neglect (C) negelect (D) negelact
(他因疏於職守而遭解雇。) 〔75教育學院，78北二專夜〕

(　　) 8. ______ for the new school are finished.
(A) Negotiate (B) Negotiative (C) Negotiations (D) Negotiating
(新學校的談判工作業已就緒。) 〔74技術學院，77中商專、北商專〕

(　　) 9. The examples are too ______ to be mentioned.
(A) numberless (B) numberous (C) numerless (D) numerous
(例繁不勝枚舉。) 〔79師大工教〕

ANSWERS

1. (C)　2. (D)　3. (A)　4. (A)　5. National
6. (C)　7. (B)　8. (C)　9. (D)

■ **oblige** 〔ə'blaɪdʒ〕 動強制；使感激（be *obliged* to *one* for～） ***obligation*** 〔,ɑblə'geʃən〕 名義務；恩惠 To pay ***taxes*** is an *obligation*. 納稅是義務。

■ **obstacle** 〔'ɑbstəkḷ〕 名障碍(物) *obstacle* race 障礙賽跑 an *obstacle* to progress 進步的阻礙

■ **offend** 〔ə'fɛnd〕 動傷～感情；觸怒 I was *offended* with him. 我被他觸怒了。

■ **official** 〔ə'fɪʃəl〕 形公務上的；正式的 名公務員 *official* affairs 公務 a government *official* 政府官員

■ **outlook** 〔'aʊt,lʊk〕 名展望；景色 The economic *outlook* is bright. 經濟前途很光明。

■ **outstanding** 〔aʊt'stændɪŋ〕 形傑出的；(債務等)未付的 an *outstanding* baseball player 傑出的棒球球員

■ **parallel** 〔'pærə,lɛl〕 形平行的 名平行(線)；匹敵者 動與～平行；匹敵 a road *parallel* to the railroad 與鐵路平行的道路

■ **pastime** 〔'pæs,taɪm〕 名娛樂；消遣 play cards for a *pastime* 玩牌當作消遣

■ **patriot** 〔'petrɪət〕 名愛國者 ***patriotism*** 名愛國心 Blind *patriotism* is dangerous. 盲目的愛國心很危險。

■ **pedestrian** 〔pə'dɛstrɪən〕 名行人 形步行的；平凡的 a *pedestrian* overpass 天橋

■ **permanent** 〔'pɜmənənt〕 形永久的；不變的 *permanent* peace 永久的和平 *permanent* teeth 恆齒

■ **philosophy** 〔fə'lɑsəfɪ〕 名哲學；人生哲學 ***philosopher*** 名哲學家 To be merry is my *philosophy*. 活得快樂是我的人生哲學。

■ **policy** 〔'pɑləsɪ〕 名政策；權謀 ***political*** 〔pə'lɪtɪkḷ〕 形政治的 Honesty is the best *policy*. 誠實爲最上策。

■歷屆考題・精選試題

(　　) 1. He will probably be awarded a prize on account of his ________ achievement in physics.
(A) exposed (B) outstanding (C) high (D) worthwhile
(由於他在物理方面傑出的成就,他可能會獲獎。) 〔70 師大工教〕

(　　) 2. The president awarded the best student of each class ________. (A) official (B) office (C) officer (D) officially
(校長正式頒獎給每班最好的學生。) 〔74 北二專夜, 76 嘉南二專夜〕

(　　) 3. Attendance at primary school is ______.
(A) obliged (B) obliging (C) obligative (D) obligatory
(上小學是義務性的。) 〔74 北二專夜, 78 北商專、中商專〕

(　　) 4. International suspicion is the chief ________ to world peace.
(A) contribution (B) obstinacy (C) obstacle (D) obstacel
(國際間的猜疑是世界和平的主要障礙。) 〔80 中二專夜〕

______ 5. A pa________t is one who shows great love for his country.
(愛國者深愛他的國家。) 〔66 師大工教, 76 北二專夜〕

______ 6. A person who studies philosophy is a p________r.
(研究哲學者爲哲學家。) 〔70 台北工專, 76 空中商專, 78、80 師大工教〕

(　　) 7. They ______ his life with those of the saints.
(A) paralleled (B) parallelized (C) paralogized (D) paralelled
(他們將他的生活與聖者的生活相比。) 〔80 北二專夜〕

(　　) 8. Baseball is a favorite ______ in America.
(A) interest (B) pleasure (C) fun (D) pastime
(棒球在美國是廣受喜愛的娛樂。) 〔76 高屏二專夜〕

(　　) 9. Showing great ______, he pitted his enemies against one another. (A) poll (B) policy (C) politics (D) polish
(他運用很大的權謀,使他的敵人互相爭鬥。)

ANSWERS

1. (B)　2. (D)　3. (D)　4. (C)　5. patriot
6. philosopher　7. (A)　8. (D)　9. (B)

■ **polite** 〔pə'laɪt〕 形 有禮的；客氣的
They were *polite* to me. 他們對我很客氣。

■ **possess** 〔pə'zɛs〕 動 擁有；具有 ***possession*** 名 擁有(物)；(*pl.*)財富
He *possessed* much gold. 他有很多金子。

■ **posterity** 〔pɑs'tɛrətɪ〕 名 子孫；後裔 hand down the craft to *posterity* 把技術傳給子孫

■ **prejudice** 〔'prɛdʒədɪs〕 名 偏見；成見 動 使存偏見
She has a *prejudice* (*or* She is *prejudiced*) against him. 她對他存有偏見。

■ **primitive** 〔'prɪmətɪv〕 形 原始的 名 原始人
primitive stone tools 原始的石器

■ **principle** 〔'prɪnsəpḷ〕 名 原理；原則 in *principle* 原則上；大體上
the Three *Principles* of the People 三民主義

■ **prison** 〔'prɪzṇ〕 名 監獄 ***prisoner*** 名 俘虜
be sent to *prison* 坐牢

■ **private** 〔'praɪvɪt〕 形 私人的；秘密的 a *private* car 自用轎車
privacy 名 隱私 in *privacy* 私底下

■ **privilege** 〔'prɪvḷɪdʒ〕 名 特權；榮幸 動 特許
privilege～from arrest 給～免於被捕的特權

■ **profit** 〔'prɑfɪt〕 名 利潤；利益 動 獲益；有利於 ***profitable*** 形 有益的；有利的 He did it for *profit*. 他做此事以牟利。

■ **promote** 〔prə'mot〕 動 促進；使升級 ***promotion*** 名 促進；晉升
promote health(peace) 促進健康(和平)

■ **propose** 〔prə'poz〕 動 提議；求婚 ***proposal*** 名 提議；求婚
propose marriage to～ 向～求婚

■ **prosper** 〔'prɑspɚ〕 動 成功；繁榮 ***prosperity***〔prɑs'pɛrətɪ〕名 繁榮；成功 ***prosperous***〔'prɑspərəs〕形 繁榮的；景氣的

■歷屆考題・精選試題

(　) 1. He ______ speaks to show his good education.
(A) polite (B) politeness (C) politely (D) politic (E) politics
(他談吐有禮,以顯示他受過良好的教育。) 〔80師大工教、彰師〕

(　) 2. He is a ______ merchant.
(A) prosper (B) prosperity (C) prosperous (D) prosperously
(他是個成功的商人。) 〔77空中商專,78中商專、北商專,81北二專夜〕

______ 3. The book "Pride and P______" is a famous novel.
("傲慢與偏見"是本有名的小說。) 〔76中二專夜,81北二專夜〕

(　) 4. Our soldiers fought hard for the ______ (possess) of the hilltop. (A) poseess (B) prosess (C) possess (D) possession
(我們的軍士爲了保有山嶺而艱苦作戰。) 〔77、80高屏二專夜〕

(　) 5. He left behind an immortal example to all ______.
(A) posterity (B) posterities (C) postilion (D) postlude
(他爲後世留下不朽的典範。)

(　) 6. The anthropology of the future will not be concerned about all else with ______. (A) prime (B) primitives (C) primitivism (D) priming (未來的人類學不會以原始人爲主要的研究對象。)

(　) 7. The idea was sound in ______, but hard to practice.
(A) principle (B) principal (C) principel (D) principlal
(這想法聽起來很理想,但要實現却很困難。) 〔78中商專、北商專,81四技商專〕

(　) 8. They were taken to ______ for stealing money.
(A) person (B) parson (C) prison (D) preson
(他們因偸錢而入獄。) 〔78中商專、北商專〕

(　) 9. I wish to talk with you in ______.
(A) privacy (B) privatism (C) privative (D) private
(我希望能私下與你談談。) 〔75技術學院,80四技商專、高屏二專夜〕

ANSWERS

1.(C) 2.(C) 3. Prejudice 4.(D) 5.(A) 6.(B) 7.(A) 8.(C) 9.(A)(D)

■ **psychology** 〔saɪ'kɑlədʒɪ〕 图心理；心理學 criminal *psychology* 犯罪心理學 ***psychological***〔ˌsaɪkə'lɑdʒɪkḷ〕形心理的

■ **punish** 〔'pʌnɪʃ〕 動處罰 ***punishment*** 图處罰 be *punished* with a fine 被處以罰鍰

■ **purchase** 〔'pɜtʃəs〕 動購買 图購買(之物) *purchasing* power 購買力

■ **qualify** 〔'kwɑləˌfaɪ〕 動使合格；使勝任 ***qualification*** 图資格 He is *qualified* as a lawyer. 他是個合格律師。

■ **rebel** 〔'rɛbḷ〕 图叛徒 形反叛的 動〔rɪ'bɛl〕謀反；反抗 the *rebel* army 叛軍 ***rebellion***〔rɪ'bɛljən〕图叛亂

■ **receipt** 〔rɪ'sit〕 图收據；(*pl.*)進款 ***reception***〔rɪ'sɛpʃən〕图收容；招待(會) *reception* day 會客日

■ **recommend** 〔ˌrɛkə'mɛnd〕 動推薦 Will you *recommend* me a good doctor？你能推薦一位好醫生給我嗎？

■ **reconcile** 〔'rɛkənˌsaɪl〕 動使和解；調停 The brothers were soon *reconciled.* 那兄弟很快就和好了。

■ **refuge** 〔'rɛfjudʒ〕 图避難(所) ***refugee***〔ˌrɛfjʊ'dʒi〕图難民 find *refuge* in～避難於～

■ **region** 〔'ridʒən〕 图地域；地帶 industrial *regions* 工業地帶 a desert *region* 沙漠地帶

■ **release** 〔rɪ'lis〕 動解除；放開 图解除；放開 *release* one's hold 放開(緊握的)手

■ **relieve** 〔rɪ'liv〕 動解救；減輕(痛苦；義務) ***relief*** 图減輕；安心；救濟 *relieve* him from the pain 減輕他的痛苦 *relief* fund 救濟基金

■ **religion** 〔rɪ'lɪdʒən〕 图宗教；信仰 ***religious*** 形宗教的；虔誠的 the Christian *religion* 基督教

■歷屆考題・精選試題

(　) 1. 宗教的：(A) religious (B) religions (C) religeous (D) god
〔78 嘉南二專夜, 80 中二專夜〕

_____ 2. Please send me a _____ (receive) for the money.
(請給我一張收據。)〔78 中商專、北商專, 79 師大工教〕

(　) 3. (選錯的)：(A) recieve (B) enterprise (C) integrity (D) ruin
〔71 中二專夜, 80 保送甄試〕

(　) 4. To know the way is one _____ to be a guide.
(A) quantity (B) qualify (C) qualification (D) quality
(認識路是做嚮導的條件之一。)

(　) 5. The _____ armed themselves against the government.
(A) rebelled (B) rebellous (C) rebels (D) rebelling
(叛徒們武裝起來反叛政府。)

_____ 6. To my great _____ (relieve), he got home finally.
(他終於回到家, 使我鬆了一口氣。)〔80 師大工教、高屏二專夜, 81 北二專夜〕

(　) 7. The children quarreled but soon _____.
(A) recancile (B) reconciled (C) recanciled (D) reconcilled
(小孩們吵架了, 但不久又和好了。)

(　) 8. He promised to _____ me to the manager.
(A) form (B) reform (C) reflect (D) recommend
(他答應把我推薦給經理。)〔77 高屏二專夜, 78 中二專夜〕

(　) 9. There are thousands of Chinese _____ in Hong Kong.
(A) refuge (B) refuges (C) refugee (D) refugees
(香港有數千名中國難民。)

ANSWERS

1.(A) 2. receipt 3.(A) 4.(C) 5.(C) 6. relief 7.(B) 8.(D) 9.(D)

■ **republic** 〔rɪ'pʌblɪk〕 图 共和國
the *Republic* of China 中華民國

■ **rescue** 〔'rɛskjʊ〕 動 解救；救濟 图 解救；救濟 *rescue* the boy *from* drowning 把快淹死的男孩救出來

■ **reserve** 〔rɪ'zɝv〕 動 保留；預訂(座位、門票等) 图 特別保留地
reservation 图 保留；預約 a *reserve* for wild animals 野生動物保護區

■ **resident** 〔'rɛzədənt〕 形 居住的；居留的 图 居民；僑民
residential 〔,rɛzə'dɛnʃəl〕 形 居住的；住宅的

■ **resist** 〔rɪ'zɪst〕 動 抵抗 ***resistance*** 图 抵抗；反抗 I could hardly *resist* laughing. 我忍不住笑出來。

■ **respond** 〔rɪ'spɑnd〕 動 回答；反應 ***response*** 图 回答；反應
She made no *response*. 她沒有回答。

■ **responsible** 〔rɪs'pɑnsəbḷ〕 形 負責的 ***responsibility*** 〔rɪ,spɑnsə'bɪlətɪ〕 图 責任
be *responsible* for her safety 負責她的安全

■ **retire** 〔rɪ'taɪr〕 動 引退；退休 ***retirement*** 图 引退；退休
retirement age 退休年齡

■ **retreat** 〔rɪ'trit〕 動 撤退 图 撤退
retreat on the capital 向首都撤退

■ **rigid** 〔'rɪdʒɪd〕 形 硬直的；嚴格的 ***rigidity*** 〔rɪ'dʒɪdətɪ〕 图 僵硬
practice *rigid* economy 厲行節約

■ **riot** 〔'raɪət〕 图 暴動；有趣之人或表演 動 暴動
put down a *riot* 鎮壓一場暴動

■ **risk** 〔rɪsk〕 图 危險；風險 動 作賭注；冒～之險
at the *risk* of one's life 冒著生命危險

■ **rubbish** 〔'rʌbɪʃ〕 图 垃圾；胡說
The book is all *rubbish*. 這本書全是一派胡言。

■歷屆考題・精選試題

(　　) 1. (選錯的)：(A) ordinary (B) occur (C) resistent (D) observe

〔71中二專夜, 75保送甄試, 77、78北二專夜, 78中商專、北商專〕

(　　) 2. The dog was chasing our cat when Mary came to the ____.

(A) resuce (B) help (C) hand (D) rescue

(狗正在追我們的貓時，瑪麗跑去救援。)〔75台北工專, 80嘉南二專夜〕

(　　) 3. Prior to a trip, you had better make all the ____.

(A) reserves (B) reservative (C) reservation (D) reservations

(在旅行之前，你最好預先訂位。)〔77中二專夜, 78教育學院〕

____ 4. They live in a good ____(resident) district.

(他們住在高級住宅區。)〔77中二專夜, 78空中商專, 80北二專夜〕

(　　) 5. Nerves ____ to a stimulus.

(A) responds (B) respond (C) answer (D) act

(神經對刺激產生反應。)〔77高屏二專夜, 78北二專夜〕

(　　) 6. It was found necessary to ____ several generals who lacked energy and enterprise.

(A) retire (B) entire (C) intire (D) tire

(將幾位缺乏精力與進取心的將軍解職是必需的。)

〔80嘉南二專夜〕

____ 7. ____(rigid) of thought are difficult to be changed.

(思想的硬化不易改變。)

(　　) 8. He was a ____ at the party.

(A) root (B) riot (C) riet (D) rios

(他在派對中談笑風生。)

(　　) 9. The whole army was in full ____.

(A) retirement (B) response (C) retreat (D) reserve

(全軍總撤退。)〔76、78教育學院, 77中二專夜、高屏二專夜, 78北二專夜〕

ANSWERS

1. (C)	2. (D)	3. (D)	4. residential	5. (B)
6. (A)	7. Rigidities	8. (B)	9. (C)	

■ **ruin** 名毀滅；(*pl.*)遺跡 動毀滅；使破產
〔'ruɪn〕 You will *ruin* yourself. 你會毀掉你自己。

■ **sacrifice** 名犧牲 動犧牲
〔'sækrə,faɪs〕 *sacrifice* oneself for one's country 為國捐軀

■ **savage** 形野蠻的；野生的 名野人
〔'sævɪdʒ〕 the *savages* of Africa 非洲野人

■ **scheme** 名計畫；組織 動計畫
〔skim〕 *schemes* to increase sales 增加銷售的計畫

■ **section** 名區域；章節 動區分
〔'sɛkʃən〕 the business *section* of the city 該都市的商業區

■ **sentence** 名句子；判決 動判決 He's *sentenced* to six
〔'sɛntəns〕 months' imprisonment. 他被判六個月徒刑。

■ **shame** 名羞恥；恥辱 動使蒙羞 ***shameful*** 形可恥的
〔ʃem〕 He is lost to all *shame*. 他不知羞恥。

■ **shelter** 動保護；避難 名保護；避難所
〔'ʃɛltɚ〕 *shelter* oneself under～ 以～為靠山

■ **slave** 名奴隸 動做苦工 ***slavery*** 名奴隸制度
〔slev〕 a *slave* of drink 酒奴才

■ **social** 形社會的；社交的 *social* problems 社會問題
〔'soʃəl〕 ***socialism*** 名社會主義 ***society***〔sə'saɪətɪ〕名社會；協會(= *association*)

■ **sovereign** 名元首；君主 形無上的 The English *sovereign*
〔'sɑvrɪn〕 reigns but does not rule. 英國君主臨視國家卻不統治。

■ **speculate** 動投機；思索 ***speculation*** 名投機；思索
〔'spɛkjə,let〕 buy land as a *speculation* 炒地皮

■ **stable** 形安定的；穩固的 ***stability***〔stə'bɪlətɪ〕名安定；
〔'stebl̩〕 穩固 a *stable* government 穩固的政府

■歷屆考題・精選試題

( ) 1. Almost all the children of ______ are contented. (A) savages (B) savageries (C) savageness (D) savagers
(野蠻民族的孩子們幾乎都滿足於現狀。) 〔77北二專夜〕

( ) 2. scheme: (A) plan (B) plane (C) school (D) skin (計畫)
〔65二專〕

( ) 3. The criminal was ______ to death. (A) sentenced 〔77北二專夜〕 (B) sectioned (C) schemed (D) sheltered (那罪犯被判死刑。)

( ) 4. I was ______ of his ______ deeds. (A) shame... shamed (B) ashamed...ashameful (C) ashamed... shameful (D) shamed ... shameful (我對他可恥的行爲感到羞恥。) 〔74空中商專〕

( ) 5. A ______ trade is not easy to be prosperous. (A) shelter (B) sheltering (C) sheltered (D) shelterful
(受保護的貿易不易繁盛。) 〔73二專〕

______ 6. Man is a ______ (society) animal. (人是群居的動物。)
〔76教育學院、空中商專,81四技商專〕

( ) 7. His ______ in stocks made him poor. (A) spaculative (B) speculative (C) spaculations (D) speculations
(他的股票投機生意使他窮困了。)

( ) 8. A concrete wall has more ______ than a wooden fence. (A) stable (B) enstabled (C) stablity (D) stability
(水泥牆比木柵欄牢固得多。) 〔77北二專夜、空中商專,78護二專〕

( ) 9. The ______ is not himself bound by the law. (A) sovereignty (B) soveignty (C) sovereign (D) soveign
(君主本身並不受法之約束。) 〔75中商專〕

ANSWERS

1. (A) 2. (A) 3. (A) 4. (C) 5. (C) 6. social
7. (D) 8. (D) 9. (C)

■ **statesman** 〔'stetsmən〕 名政治家（複數爲 statesmen，與 politician 政客不同） Lincoln was a great *statesman*. 林肯是位偉大的政治家。

■ **status** 〔'stetəs〕 名地位；身分 a man of high social *status* 社會地位高的人

■ **struggle** 〔'strʌgḷ〕 動奮鬥；努力 名奮鬥；掙扎 the *struggle* for existence 生存競爭

■ **subject** 〔'sʌbdʒɪkt〕 名臣民；科目；主題 形服從的 動〔səb'dʒɛkt〕使服從 change the *subject* 改變話題

■ **suburb** 〔'sʌbɝb〕 名郊外；(the *suburbs*)郊外住宅區 ***suburban***〔sə'bɝbən〕形郊外的 live in the *suburbs* of Taipei 住在台北近郊

■ **succession** 〔sək'sɛʃən〕 名繼承；連續 ***successor*** 名繼承者；繼任者 ***succeed*** 動繼位

■ **summit** 〔'sʌmɪt〕 名頂點；高峯會議 reach the *summit* of a mountain 到達山頂

■ **surpass** 〔sɚ'pæs〕 動勝過；凌駕 The result *surpassed* my expectations. 結果超出我的預料。

■ **surrender** 〔sə'rɛndɚ〕 動放棄；投降 名交出；投降 They *surrendered* on terms. 他們有條件投降。

■ **survey** 〔sɚ've〕 動眺望；調查；測量 名〔'sɝve〕調查（報告）；測量 *survey*～ from the top of a hill 從山頂眺望～

■ **tame** 〔tem〕 形馴服的；柔順的 動馴服；壓制 *tame* a lion 馴服一頭獅子

■ **temporary** 〔'tɛmpə,rɛrɪ〕 形臨時的 名臨時雇員 a *temporary* job 臨時的工作

■ **thrifty** 〔'θrɪftɪ〕 形節儉的（＝*economical*） a *thrifty* housewife 節儉的家庭主婦

■歷屆考題・精選試題

( ) 1. He was as_______in the use of time as in spending money.
(A) struggle (B) temporary (C) thrifty (D) summit
(他花時間跟花錢一樣節省。) 〔78教育學院、空中商專〕

( ) 2. The poor have to_______for a living. (A) succeed
(B) surpass (C) survey (D) struggle(窮人必須爲生活而掙扎。)
〔73空中商專,78嘉義農專、教育學院,80保送甄試〕

( ) 3. We shall never_______our liberty.
(A) surender (B) surrender (C) survey (D) surrvey
(我們將永不放棄我們的自由。)

( ) 4. We have excellent_______train service. (A) surbuban
(B) suburban (C) surbuben (D) suburben
(我們的郊區火車交通極爲便利。)

( ) 5. The king's eldest son is next in_______to the throne.
(A) succeed (B) success (C) successor (D) succession
(國王的長子爲第一順位繼承人。) 〔78嘉義農專〕

( ) 6. The_______of her ambition is to become an actress.
(A) top (B) summit (C) destination (D) finalation
(她最大的野心是要成爲一名女演員。) 〔79二專〕

( ) 7. The horrors of the battlefield_______description.
(A) surpassed (B) beyond (C) above (D) hardly
(戰場的慘狀無法形容。)

( ) 8. Our school is a_______building. (A) transient
(B) transiant (C) temporary (D) temporery
(我們學校是一棟臨時建築物。) 〔78 空中商專,81北二專夜〕

ANSWERS

1. (C) 2. (D) 3. (B) 4. (B) 5. (D) 6. (B) 7. (A) 8. (C)

■ **thrive** 〔θraɪv〕 動 繁盛；繁茂（throve；thriven） Education *thrives* there. 那兒的教育很興盛。

■ **throne** 〔θron〕 名 王座；王位 come to the *throne* 即位登基

■ **transform** 〔træns'fɔrm〕 動 變形；變化 Joy *transformed* her face. 喜悅改變了她的容貌。

■ **transport** 〔træns'port〕 動 運送；運輸 名〔'trænsport〕運送；輸送 ***transportation*** 名 運輸；運輸工具

■ **tribe** 〔traɪb〕 名 部族；部落 an American Indian *tribe* 美國印第安部族

■ **triumph** 〔'traɪəmf〕 名 勝利(= *victory*)；得意 動 得勝 *triumph* over the difficulty 克服困難
triumphant〔traɪ'ʌmfənt〕形 勝利的；得意洋洋的

■ **tyrant** 〔'taɪrənt〕 名 暴君；專制君主 ***tyrannical*** 形 專制的 Our teacher is a bitter *tyrant*. 我們老師是個嚴厲的暴君。

■ **unify** 〔'junə,faɪ〕 動 統一；使一致 ***unity*** 名 統一；一致 *unify* the world 統一世界

■ **urban** 〔'ɝbən〕 形 都會的；都市的 <比較> *urbane*〔ɝ'ben〕形 文雅的 *urban* population 都市人口

■ **venture** 〔'vɛntʃɚ〕 名 冒險；投機 動 以～爲賭注；使冒險 Nothing *venture*, nothing have. 不入虎穴焉得虎子。

■ **vice** 〔vaɪs〕 名 邪惡；（身體、制度的）缺陷 ***vicious***〔'vɪʃəs〕形 邪惡的；有惡習的

■ **victim** 〔'vɪktɪm〕 名 犧牲者；受害者 *victims* of car accidents 車禍的受害者

■ **volunteer** 〔,vɑlən'tɪr〕 名 自願者；志願兵 動 自願 ***voluntary***〔'vɑlən,tɛrɪ〕形 自願的

■歷屆考題・精選試題

( ) 1. As soon as the war was declared, many young men ______.
(A) voluntary (B) volunteered (C) automatically (D) enthusiasm
(一宣戰，很多年輕人就自願從軍。) 〔78空中商專,80中二專夜〕

( ) 2. The automobile has become a major means of ______.
(A) promotion (B) transportation (C) operation (D) contribution
(汽車已成爲主要的運輸工具。)〔80北二專夜、中二專夜、高屏二專夜、81北二專夜〕

( ) 3. Some men become ______ when they are raised to a position of authority.
(A) tyrants (B) tyranical (C) tyrannical (D) tyrannized
(有些人一旦居要職便變得專橫。) 〔78空中商專〕

( ) 4. He ______ his life to save the child from drowning.
(A) vantured (B) volunteered (C) ventured (D) valunteered
(他冒生命危險拯救這小孩，使免淹死。)

( ) 5. A fund was opened to help the ______ of the earthquake.
(A) volunteers (B) victims (C) vicious (D) tyrants
(設立一筆專款，救助地震的受害者。) 〔78護二專、空中商專〕

( ) 6. The strength of a nation depends on its ______.
(A) unify (B) triumph (C) throne (D) unity 〔75技術學院〕
(國家的力量賴於其同心協力。)

( ) 7. Success and wealth ______ his character.
(A) tranformed (B) tranported (C) transformed (D) transported
(成功和財富改變了他的性格。) 〔75中商專、空中商專〕

( ) 8. A business can't ______ without good management.
(A) thrill (B) throng (C) thresh (D) thrive

( ) 9. 選錯的：(A) supply (B) massage (C) tragedy (D) triumf (E) polite
〔75 二專〕

ANSWERS

1. (B)	2. (B)	3. (C)	4. (C)	
5. (B)	6. (D)	7. (C)	8. (D)	9. (D)

■ **vote** 图投票；表決 動舉行投票
〔vot〕 take a *vote* on the matter 投票表決此事

■ **vow** 图誓言 動發誓 Father is under a *vow* not to
〔vaʊ〕 smoke. 父親立誓戒煙。

■ **wage** 图(常用 *pl.*)工資；代價
〔wedʒ〕 get good *wages* 獲得優厚的工資

■ **weapon** 图武器；兵器
〔'wɛpən〕 nuclear *weapons* 核子武器

■ **wholesome** 形有益健康的；合乎衛生的
〔'holsəm〕 *wholesome* food 有益健康的食物

■ **wicked** 形邪惡的(= *evil*)；不懷好意的
〔'wɪkɪd〕 a *wicked* look (smile) 不懷好意的眼光(笑容)

■ **withdraw** 動撤回；撤退(withdrew；withdrawn)
〔wɪθ'drɔ〕 *withdraw* savings from the bank 從銀行領款

■ **witness** 图證據；目擊者；證人 動目擊；作證
〔'wɪtnɪs〕 I can bear *witness* to his innocence. 我可以作證，他是無辜的。

■歷屆考題・精選試題

( ) 1. wicked : (A) a gate (B) a game (C) a piece of gold (D) evil
(邪惡的) 〔61 台北工專〕

( ) 2. I______ after a year or so without taking a degree.
(A) withdrow (B) withdraw (C) withdrawed (D) withdrew
(我在大約一年後，未取得學位便休學了。)

( ) 3. No person shall be compelled in any criminal case to be a ______ against himself.
(A) witless (B) witling (C) witness (D) wittiness
(不得強迫任何人在任何刑事案件中爲不利於自身的證人。)
〔80 嘉南二專夜〕

( ) 4. Standing there, I was______ of a little incident.
(A) withness (B) witless (C) witness (D) withstand
(我站在那兒時，親眼目睹一場小紛爭。)

( ) 5. Nuclear______ are more destructive than conventional ones.
(A) equipment (B) reactor (C) energy (D) weapons (E) radiation
(核子武器比傳統武器更具破壞力。) 〔80 中二專夜〕

ANSWERS

1. (D) 2. (D) 3. (C) 4. (C) 5. (D)

***Well begun's half done*.** 好的開始是成功的一半！

一專滿分單字篇

■ **abandon** 〔ə'bændən〕 動放棄；捨棄(=*give up*) The sailors *abandoned* the burning ship. 船員放棄著火的船。

■ **abuse** 〔ə'bjus〕 名濫用；虐待 動〔ə'bjuz〕濫用；虐待 *abuse* of power 濫用權勢 personal *abuse* 人身攻擊

■ **access** 〔'æksɛs〕 名接近；方法 The only *access* to the island is by helicopter. 到島上唯一的方法是乘坐直升機。

■ **achieve** 〔ə'tʃiv〕 動完成；達成 *achieve* one's purpose 達成目的 *achievement* 名成就；學業成績

■ **acute** 〔ə'kjut〕 形尖銳的；敏銳的(=*sharp*) an *acute* sense of smell 敏銳的嗅覺

■ **adapt** 〔ə'dæpt〕 動使適應；改編 *adaptable* 形能適應的 *adaptation* 名適應；改編

■ **adequate** 〔'ædəkwɪt〕 形足夠的；適當的 an *adequate* amount 足夠的分量

■ **adopt** 〔ə'dɑpt〕 動採用；收養 *adopt* an orphan 收養孤兒 *adoption* 名採用；收養

■ **affect** 〔ə'fɛkt〕 動影響；感動 *affect* the growth of crops 影響農作物成長 *affected* 形受影響的；感動的
affectation 名假裝 <比較> affection 喜愛

■ **analyz(s)e** 〔'ænḷ,aɪz〕 動分析；解剖 *analyze* the causes of failure 分析失敗的原因
analysis 〔ə'næləsɪs〕名(複數 *analyses*) 分析；解剖

■ **animate** 〔'ænə,met〕 動使活潑；使有生氣 形〔'ænəmɪt〕活潑的；活的 A smile *animated* her face. 微笑使她臉上平添無限生氣。

■ **apparatus** 〔,æpə'rætəs〕 名儀器；裝置 chemical *apparatus* 化學儀器 a heating *apparatus* 暖氣裝置

■歷屆考題・精選試題

______1. Some plants are not______to the climate of Taiwan.
(有些植物不能適應台灣的天氣。) 〔74高屏二專夜,79二專〕

______2. The captain ordered the crew to a______n the ship.
(船長命令船員棄船。) 〔66二專〕

( ) 3. Chemical______ are applied to almost every school.
(A) apparatus (B) installments (C) facilities (D) instruments
(幾乎每個學校都使用化學儀器。)

( ) 4. I have______to his library. (A) success (B) access
(C) accident (D) across (我可自由使用他的圖書館。)

( ) 5. The play was______from a novel. (A) adapted (B) adopted
(C) adominated (D) abandoned (這齣戲係由小說改編而成。)
〔77空中商專,78北二專夜〕

( ) 6. We have to give way to him ; anyway he is a(an)______
critic. (A) intense (B) strong (C) acute (D) formidable
(我們不得不對他讓步,畢竟他是個敏銳的批評家。)

( ) 7. I am not in his favor because of his______ of power.
(A) abandon (B) abuse (C) adaptation (D) waste
(我不喜歡他,因爲他濫用權力。)

( ) 8. All living things are______by some mysterious force.
(A) animated (B) lived (C) spured (D) intensed
(所有生物皆由某種神奇力量所促成。) 〔78師大工教〕

( ) 9. Everybody likes him because he is always doing things
without (A) affection (B) effection (C) effectation
(D) affectation (每個人都喜歡他,因爲他做事總是很率直。)

ANSWERS

1. adaptable 2. abandon 3. (A) 4. (B) 5. (A)
6. (C) 7. (B) 8. (A) 9. (D)

■ **apply** 動應用；申請 *apply* the rules to～ 將規則應用於～
〔ə'plaɪ〕 *application* 名應用；申請（書） *appliance* 名器具

■ **artificial** 形人造的；人工的 *artificial* flowers 人造花
〔,ɑrtə'fɪʃəl〕

■ **astronaut** 名太空人 An *astronaut* travels through space.
〔'æstrə,nɔt〕 太空人旅遊太空。
astronomy〔ə'strɑnəmɪ〕名天文學

■ **attribute** 動歸因於 名〔'ætrə,bjut〕特質 He *attributes* his
〔ə'trɪbjʊt〕 success to hard work. 他把成功歸因於努力。

■ **audible** 形聽得見的 hardly *audible* 幾乎聽不見
〔'ɔdəbḷ〕 *audiovisual*〔'ɔdɪo'vɪʒuəl〕形視聽的

■ **award** 動頒發；賞給 名獎(品) *be awarded* the 1980 Nobel
〔ə'wɔrd〕 Prize for Medicine 獲頒 1980 年諾貝爾醫學獎

■ **biology** 名生物學 major in *biology* 主修生物學
〔baɪ'ɑlədʒɪ〕 *biological*〔,baɪə'lɑdʒɪkl〕形生物學的

■ **blood** 名血液；血親 *blood* type 血型
〔blʌd〕 *bleed*〔blid〕動流血（*bled*）

■ **bloom** 名（集合用法）花（=*flowers*）；動開花
〔blum〕 The roses are in full *bloom*. 玫瑰花盛開。

■ **blossom** 名（果樹的）花；開花時期 動開花 The cherry trees
〔'blɑsəm〕 are in full *blossom*. 櫻花盛開。

■ **brain** 名頭腦；智力
〔bren〕 use one's *brains* 動腦；仔細思考

■ **calculate** 動計算；估計 The cost is *calculated* at ～. 估計成本
〔'kælkjə,let〕為～。 *calculation* 名計算；打算 *calculus* 名微積分

■ **cancer** 名癌；社會的弊端
〔'kænsɚ〕 *cancer* of the stomach 胃癌

■歷屆考題・精選試題

( ) 1. Fans, refrigerators and televisions are electric_______.
(A) appliances (B) instruments (C) facilities (D) installments
(電扇，冰箱和電視爲電器用品。) 〔77北二專夜，78空中商專〕

( ) 2. Nowadays, many articles we use every day are_______.
(A) artifisial (B) artificial (C) arteficial (D) artefitial
(今日，有許多每日必用的物品是人造的。)〔79二專，81四技商專〕

( ) 3. _______ was partly dedicated to the protection of wild animals. (A) Psychology (B) Philosophy (C) Biology (D) Geography (致力保護野生動物是生物學的一部分。)

( ) 4. I rack my_______, trying to figure out the accounts.
(A) pains (B) brains (C) fingers (D) heart
(我絞盡腦汁，設法算出那帳目。) 〔73教育學院〕

( ) 5. I _______ on earning 300 pounds a year. (A) calculate (B) estimate (C) figure (D) count 〔77技術學院，80北二專夜〕
(我估計一年賺300鎊。)

( ) 6. When you attend university, you should take up_______.
(A) calculus (B) calculations (C) calculate (D) calcium
(當你上大學就應該修微積分。) 〔77技術學院〕

( ) 7. The girl fainted when she saw the_______ flowing from my body. (A) flood (B) blood (C) broom (D) groom
(那女孩看到我身上流出的血就昏倒了。)〔80北二專夜、中二專夜〕

( ) 8. My father was _______ the first prize. (A) awarder (B) rewarder (C) awarded (D) rewarded
(我父親獲頒首獎。) 〔81四技商專〕

ANSWERS

1. (A) 2. (B) 3. (C) 4. (B) 5. (A) 6. (A) 7. (B) 8. (C)

■ **caution** 图謹慎；警戒 動警告；使小心
〔'kɔʃən〕 ***cautious*** 形謹慎的（=***careful***）

■ **cell** 图細胞；密室；電池（=***battery***）
〔sɛl〕 a dry ***cell*** 乾電池

■ **chemical** 形化學的 图（常用 ***pl.***）化學藥品 ***chemical*** analysis
〔'kɛmɪkl̩〕 化學分析 ***chemistry*** 图化學

■ **circulate** 動循環；流通 Blood ***circulates*** in the body.
〔'sɝkjə,let〕 血液在體內循環。

■ **classify** 動分類；歸類 ***classification*** 图分類（法） Eggs
〔'klæsə,faɪ〕 are ***classified*** according to size. 蛋依大小分類。

■ **collapse** 图倒塌；崩潰 動倒塌；崩潰 The roof ***collapsed*** be-
〔kə'læps〕 cause of the weight of the snow. 雪的重量使屋頂倒塌。

■ **colony** 图殖民；殖民地；群體 a ***colony*** of ants 一群螞蟻
〔'kɑlənɪ〕

■ **compete** 動競爭；比賽 ***competition*** 图競爭；競賽
〔kəm'pit〕 ***competitor*** 〔kəm'pɛtətɚ〕图競爭者
a ***competition*** among nations 國際競賽

■ **conclusion** 图結束；結論 ***conclude*** 動作結論；結束 Don't
〔kən'kluʒən〕 draw a hasty ***conclusion***. 勿匆促下結論。

■ **condense** 動使濃縮；冷凝 ***condensed*** milk 煉乳 The steam
〔kən'dɛns〕 ***condensed*** into water. 蒸氣冷凝成水

■ **conflict** 图衝突；爭執 動〔kən'flɪkt〕衝突 ***conflict*** between
〔'kɑnflɪkt〕 religion and science. 宗教與科學間的衝突。

■ **constitute** 動構成；組成（=***make up***） Seven days ***constitute*** a
〔'kɑnstə,tjut〕 week. 一星期有七天。

■ **contagious** 形易感染的；接觸傳染的
〔kən'tedʒəs〕 ***contagion*** 图傳染；傳染病

■歷屆考題・精選試題

( ) 1. My mother told me to cross the street with ______.
(A) cation (B) caution (C) calculation (D) carefully
(我母親叫我過馬路要小心。) 〔78保送甄試〕

( ) 2. The laboratory has many kinds of ______. (A) chemists
(B) chemistries (C) chemicals (D) chemical
(實驗室有許多種化學藥品。) 〔74教育學院, 78技術學院〕

( ) 3. If you want to gain a job, you'd better look at the ______ advertisements. (A) qualified (B) gratified (C) classified
(D) divided (如果你想求得一份工作,最好去找分類廣告。)
〔76中商專, 80北二專夜〕

( ) 4. Canada used to be a British ______. (A) colonus (B) conflict
(C) colony (D) constitute (加拿大昔爲英國的殖民地。)

( ) 5. ______ is getting keener in the cotton market.
(A) Competition (B) Compete (C) Competitive (D) Competitor
(棉花市場的競爭越來越激烈。) 〔79二專, 80四技工專、四技商專〕

( ) 6. Moisture in the atmosphere ______ into dew during the night. (A) condenses (B) contends (C) conditions (D) confered
(大氣的水汽在夜間會凝成露珠。)

( ) 7. Meat, milk, vegetables and fruits ______ a balanced diet.
(A) constitute (B) institute (C) substitute (D) destitute
(肉、奶、蔬菜和水果構成均衡的膳食。)

( ) 8. In ______, the end justifies the means. (A) attention
(B) words (C) shortest (D) conclusion (總而言之,結果可證明手段是應該的〔爲達目的,不擇手段〕。) 〔80保送甄試, 81北二專夜〕

( ) 9. Rumors ______ rapidly. (A) transmit (B) transport
(C) circulate (D) conduct (謠言傳得快。) 〔78技術學院、北商專、中商專〕

ANSWERS

1. (B) 2. (C) 3. (C) 4. (C) 5. (A) 6. (A) 7. (A) 8. (D) 9. (C)

■ **cooperate** 〔ko'ɑpə,ret〕 動合作；協力 ***cooperation*** 名協力；合作
international ***cooperation*** 國際合作

■ **correspond** 〔,kɔrə'spɑnd〕 動符合；相當；一致 ***correspondence*** 名一致；相符；通信 ***correspondent*** 名通訊記者

■ **cosmic** 〔'kɑzmɪk〕 形宇宙的；廣大無邊的 ***cosmos*** 名宇宙
the ***cosmic*** rays 宇宙射線

■ **craft** 〔kræft〕 名(需特殊訓練的)技術；工會；飛機(船)
learn a ***craft*** 學一技之長

■ **creature** 〔'kritʃɚ〕 名生物；人 Various ***creatures*** are living under the sea. 海底住著各種不同的生物。

■ **cultivate** 〔'kʌltə,vet〕 動耕種；培養 ***cultivated*** land 耕地
cultivation 名耕作；栽培；教化

■ **current** 〔'kɝənt〕 形現在的；流通的 名水(氣、電)流；(時代的)潮流
a ***current*** of air 氣流 ***current*** price 時價

■ **demonstrate** 〔'dɛmən,stret〕 動證明；示範 ***demonstration*** 名證明；示範
demonstrate how to use a fire extinguisher 示範滅火器的用法

■ **dense** 〔dɛns〕 形濃密的；稠密的 a ***dense*** fog 濃霧
density 名濃度；密度；比重

■ **deposit** 〔dɪ'pɑzɪt〕 名存款；沉澱物 動儲存；沉澱 current ***deposit*** 活期存款 fixed ***deposit*** 定期存款

■ **desert** 〔'dɛzɚt〕 名形沙漠(的)；不毛之地(的) 動〔dɪ'zɝt〕捨棄；失去 The streets were all ***deserted***. 街上空無一人。

■ **diameter** 〔daɪ'æmətɚ〕 名直徑 ***diametric*** 形直徑的；正相反的
10 cm. in ***diameter*** 直徑 10 公分

■ **disaster** 〔dɪz'æstɚ〕 名災禍；不幸 ***disastrous*** 形災害的；損失慘重的
a mine ***disaster*** 礦災

■歷屆考題・精選試題

(　　) 1. The wings of a bird ______ to the arms of a man.
(A) are accorded (B) equal (C) correspond (D) equavelent
(鳥的翅膀就如同人的手臂。) 〔75中商專, 77空中商專〕

(　　) 2. There are many ______ anchored by the port. (A) planes
(B) craft (C) cars (D) trains (港邊停靠著許多船。)

(　　) 3. 選錯的：(A) influence (B) correspandent (C) business
(D) supermarket 〔75中商專, 77空中商專〕

(　　) 4. We can use electricity easily through the transmission of
electric ______. (A) correct (B) flow (C) current (D) walking
(藉著電流的傳送，我們可輕易地使用電。)〔79二專, 80嘉南二專夜〕

(　　) 5. If someone writes letters to you, he is your ______.
(A) operator (B) messenger (C) supervisor (D) correspondent
(如果有人寫信給你，他是你的通信者。) 〔75中商專, 77空中商專〕

(　　) 6. A d______t is a sandy region without water and trees.
(沙漠是沒有樹和水的沙質地帶。) 〔67二專夜, 79二專〕

(　　) 7. cooperate：(A) 由來 (B) 完全 (C) 副的 (D) 共同 (字首的意義)
〔64二專, 80北二專夜〕

(　　) 8. I have opened a ______ in the Taiwan Bank. (A) live deposit
(B) live accounting (C) current deposit (D) current accounting
(我已在台灣銀行開了活期存款的帳戶。)〔77、78北二專夜, 80彰師〕

(　　) 9. This circle is 10 cm ______. (A) in diameter (B) with
diameter (C) in length (D) with length
(此圓直徑10公分。)

ANSWERS

1. (C)　2. (B)　3. (B)　4. (C)　5. (D)　6. desert
7. (D)　8. (C)　9. (A)

■ **dispense** 動分配；布署；免除（*dispense with* ～） Machinery
〔dɪ'spɛns〕 *dispenses* with much labor. 機器省却許多人工。

■ **dispose** 動配置；處理 *dispose of* one's old car 處理舊車
〔dɪ'spoz〕 ***disposal*** 名處置；排列

■ **dissolve** 動溶解；消除 *dissolve* in water 溶於水中
〔dɪ'zɑlv〕 ***dissolution*** 名溶解；解散

■ **domain** 名領土；領域 Chemistry is out of my *domain*.
〔do'men〕 化學不是我的本行。

■ **ebb** 名退潮；減退 動退潮；衰退 the *ebb* and flow of
〔ɛb〕 the tide 海潮的漲退

■ **eclipse** 名（日、月）蝕 動（天體的）蝕
〔ɪ'klɪps〕 a partial (total) *eclipse* 偏蝕（全蝕）

■ **electric** 形電的 *electric* light 電燈 <比較> ***elastic*** 有彈性的
〔ɪ'lɛktrɪk〕 receive an *electric* shock 觸電
electricity 〔ɪ,lɛk'trɪsətɪ〕名電；電學

■ **electronic** 形電子的 *electronic* brain 電腦
〔ɪ,lɛk'trɑnɪk〕 ***electronics*** 名電子學

■ **emerge** 動出現；露出 ***emergence*** 名出現 The sun *emerged*
〔ɪ'mɝdʒ〕 from behind the clouds. 太陽自雲後出現。
emergency 名危急；緊急事件

■ **engineering** 名工程學 ***engineer*** 名工程師
〔,ɛndʒə'nɪrɪŋ〕 civil *engineering* 土木工程學

■ **enormous** 形巨大的；極大的
〔ɪ'nɔrməs〕 an *enormous* animal 巨大的動物

■ **epoch** 名時代；新紀元 ***epochal*** 形劃時代的
〔'ɛpək〕 make an *epoch* 創造新紀元

■歷屆考題・精選試題

( ) 1. There will probably be a shortage of______ during the war. (A) electricity (B) food (C) killing (D) death (E) medical professionals 〔78保送甄試、北商專,79師大工教〕
（在戰時可能會缺電〔食物、專業醫生〕。）

( ) 2. Rubber has great______. (A) electricity (B) elasticity (C) electron (D) flexible (E) mixture
（橡皮有很好的彈性。） 〔67二專〕

( ) 3. When did______ come the the village?
(A) election (B) electricity (C) electric (D) electron
（這村莊何時開始有電力供應？） 〔78保送甄試、中商專、北商專〕

( ) 4. The time at our______ is very limited. (A) proposal (B) approval (C) arrival (D) disposal（我們可支配的時間非常有限。）

( ) 5. The______ company supports us with electricity.
(A) electricity (B) electrics (C) electrical (D) elect
（電力公司供應我們電。） 〔80保送甄試〕

( ) 6. Every high building is supposed to be equipped with ______ staircases. (A) exit (B) emergency (C) emergent (D) emergence（高的建築都應該備有太平梯。） 〔76中二專夜〕

( ) 7. The invention of the computers marked the beginning of a new______. (A) erea (B) ere (C) epoque (D) epoch
（電腦的發明標示了一個新紀元的開始。）

( ) 8. The police were______ by the road, trying to arrest the robber. (A) dispelled (B) dispensed (C) disposed (D) dissolved
（警察布署在路旁，設法抓住那強盜。）

ANSWERS

1. (A)(B)(E) 2. (B) 3. (B) 4. (D) 5. (A) 6. (B) 7. (D) 8. (B)

■ **equator** 图赤道
〔ɪ'kwetɚ〕 *equatorial* 〔,ikwə'torɪəl〕形赤道的；酷熱的

■ **equip** 動準備；裝備 be *equipped* with guns 裝備槍砲
〔ɪ'kwɪp〕 *equipment* 图設備；裝備；用具

■ **estimate** 動估計；評價 *estimate* one's loss 估計損失
〔'ɛstə,met〕 *estimation* 图評價；敬重

■ **evolution** 图進化；演化 the theory of *evolution* 演化論
〔,ɛvə'luʃən〕 *evolve* 〔ɪ'vɑlv〕動進化；展開

■ **exceed** 動超過 *exceeding* 形過度的
〔ɪk'sid〕 *exceed* the speed limit 超過時速限制

■ **excess** 图過度；超額 形額外的 go to *excess* 走極端
〔ɪk'sɛs〕 *excessive* 形過度的；極端的

■ **expand** 動膨脹；擴張 Iron *expands* with heat. 鐵遇熱膨脹。
〔ɪk'spænd〕 *expansion* 图膨脹；擴張

■ **experiment** 图實驗 動實驗
〔ɪk'spɛrəmənt〕 *experiment* on animals 以動物做實驗
experimental 〔ɪk,spɛrə'mɛntḷ〕形實驗的

■ **explode** 動爆炸；打破（迷信） A gas pipe *exploded*. 瓦斯管
〔ɪk'splod〕 爆炸。 *explosion* 图爆炸；破裂
explosive 形爆炸的 图炸藥

■ **explore** 動探險；探測 *exploration* 图探險；探討
〔ɪk'splor〕 *explore* a deserted island 到無人島探險

■ **expose** 動使暴露；陳列 *exposure* 图曝露；揭露
〔ɪk'spoz〕 *exposure* to the rain 曝露於雨中

■ **extend** 動延長；伸長 *extend* for three days 延長3天
〔ɪk'stɛnd〕 *extension* 图延長；（電話的）分機

■歷屆考題・精選試題

(　) 1. Due to the rapid ______ of international trade, goods flow in ever-increasing quantities from one part of the world to another. (A) expansion (B) expensive (C) explanation (D) expense (E) beans（由於國際貿易快速擴展，貨物由世界的一端流通至另一端，數量不斷在增加中。）〔74空中商專, 81四技商專〕

(　) 2. " The ______ of currency " means inflation. (A) depression (B) expansion (C) session (D) excession （通貨膨脹）〔77教育學院〕

(　) 3. Psychologists ______ on animals as well as on human beings. (A) experience (B) experiment (C) explain (D) expensive （心理學家用動物及人做實驗。）〔78北二專夜, 81保送甄試〕

______ 4. Just now, we heard a loud e______n near here. （剛才我們聽到附近有很大的爆炸聲。）〔77技術學院、師大工教〕

______ 5. E______e to the rain had spoiled the machinery. （暴露於雨中使這機器損壞了。）〔74台北工專, 78技術學院〕

(　) 6. In my ______, your plan will not work. (A) mind (B) establishment (C) regular (D) estimation （依我判斷，你的計畫行不通。）〔75、77中商專, 77北商專〕

(　) 7. The ______ is an imaginary line drawn round the widest part of the earth. (A) equator (B) longitude (C) altitude (D) attitude（赤道就是繞地球最寬處的假想線。）〔76技術學院〕

(　) 8. Mary used to drink to ______. (A) excess (B) access (C) accent (D) exceed（瑪麗以前總是飲酒過度。）〔77教育學院〕

(　) 9. The British constitution ______ gradually. (A) involved (B) resolved (C) solved (D) evolved（英國憲法是逐漸演進的。）

ANSWERS

1. (A)　2. (B)　3. (B)　4. explosion　5. exposure
6. (D)　7. (A)　8. (A)　9. (D)

■ **external** 〔ɪks'tɝnḷ〕 形外部的；外面的 名外部；外面 This medicine is for *external* use. 這是外用藥。

■ **facilitate** 〔fə'sɪlə,tet〕 動使便利；使容易 ***facilitation*** 名容易化；簡化 Modern inventions *facilitate* housework. 現代發明使家事操作便利。

■ **facility** 〔fə'sɪlətɪ〕 名靈巧；(*pl.*) 設施；隨和 medical *facilities* 醫療設施 Practice gives *facility*. 熟能生巧。

■ **faculty** 〔'fækḷtɪ〕 名機能；才能 the digestive *faculty* 消化機能

■ **fade** 〔fed〕 動褪色；枯萎 Cut flowers soon *fade*. 被切下的花很快就枯萎了。

■ **faint** 〔fent〕 形模糊的；微弱的 動昏倒 名昏倒 fall down in a *faint* 昏倒在地

■ **famine** 〔'fæmɪn〕 名飢荒；(物質的)缺乏 There was a great *famine* in Africa. 非洲發生大飢荒。

■ **female** 〔'fimel〕 形女性的；雌的 名女性；雌 a *female* animal 雌性動物

■ **fertile** 〔'fɝtḷ〕 形肥沃的；多產的 be *fertile* of wheat 盛產小麥 ***fertility*** 〔fɝ'tɪlətɪ〕 名肥沃；多產；繁殖力

■ **fertilize** 〔'fɝtḷ,aɪz〕 動使肥沃；施肥 ***fertilizer*** 名肥料 This soil needs *fertilizing*. 這土地需要施肥。

■ **flexible** 〔'flɛksəbḷ〕 形易彎的；有彈性的 ***flexibility*** 〔,flɛksə'bɪlətɪ〕 名韌性；彈性

■ **float** 〔flot〕 動漂浮；漂流 名浮標；浮球 White clouds are *floating* in the sky. 天上有白雲飄浮。

■ **flock** 〔flɑk〕 名人群；羊群 動群集 a *flock* of sheep 一群羊

■歷屆考題・精選試題

(　) 1. In many parts of the world, crop failure means_______, which leads to the death of many people each year.
(A) drought (B) desert (C) famine (D) shortcoming 〔75師大工教〕
(世界上許多地方,農作物歉收意即饑荒,每年導致許多人死亡。)

(　) 2. The _______ of Charles was such as has perhaps never been found in any man of equal rank. (A) facilitate (B) facilitation (C) facilities (D) facility (查理士爲人之隨和,在和他階級相等的人之中,可能找不出第二個 。)〔78中商專、北商專〕

(　) 3. All memory of her childhood had _______ from her mind.
(A) fadded (B) faded (C) fagged (D) faged
(她的童年所有的記憶都從腦中消失了 。) 〔75師大工教〕

(　) 4. Parts of India have often suffered from _______ .
(A) farmine (B) famous (C) famish (D) famine
(印度有些地區常鬧饑荒 。) 〔75師大工教〕

______ 5. We should try to _______ (fertile) our country's economy with foreign capital. (我們應設法利用外資使本國經濟更趨繁榮 。)

(　) 6. Leather, rubber, and wire are _______ . (A) flexable (B) flexuous (C) fleshy (D) flexible (皮革、橡皮和電線都是可彎曲的 。) 〔74教育學院〕

(　) 7. A nasty rumor about him is _______ around town.
(A) floatable (B) floating (C) floated (D) floater
(一個對他非常不利的流言正在城中傳播著 。)

______ 8. It's a saying that " Birds of a feather _______ together."
(有句格言道:物以類聚 。)

ANSWERS

1. (C) 2. (D) 3. (B) 4. (D) 5. fertilize
6. (D) 7. (B) 8. flock

■ **fluid** 〔'fluɪd〕 形流動的；流體的 名流體（➡液體 *liquid* 和氣體 *gas* 的總稱） a diet of *fluid* 流體食物

■ **focus** 〔'fokəs〕 名焦點（複數爲 *focuses* or *foci*） 動集中 This picture is *in focus*. 這張照片很清晰。

■ **foundation** 〔faʊn'deʃən〕 名基礎；創立 *found* 動創設 *found* a school 創辦學校

■ **freeze** 〔friz〕 動冷凍；使凍傷（froze; frozen） I will be *frozen* to death. 我會被凍死。

■ **freight** 〔fret〕 名貨運；貨物 This ship carries *freight* and passengers. 這艘船載貨和乘客。

■ **friction** 〔'frɪkʃən〕 名摩擦；不和 *frictional* 形摩擦的 Heat is produced by *friction*. 摩擦生熱。

■ **fuel** 〔'fjuəl〕 名燃料 動供給燃料 *fueling* station 加油站 add *fuel* to the fire 火上加油

■ **function** 〔'fʌŋkʃən〕 名功能；〔數〕函數；(*pl.*) 職責 動起作用 the *function* of the heart 心臟的功能

■ **fundamental** 〔,fʌndə'mɛntl̩〕 名 (*pl.*) 基礎 Sweet, sour, salty and bitter are four *fundamental* tastes. 甜、酸、鹹、苦爲四種基本味道。

■ **futile** 〔'fjutl̩〕 形無益的（＝*useless*） make a *futile* attempt 做無益的嘗試 *futility* 〔fju'tɪlətɪ〕 名無效

■ **geography** 〔dʒi'ɑgrəfɪ〕 名地理；地理學 *geographer* 名地理學家 *geographic* 〔,dʒiə'græfɪk〕 形地理的

■ **geometry** 〔dʒi'ɑmətrɪ〕 名幾何學 *geometric(al)* 形幾何（圖形）的 plane *geometry* 平面幾何學

■ **germ** 〔dʒɝm〕 名細菌 *germ* warfare 細菌戰 *Germs* cause various diseases. 細菌引起多種疾病。

■歷屆考題・精選試題

(　) 1. Matches are lighted by friction. (A) rubbing (B) disagreement (C) conflict (D) resistance
(火柴因摩擦而點燃。) 〔81北二專夜〕

(　) 2. (選錯的) (A) republic (B) industry (C) fundation (D) democracy (E) composition 〔71二專〕

_____ 3. That big grocery store sells a lot of (freeze) food.
(那間大雜貨店賣許多冷凍食物。) 〔78北商專、中商專〕

_____ 4. Wood, coal and oil are forms of f_____l.
(木材、煤及石油都是燃料。) 〔80四技工專、四技商專〕

(　) 5. Water is a kind of _____ substance. (A) fluiding (B) fluidity (C) fluid (D) fluidified (水是流質的一種。)

(　) 6. The _____ of a judge are to decide questions of law. (A) duty (B) functions (C) funds (D) fundament
(法官的職責是判斷法律問題。) 〔79師大工教、中二專夜, 78保送甄試〕

(　) 7. He is a _____ sort of person. (A) vain (B) use (C) futurist (D) futile (他是一個無大用的人。)

_____ 8. G_____y is the science which deals with the earth's surface. (地理是研究地球表面的科學。) 〔77、80高屏二專夜, 78中商專、北商專〕

(　) 9. There are thousands of _____ in the air, but we cannot see them with our naked eyes. (A) germanders (B) germination (C) germs (D) georgettes
(空氣中有數以千計的細菌，但我們無法以肉眼看到。)

ANSWERS

1. (A)　2. (C)　3. frozen　4. fuel　5. (C)
6. (B)　7. (D)　8. Geography　9. (C)

■ **globe** 〔glob〕 图球體；(the *globe*) 地球(儀)
global 形球形的；全球的 a *global* war 世界大戰

■ **gravitation** 〔,grævə'teʃən〕 图引力 universal *gravitation* 地心引力
gravity 图重力；嚴肅；重大
the center of *gravity* 重心

■ **harm** 〔hɑrm〕 图損害；傷害 動爲害 *harmful* 形有害的
The hail *did harm* to the crops. 雹危害農作物。

■ **horizon** 〔hə'raɪzn̩〕 图地平線 *horizontal* 〔,hɑrə'zɑntl̩〕 形地平線的
The sun sank below the *horizon*. 太陽落到地平線下。

■ **identify** 〔aɪ'dɛntə,faɪ〕 動確認；視爲同一 *identify* a body 認屍 *identity* 图身份；同一人(物) *identification* 图同一性；證明

■ **impulse** 〔'ɪmpʌls〕 图衝動；衝擊 act on *impulse* 憑衝動行事
the *impulse* of a wave 波浪的衝擊

■ **indispensable** 〔,ɪndɪs'pɛnsəbl̩〕 形必需的；不可或缺的 Air is *indispensable* to health. 空氣對健康是不可或缺的。

■ **inspect** 〔ɪn'spɛkt〕 動視察；檢查 A dentist *inspects* his teeth. 牙醫檢查他的牙齒。 *inspection* 图視察；檢查

■ **instrument** 〔'ɪnstrəmənt〕 图器具；樂器 *instrumental* 形儀器的
surgical *instruments* 外科手術用器具

■ **insulate** 〔'ɪnsə,let〕 動絕緣；使孤立 *insulated* wire 絕緣電線
insulation 图絕緣(體)；孤立

■ **internal** 〔ɪn'tɝnl̩〕 形內部的；體內的 the *internal* organs 內臟
internal troubles 內亂

■ **interrupt** 〔,ɪntə'rʌpt〕 動插嘴；中斷 Traffic was *interrupted* by floods. 交通被洪水阻斷。

■ **investigate** 〔ɪn'vɛstə,get〕 動調查；研究 *investigation* 图調查；研究
It is under *investigation*. 此事正在調查中。

■歷屆考題・精選試題

(　　) 1. Does it help you recognize the ______ of nation and language? (A) identification (B) identify (C) identical
(它對你辨認國家及語言的同一性有否幫助?) 〔71、78空中商專〕〔80四技商專〕

(　　) 2. The arriving passengers should pick up their baggage and take it to the customs ______ area for obtaining clearance. (A) inspective (B) inspector (C) inspection (D) inspect (剛到的乘客應將行李拿到海關檢查處,以獲得結關證書。) 〔74中商專、中二專夜,75空中商專,80四技工專〕

______ 3. Television is another major i______t of communication, permitting us to see as well as to hear the performer.
(電視是另一種主要的傳播工具,使我們能看到及聽到表演。)
〔75中商專,77高屏二專夜 80中二專夜,81北二專夜〕

______ 4. The opposite of external is ______. (外在的相反是內在。)

(　　) 5. Air, water, and food are ______ necessities. (A) dispensable (B) indispensible (C) dispensible (D) indispensable
(空氣、水及食物都是不可或缺的必需品。) 〔78保送甄試〕

(　　) 6. He suddenly felt an irresistible ______ to jump out of a window. (A) inpulse (B) impulse (C) inpulsion (D) impulsion
(他突然感到無法抵抗的衝動;欲跳出窗外。) 〔76中二專夜〕

(　　) 7. Telephone wires are often ______ by a covering of rubber. (A) insolated (B) insulared (C) insulated (D) insulted
(電話線通常以一層橡皮絕緣。) 〔78中商專、北商專,79二專〕

(　　) 8. Scientists ______ natural phenomena. (A) investigable (B) investigative (C) investigation (D) investigate
(科學家研究自然現象。) 〔78護二專,79師大工教〕

ANSWERS

1. (A)　2. (C)　3. instrument　4. internal
5. (D)　6. (B)　7. (C)　8. (D)

■ **irrigate** 〔'ɪrə,get〕 動灌溉 ***irrigation*** 名灌溉 ***irrigate*** desert land by canals 引運河的水灌溉荒地

■ **laboratory** 〔'læbrə,torɪ〕 名實驗室；研究室 a chemical ***laboratory*** 化學實驗室

■ **laborious** 〔lə'borɪəs〕 形費力的；辛苦的 ***laborious*** work 辛勞的工作 ***labor*** 〔'lebɚ〕名勤勞；勞工

■ **launch** 〔lɔntʃ〕 動發射；(船)下水 名入水(台) ***launch*** a rocket 發射火箭

■ **lightning** 〔'laɪtnɪŋ〕 名閃電 形閃電般的 a flash of ***lightning*** 一道閃電

■ **lunar** 〔'lunɚ〕 形月的；陰曆的 a ***lunar*** eclipse 月蝕 ***Lunar*** New Year 陰曆新年

■ **lung** 〔lʌŋ〕 名肺 ***lung*** cancer 肺癌 The opera singer has good lungs.那個歌劇演唱者聲音宏亮。

■ **machinery** 〔mə'ʃinərɪ〕 名(集合用法)機械(=***machines***)；機械裝置

■ **mal** 〔mel〕 形男性的；雄的 a ***male*** animal (***flower***) 雄性動物(雄花) <比較> female 雌性的

■ **mechanism** 〔'mɛkə,nɪzəm〕 名機械構造 the ***mechanism*** of a computer 電腦的構造 ***mechanic*** 〔mə'kænɪk〕名技工

■ **microscope** 〔'maɪkrə,skop〕 名顯微鏡 examine germs under a ***microscope*** 以顯微鏡觀察細菌
microscopic 〔,maɪkrə'skɑpɪk〕形顯微鏡的

■ **migrate** 〔'maɪgret〕 動移居；移動 ***migratory*** 形移動性的 a ***migratory*** bird 候鳥

■ **miracle** 〔'mɪrəkḷ〕 名奇蹟；奇事 We escaped the danger by a ***miracle***. 我們奇蹟似地避開危險。

■歷屆考題・精選試題

(　) 1. male: (A) womanhood (B) womanish (C) female (D) feminine (男性↔女性) 〔81四技商專〕

(　) 2. Our country will need many______ in the future. (A) authorities (B) machanics (C) mechinists (D) mechanics (E) tachnicians (將來我們國家會需要很多技工。) 〔80四技工專〕

(　) 3. The______ makes objects appear many times larger than they really are. (A) microscope (B) mircophone (C) compass (D) thermometer (顯微鏡使得物體看起來比實體大許多倍。) 〔68三專夜〕

(　) 4. As a child, Tom set up a______ at home and began his experiments. (A) library (B) laboratory (C) office (D) apartment (湯姆小時候在家裏成立一間實驗室，開始做實驗。) 〔75中商專,78師大工教、北二專夜〕

(　) 5. The farmer was struck by______. (A) lightning (B) lighting (C) lighten (D) light (那農夫被閃電擊中。)〔73中商專,79師大工教,80中二專夜,81北二專夜〕

(　) 6. The laboring classes______ to town from rural districts. (A) migrant (B) miff (C) migrate (D) midst (勞動階級自鄉村移往城市。)

(　) 7. The scientists______ a plane from an aircraft carrier. (A) louncked (B) launded (C) launated (D) launched (科學家使飛機從航空母艦上起飛。) 〔78師大工教〕

(　) 8. He bought the child a______ toy. (A) mechanics (B) mechanical (C) mechanism (D) mechanician (他帶了一個機器玩具給這小孩。) 〔80中二專夜,81保送甄試、四技工專〕

ANSWERS

1. (C)　2. (D)　3. (A)　4. (B)　5. (A)　6. (C)　7. (D)　8. (B)

■ **mo(u)ld** 〔mold〕 图性格；模型 動鑄造；塑造 I *moulded* a vase in clay. 我用黏土塑造一個花瓶。

■ **multiply** 〔'mʌltə,plaɪ〕 動加倍；乘 *multiply* six by seven 六乘七 *multiplication* 图乘法 *multiplication* table 九九乘法表

■ **muscle** 〔'mʌsḷ〕 图肌肉；力量 develop one's arm *muscles* by playing tennis 藉著打網球增進手臂肌肉

■ **naked** 〔'nekɪd〕 形裸的；顯然的 Germs cannot be seen with the *naked* eye. 肉眼無法看到細菌。

■ **nerve** 〔nɝv〕 图神經 動使堅强 *nerve* center 神經中樞 *nervous* 形神經的；緊張的

■ **nuclear** 〔'njuklɪɚ〕 形核的；原子核的 *nuclear* war 核子戰爭 *nuclear* power station 核能發電廠

■ **nutrition** 〔nju'trɪʃən〕 图營養（物） A balanced diet gives one the proper *nutrition*. 均衡膳食供給適當的營養。

■ **object** 〔'ɑbdʒɪkt〕 图物體；目的 動〔əb'dʒɛkt〕反對 Mother *objects* to my smoking. 母親反對我抽煙。 *objection* 图異議 *objective* 形物體的；客觀的 图目的

■ **offspring** 〔'ɔf,sprɪŋ〕 图子孫；後裔（單複數同型） limit one's *offspring* 節育

■ **operate** 〔'ɑpə,ret〕 動（機器）操作；動手術 *operation* 图運轉；手術 be *operated* upon for appendicitis 因盲腸炎而開刀

■ **opponent** 〔ə'ponənt〕 图（比賽的）對手 He defeated his *opponent* in the election. 他在選舉中擊敗對手。

■ **optic** 〔'ɑptɪk〕 形眼睛的；視覺的 the *optic* nerves 視神經

■ **origin** 〔'ɔrədʒɪn〕 图起源；出身 of noble *origin* 出身高貴的人 *originate* 〔ə'rɪdʒə,net〕 動起源；創始 *originality* 〔ə,rɪdʒə'nælətɪ〕 图創作力

■歷屆考題・精選試題

( ) 1. The ______ inhabitants of a country are sometimes called the aborigines. (A) suitable (B) general (C) original (D) artificial (E) considerable
(一國最早的居民，有時被稱爲原始住民。)〔72二專, 80四技商專〕

______ 2. His work doesn't show much (origin).
(他的作品沒什麼創意。)〔73北商專〕

( ) 3. One of his ______ to the plan was that it would cost too much. (A) object (B) objects (C) objection (D) objections
(他反對這計畫的理由之一是它得花太多錢。)〔74台北工專〕

______ 4. He defeated his o______t in the election.
(他在選擧中擊敗對手。)〔75教育學院, 81四技商專〕

( ) 5. Efficiency will be ______ several times by using the machine. (A) operated (B) multiplied (C) originated (D) objected
(使用這機器效力將增加數倍。)
〔78中商專、北商專、護二專, 81四技商專〕

______ 6. I am very (nerve) when I cross a crowded street.
(當我穿過擁擠的街道時，我會緊張。)〔80四技商專、高屏二專夜〕

( ) 7. The act of ______ aggression of Japan during World War Ⅱ was known all over the world. (A) unwearing (B) unclothing (C) inclothing (D) naked
(第二次世界大戰期間日本明顯的侵略行爲全球皆知。)

______ 8. A bundle of tissue in the body that can be tightened or loosened to produce movement is a m______e. (肌肉是體內的一束束能拉緊或放鬆以產生運動的生理組織。)〔60台北工專〕

ANSWERS

1. (C) 2. originality 3. (D) 4. opponent
5. (B) 6. nervous 7. (D) 8. muscle

■ **paralyze** 動使麻痺；使無力
〔'pærə,laɪz〕 My feet are *paralyzed*. 我的脚麻痺了。
paralysis〔pə'ræləsɪs〕名麻痺；中風

■ **partial** 形部分的；偏愛的 I'm *partial* to chocolate.
〔'pɑrʃəl〕 我偏愛巧克力。

■ **participate** 動參加 The teacher *participated* in the students'
〔pɑr'tɪsə,pet〕 game. 那老師參加學生的遊戲。

■ **perform** 動表演；執行 *performance* 名演技；演奏
〔pə'fɔrm〕 *perform* on the piano 演奏鋼琴

■ **physical** 形肉體的；物理學的 *physical* examination 身體檢查
〔'fɪzɪkḷ〕 *physician*〔fə'zɪʃən〕名內科醫生
physics 名物理學 *physicist* 名物理學家

■ **plague** 名瘟疫；傳染病 動使患瘟疫；折磨 The *plague* is
〔pleg〕 prevailing in the city. 該城正流行瘟疫。

■ **planet** 名行星 *planetary* 形行星的
〔'plænɪt〕 The earth is a *planet*. 地球是行星。

■ **plant** 名植物；設備；工廠 動種植
〔plænt〕 a power *plant* 發電廠

■ **polar** 形南（北）極的；磁極的 a *polar* bear 北極熊
〔'polə〕 *pole* 名棒；極
the North *Pole* 北極

■ **pollution** 名污染 *pollutant* 名污染物 air *pollution* 空氣污染
〔pə'luʃən〕 *pollute* 動污染

■ **potential** 形潛在的 名潛能 He hasn't realized his full
〔pə'tɛnʃəl〕 *potential* yet. 他尚未完全發揮潛力。

■ **prescribe** 動規定；開藥方 *prescription* 名規定；藥方
〔prɪ'skraɪb〕 *prescribe* for a patient 給病人開藥方

■歷屆考題・精選試題

(　) 1. The earth is a ______ around the sun. (A) planet (B) plant (C) plaint (D) plait
（地球是一顆繞太陽的行星。）〔76技術學院〕

(　) 2. ________ help maintain a balance between carbon dioxide and oxygen in the atmosphere. (A) Water (B) Air (C) The earth (D) The moon (E) Plants（植物有助於維持大氣中二氧化碳與氧的平衡。）〔72二專,80師大工教、四技商專,81保送甄試〕

(　) 3. After ________ his duties, he went home with his friends. (A) perform (B) performed (C) performance (D) performing
（在達成任務之後，他跟朋友一起回家。）〔79二專,80四技商專〕

(　) 4. It was partly my fault. (A) in some degree (B) particularly (C) specially (D) especially（部分是我的錯。）〔68技術學院〕

(　) 5. Good citizens do what the laws ______ . (A) prohibit (B) forbid (C) account (D) prescribe（好公民遵行法律規定的事。）

(　) 6. ________ exercises are essential to health. (A) Physical (B) Ruthless (C) Endless (D) Classical (E) Operating 〔80四技工專〕

______ 7. Rivers are full of ______ (pollute) from the factories and cities along their banks. 〔78技術學院、教育學院,81保送甄試〕
（河川充滿來自河邊的工廠及城市的汚染物。）

(　) 8. His complete ______ of the right arm made him desperate for a long time. (A) paralyses (B) paralysis (C) paralytic (D) paralyze

______ 9. Education helps us develop our ph______l and mental faculties to the full. 〔75、77技術學院, 77、78空中商專, 78師大工教〕

ANSWERS

1. (A)　2. (E)　3. (D)　4. (A)　5. (D)　6. (A)
7. pollutants　8. (B)　9. physical

■ **pressure** 〔'prɛʃɚ〕 图壓力；血壓；氣壓 *pressure* cooker 壓力鍋 high(low) *pressure* 高(低)氣壓

■ **proportion** 〔prə'porʃən〕 图比率 動均分；使相稱 mix A and B in the *proportion* of 3 to 1 將A和B以三比一的比例混合

■ **pulse** 〔pʌls〕 图脈搏 動搏動 feel one's *pulse* 診脈；量脈搏

■ **purpose** 〔'pɝpəs〕 图目的 on *purpose* 故意地 What's your *purpose* in doing that? 你那樣做目的何在？

■ **raw** 〔rɔ〕 形生的；未加工的 图擦傷之處 *raw* materials 原料 *raw* milk 生乳

■ **reaction** 〔rɪ'ækʃən〕 图反應 *reactive* 形反動的；復古的 a chain *reaction* 連鎖反應

■ **remedy** 〔'rɛmədɪ〕 图治療法；藥；補救方法 動治療；矯正 a good *remedy* for colds 治傷風的良藥

■ **repair** 〔rɪ'pɛr〕 图修理 動修理 I had my watch *repaired*. 我拿錶去修理。

■ **replace** 〔rɪ'ples〕 動代替；更換 *replace* man's labor by machinery 用機器代替人力

■ **restrain** 〔rɪ'stren〕 動克制 *restrain* oneself *from* smoking 克制自己不要吸煙 *restraint* 图束縛 without *restraint* 無拘無束地

■ **restrict** 〔rɪ'strɪkt〕 動限制；限定 restrict him to liquid food 限定他吃流體食物

■ **retain** 〔rɪ'ten〕 動保持；保存 China dishes *retain* heat longer than metal pans. 瓷碟較金屬鍋更能保溫。

■ **satellite** 〔'sætl̩,aɪt〕 图衛星 launch an artificial *satellite* 發射人造衛星

■歷屆考題・精選試題

( ) 1. Let me check and see if the tire ______ is right.
(A) pleasure (B) pressure (C) oppression (D) press
(讓我檢查看看輪胎的壓力是否正常。) 〔72二專〕

______ 2. The ______ (press) of the wind fills the sails of the boat.
(風的壓力使船帆鼓脹。) 〔81保送甄試〕

( ) 3. My refrigerator is out of order. It needs ______.
(A) repair (B) repairing (C) being repairing (D) repaired
(我的冰箱壞了，需要修理。) 〔80四技工專、保送甄試〕

( ) 4. When one of the players on the team was hurt, another ______ him. (A) placed (B) replaced (C) superseded (D) supplanted (當這隊中的球員有一個受傷時，另一個替換他。)
〔80保送甄試〕

( ) 5. 選錯的：(A) dividend (B) electronic (C) transmit (D) satelite
〔77護二專，80北二專夜，81保送甄試〕

( ) 6. The ______ on the use of the playground are: no fighting, no damaging property. (A) restrains (B) replaces (C) reactions (D) restrictions 〔75中商專，77教育學院〕
(使用該場地的限制是：不准打架，不得損壞設備。)

( ) 7. The ______ of imports to exports is worrying the government. (A) proportion (B) proportionate (C) proposition (D) proportional (進出口的比率令政府擔憂。) 〔75北商專〕

( ) 8. The doctor observed carefully his patient's ______ to certain tests. (A) reactant (B) recation (C) reaction (D) recative
(醫生細心觀察病人對某些測驗的反應。) 〔75中商專，77教育學院〕

ANSWERS

1. (B) 2. pressure 3. (B) 4. (B) 5. (D) 6. (D)
7. (A) 8. (C)

■ **scent** 〔sɛnt〕 動聞出；使香 名氣味；嗅覺 Bloodhounds have a keen *scent*. 獵犬嗅覺敏銳。

■ **snare** 〔snɛr〕 名陷阱 動陷害；捕捉 *snare* a rabbit 捕捉兔子

■ **solar** 〔'solɚ〕 形太陽的 the *solar* system 太陽系

■ **solid** 〔'sɑlɪd〕 形固體的；堅硬的 名固體；立體 Ice is water in the *solid* state. 冰是水的固體狀態。

■ **sour** 〔saʊr〕 形酸的 名苦事；辛酸 動變酸 This milk has gone *sour*. 牛奶變酸了。

■ **source** 〔sors〕 名來源；泉源 They followed up the river to discover its *source*. 他們溯溪而上以發現源頭。

■ **specialize** 〔'spɛʃəl,aɪz〕 動專門研究；專攻 *specialize* in math 專攻數學 ***specialization*** 名專業化 ***specialist*** 名專家

■ **specimen** 〔'spɛsəmən〕 名標本；樣品 a beautiful *specimen* of a rare butterfly 稀有蝴蝶美麗的標本

■ **spectacle** 〔'spɛktəkḷ〕 名景色；壯觀；(*pl.*)眼鏡 wear a pair of *spectacles* 戴一副眼鏡
spectacular 〔spɛk'tækjəlɚ〕 形壯觀的

■ **sphere** 〔sfɪr〕 名球體；(活動的)領域 He is famous in many *spheres*. 他在許多方面都很有名。

■ **spontaneous** 〔spɑn'tenɪəs〕 形自然的；自發的 *spontaneous* combustion 自燃

■ **stimulate** 〔'stɪmjə,let〕 動刺激；鼓舞 Light *stimulates* the optic nerves. 光刺激視神經。***stimulus*** 名刺激(複數 ***stimuli***)

■ **sting** 〔stɪŋ〕 動刺痛；螫(stung) 名螫；刺傷 I was *stung* by a bee. 我被蜜蜂螫到。

■歷屆考題・精選試題

( ) 1. Adam Smith held that the land alone was the true ______ of wealth. (A) source (B) industry (C) transportation (D) individual (E) firm
（亞當史密斯認爲只有土地才是財富的泉源。） 〔75台北工專〕

( ) 2. Canned foods do not go______ easily. (A) sourly (B) sour (C) souring (D) soured（罐頭食物不易發酸。） 〔73保送甄試〕

( ) 3. He is a ______ in business and international trade. (A) specially (B) specialization (C) specialism (D) specialist
（他是商業及國際貿易專家。）〔75、77技術學院，78保送甄試、嘉南二專夜〕

( ) 4. Popularity is a ______ in which fools are caught. (A) snare (B) snark (C) snarl (D) snash（名氣乃是使糊塗人上當的圈套。）

( ) 5. People used to say that woman's ______ was the home. (A) extent (B) range (C) sphere (D) ball
（人們從前常說女人的活動領域是家庭。）

( ) 6. The eruption of a volcano is ______. (A) spontaneous (B) spontanous (C) spontenous (D) spontenious
（火山的爆發是自發的。）

( ) 7. Success will ______ a man to further efforts. (A) stimulant (B) stimulate (C) stimulus (D) stimulative
（成功會激勵一個人去做更大的努力。） 〔78保送甄試、北二專夜〕

( ) 8. The sunrise as seen from the top of the mountain was a tremendous______. (A) spectacule (B) spectalce (C) spectacle (D) spectacular
（從山頂所見的日出景象，蔚爲奇觀。）

ANSWERS

1. (A) 2. (B) 3. (D) 4. (A) 5. (C) 6. (A) 7. (B) 8. (C)

■ **submarine** 〔,sʌbmə'rin〕 圈海中的；海底的 图潛水艇 a *submarine* cable 海底電纜 *submarine* plants 海底植物

■ **substitute** 〔'sʌbstə,tjut〕 動代替；代理 图代用品；代理者 *substitute* nylon for silk 以尼龍代替絲綢

■ **surgery** 〔'sɝdʒərɪ〕 图外科（手術）；手術室 plastic *surgery* 整形外科 *surgeon* 图外科醫生

■ **symptom** 〔'sɪmptəm〕 图徵候；朕兆 strong *symptoms* of a cold 感冒的强烈朕兆

■ **synthetic** 〔sɪn'θɛtɪk〕 圈人造的；合成的 *synthetic* fiber 合成纖維 *synthesis* 〔'sɪnθəsɪs〕图綜合;合成（複數 *syntheses*）

■ **technology** 〔tɛk'nɑlədʒɪ〕 图科技 the rapid progress of *technology* 科技的快速進步 *technological* 圈科技的；技術上的

■ **telegram** 〔'tɛlə,græm〕 图電報；電信 send a *telegram* 發出電報 *telegraph* 图電報機

■ **telescope** 〔'tɛlə,skop〕 图望遠鏡 an astronomical *telescope* 天文望遠鏡

■ **temperature** 〔'tɛmprətʃɚ〕 图溫度；氣溫；體溫 *temper* 图脾氣 take one's *temperature* 量體溫

■ **tense** 〔tɛns〕 圈拉緊的；緊張的 a *tense* rope 拉緊的繩子 *tension* 图張力;緊張 surface *tension* 表面張力

■ **territory** 〔'tɛrə,torɪ〕 图領土；地域 English *territory* 英國的領土 *territorial* 圈領土的 *territorial* air（seas）領空（海）

■ **thermometer** 〔θə'mɑmətɚ〕 图溫度計 a Centigrade（Fahrenheit）*thermometer* 攝氏（華氏）溫度計

■ **tide** 〔taɪd〕 图潮流 動隨潮漂流；克服 *tide* over a difficulty 克服困難

■歷屆考題・精選試題

______1. Beyond these are still more stars that can't be seen without t______pes. 〔75、78技術學院〕
（除了這些以外有更多星星，不用望遠鏡就看不到。）

(　) 2. The great American achievement has been less in science itself than in ______. 〔79師大工教，80北二專夜、高屏二專夜〕
(A) telegram (B) territory (C) technology (D) temperature
（美國之偉大成就與其說在於科學本身，不如說在技術方面。）

(　) 3. 選錯的：(A) thermoneter (B) symptom (C) surgery (D) submarine (E) substitute 〔75台北工專，78北二專夜〕

______4. The nurse took my t______e and told me I had a fever.
（護士量了我的體溫後告訴我我發燒了。） 〔74、78台北工專〕

(　) 5. "What is the t______e today?" "It's 25 ℃. It is rather hot."
（今天溫度幾度？25 ℃，相當熱。） 〔69保送甄試，79師大工教〕

(　) 6. The U.S.S.R. has ______ both in Asia and Europe.
(A) territory (B) territories (C) terror (D) terrors
（蘇聯在亞洲與歐洲都有領土。） 〔75空中商專，78北二專夜〕

______7. A s______ne is a boat that can stay and move under water.
（潛水艇是能在水底移動、停留的船。） 〔62台北、高雄工專〕

(　) 8. Malaria can be cured by medicine, but cancer usually requires ______. (A) surgery (B) surge (C) surmise (D) surf.
（瘧疾可以用藥物治療，但癌症通常需要外科手術。）
〔78北二專夜，80嘉南二專夜〕

(　) 9. John gets angry easily; he cannot control his ______.
(A) heart (B) temper (C) mind (D) thought
（約翰很容易生氣，他無法控制自己的脾氣。） 〔80四技工專〕

ANSWERS

1. telescopes 2. (C) 3. (A) 4. temperature 5. temperature
6. (B) 7. submarine 8. (A) 9. (B)

■ **trace** 〔tres〕 图足跡 動追踪；探索 the *traces* of a bear 熊的足跡 The dog *traced* a fox. 狗追踪狐狸。

■ **tranquil** 〔'træŋkwɪl〕 形安靜的（= *calm*, *quiet*）；冷靜的 the *tranquil* surface of a lake 平靜的湖面

■ **transfer** 〔træns'fɝ〕 動移轉；調職 图〔'trænsfɝ〕移轉；調任 *transfer* one's love to ～ 移情於～

■ **transmit** 〔træns'mɪt〕 動傳送；傳達；傳播 Wires *transmit* electricity. 金屬線傳電 *transmission* 图傳達；傳送

■ **transparent** 〔træns'pɛrənt〕 形透明的；明顯的 Window glass is *transparent*. 窗戶玻璃是透明的。

■ **vacant** 〔'vekənt〕 形空虛的；空缺的 *vacancy* 图空虛；空缺 a *vacant* room in a hotel 旅館裏的空房間

■ **vacuum** 〔'vækjuəm〕 图眞空 形眞空的 動用吸塵器打掃 *vacuum* bottle 熱水瓶 *vacuum* cleaner 眞空吸塵器

■ **vapo(u)r** 〔'vepɚ〕 图蒸氣；水蒸氣 *vapor* bath 蒸氣浴 *vaporous* 形多蒸氣的；多霧的

■ **vein** 〔ven〕 图靜脈；血管；礦脈 the main *vein* 大靜脈 a *vein* of gold 金礦脈

■ **velocity** 〔və'lɑsətɪ〕 图速度；速率 variable *velocity* 變速 at a *velocity* of 100 miles per hour 以每小時一百英里的速度

■ **vend** 〔vɛnd〕 動販賣（= *sell*）a *vending* machine 自動販賣機 *vendor* 图小販；賣主

■ **vertical** 〔'vɝtɪkḷ〕 形垂直的；直立的 图垂直線 a *vertical* line 垂直線 a *vertical* fall 垂直降落

■ **vigo(u)r** 〔'vɪgɚ〕 图精力；體力 *vigorous* 形精力充沛的 He is full of *vigour*. 他精力旺盛。

■歷屆考題・精選試題

(　) 1. Water changes into ((A) vaporize (B) vaporizer (C) vapor (D) vaporization) when it is heated.
(水加熱時會變成蒸氣。) 〔74北二專夜〕

(　) 2. There is still ______ for another house on the street.
(A) vacancy (B) vacation (C) vaccination (D) vacant
(街上還有一塊空地，可以再造一所房子。)〔75、77中商專、北商專〕

(　) 3. After you wash the windows, you can ______.
(A) vacancy (B) vacuate (C) vacum (D) vacuum
(洗過窗子後你可以用吸塵器打掃。) 〔75、77中商專、北商專，80四技商專〕

(　) 4. A bullet goes from this gun with a ______ of 3,000 feet per second. (A) fasty (B) venality (C) velosity (D) velocity
(此槍發出的子彈，速度爲每秒三千英呎。)

(　) 5. Glass made from impure sand is not ______.
(A) transport (B) transplant (C) transparent (D) translate
(以不純的砂做成的玻璃是不透明的。) 〔65二專〕

(　) 6. Metals ((A) transmit (B) transmitor (C) transmission (D) transmissible) electricity.
(金屬會導電。) 〔74北二專夜，75、76中商專，75高屏二專夜，76技術學院〕

(　) 7. Mr. Collins prefered the ______ life in the country.
(A) transparent (B) tranguil (C) tranquil (D) transferred
(柯林斯先生較喜歡鄉間寧靜的生活。) 〔75中商專，76技術學院〕

(　) 8. The head office has been ______ from Chicago to New York.
(A) transfer (B) transfered (C) transferred (D) transferring
(總公司已由芝加哥移至紐約。)〔75中商專，76技術學院，80四技工專〕

(　) 9. The old man is still ______ and lively.
(A) vigor (B) vigrous (C) strenuous (D) vigorous

ANSWERS

1.(C) 2.(A) 3.(D) 4.(D) 5.(C) 6.(A) 7.(C) 8.(C) 9.(D)

Better late than never. **寧遲勿缺！**

容易混淆成語

□ **each other** 互相
one another 互相

<注意> ***each other*** 用於兩者之間，***one another*** 則用於三者以上之間。

……………………………………

□ **instead of ～** 代替～；不用～而改
in spite of 儘管；雖然

We learned German *instead of* French. 我們不學法語而改學德語。

<注意> ***in spite of = despite***

……………………………………

□ **think of** 思索；想（某事）
think of A as B 把A想做B
think about 考慮；檢討（某事）

She *thought of* her cat left behind at home.
她想到她的貓留在家裏。

I am *thinking about* the matter. 我正在考慮此事。

……………………………………

□ **depend (up)on** 依靠；信賴；視～而定
(be) dependent on 依靠；視～而定

<注意> ***depend upon it*** 用於句首或句末，意思爲「無疑地；不錯」。
Depend upon it, he will come. 不錯，他會來。
The war will ruin the country, *depend upon it*.
無疑地戰爭會毀了這國家。

……………………………………

□ **(be) different from** 與～不同
differ from 與～不同；不同意

★ 197 頁解答 ★

1. (B) 2. (B) 3. (B) 4. (B) 5. (D) 6. (A) 7. (D) 8. (C) 9. from
10. 思考的能力使得人與動物有別。

■歷屆考題・精選試題

(　) 1. Jane and Lucy have not talked ________ since they quarreled.
(A) each other (B) to each other (C) one another (D) to one another
〔63師大工教,79二專〕

(　) 2. We, three, must help ________ in time of need.
(A) each other (B) one another (C) the other (D) others people

(　) 3. People prefer to hear and see programs ((A) because of (B) instead of (C) out of) just listening to them.
〔80保送甄試、北二專夜、中二專夜,81四技商專〕

(　) 4. ________ the rain, he arrived in time. (A) Due to (B) In spite of (C) Looking forward to (D) Thanks to
〔74台北工專,77保送甄試,78中二專夜〕

(　) 5. He always ________ all authors ________ struggling with poverty. (A) regards as... of (B) refers to... of (C) looks as... upon (D) thinks of... as 〔80彰師、保送甄試〕

(　) 6. Never uepend upon anyone but yourself. (A)依賴 (B)發明 (C)落後 (D)繼續 〔74嘉南二專夜,80北二專夜,81四技商專〕

(　) 7. His answer depends ________ his mood.
(A) to (B) of (C) by (D) on 〔79二專,80四技工專、彰師、保送甄試〕

(　) 8. Success is ________ the result of the examination.(選錯的。)
(A) independent of (B) foreign to (C) dependent of (D) different from 〔81四技商專〕

________ 9. Your dictionary is quite different ________ mine.
〔64師大工教,74保送甄試,75中商專〕

10. 英翻中：The ability to reason makes man different from the animals. 〔73空中商專,81四技工專、北二專夜〕

□ { **as well as** 與～同樣好；不但～並且～
as well 另外也 }

Tom can swim *as well as* May. 湯姆可以游得和梅同樣好。

……………………………………

□ { **tend to** 有～傾向；有助於～
(be) inclined to 想(做～)；興起做～的願望 }

The boys *are inclined to* work. 孩子們想工作。

……………………………………

□ { **whether A or B** 是A抑或B
whether ～ or not 是否～；不論是～或～
whether or no (not) 無論如何；反正 }

Whether she was sick *or* well, she was always cheerful.
不論她生病或是健康時，她總是很快活。

……………………………………

□ { **(be) likely to + V** 可能會
(be) apt to + V 易於；有～傾向
(be) liable to + V 易於；可能 }

He *is likely to* come. 他可能會來。

＜注意＞ *likely to* 用於極有可能發生時；*apt to* 用於有這種趨勢、毛病(癖好)時；*liable to* 則用於可能招惹令人不愉快的事時。

……………………………………

□ { **no longer** 不再
no more 不再；也不；死亡 }

If you won't do it, *no more* will I.
如果你不想做，我也不想做。

＜注意＞ 有no longer 時用現在式，no more 則多用未來式。

★ 199頁解答 ★

1.(A) 2.(A) 3.(C) 4.(B) 5.(D) 6.(D) 7.(D) 8.(A) 9.(B) 10.(A) 11. to ☞

■歷屆考題・精選試題

( ) 1. She speaks English, and French ______. 〔74台北工專,80彰師〕
(A) as well (B) as well as (C) so well (D) so well as

( ) 2. Fruits ______ decay soon.
(A) tend to (B) incline to (C) liable to (D) apy to

( ) 3. The president of the university is ______ resign. 〔81四技商專〕
(A) possible to (B) impossible to (C) likely to (D) may be

( ) 4. He ______ lives here. (A) no wonder (B) no longer
(C) any more (D) any longer 〔77保送甄試,81四技商專〕

( ) 5. The ship is below the waves, and will be seen ______.
(A) for ever (B) for good (C) any more (D) no more

( ) 6. Moderate exercise <u>tends to</u> improve our health.
(A)易於 (B)走向 (C)提供 (D)有助於 〔78護二專〕

( ) 7. God help us <u>whether or not</u>.
(A)是否 (B)想要 (C)無論何時 (D)無論如何

( ) 8. Shoes of this kind <u>are apt to</u> slip on wet ground.
(A)易於 (B)不會 (C)輕易地 (D)絕不

( ) 9. (A) Whether or not he comes, the result will be the same.
(B) Leaves as well as flowers come from buds.
(C) I could not wait for him no longer.
(D) He is liable to getting angry. 〔78嘉南二專夜、護二專,80彰師〕

( ) 10. (A) He is inclined to be lazy.
(B) There is no longest any room for doubt.
(C) The point is whether I accept but refuse.
(D) I don't know if it is true or not.
(E) Whether he comes or no, I'll go.

______ 11. We are all liable ______ make mistakes occasionally.

□ { **by force** 用暴力；强迫
in force 有效的

The agreement is still *in force*. 這契約仍然有效。

………………………………………

□ { **such as** 諸如；像
as such 依其身分、資格；本身

＜注意＞ ***such as it is, such as they are*** 是「雖然不太像樣」的意思。

………………………………………

□ { **a few** 一些
very few 少到幾乎沒有
quite a few 相當多；不少

＜注意＞ ***quite a few*** 與 ***a good few, not a few*** 同義。

………………………………………

□ { **a number of** 許多
the number of ～的數目

＜注意＞ ***a number of houses*** 視為複數，用複數動詞；
the number of houses 視為單數，用單數動詞。

………………………………………

□ { **according to** (＋名詞) 依照
according as (＋子句) 依照

＜注意＞ ***in accordance with*** 也是「依照；根據」的意思。

………………………………………

□ { **come from** 出身於(地方)
come of 出身於～(家世)；起因於

He *comes of* an old family〔*from* Luhkang〕.
他出身於舊世家〔鹿港〕。

………………………………………

□ { **at first** 起初；最初
for the first time 頭一次

★ 201 頁解答 ★

1.(D) 2.(B) 3.(C) 4.(B) 5.(A) 6.(D) 7.(A) 8.(D) 9.(D) 10.(B) ☞

■歷屆考題・精選試題

( ) 1. The old regulation is no longer ________ force.
(A) at (B) with (C) by (D) in

( ) 2. A plan ________ you propose will never succeed.
(A) like that (B) such as (C) as such (D) same as 〔80、81四技商專〕

( ) 3. It is a pity that ________ students have failed in the exam.
(A) quite a little (B) the number of (C) quite a few
(D) much of the 〔78中商專、北商專〕

( ) 4. ________ students were absent yesterday. (A) The number of (B) A number of (C) The numbers of (D) A number of the 〔77護二專，79師大工教〕

( ) 5. ________ the weather report tomorrow will be a fine day.
(A) According to (B) With a view (C) On account of
(D) Because of 〔80師大工教、四技商專〕

( ) 6. I come ________ Newcastle but have spent most of my time in London. (A) of (B) to (C) in (D) from 〔80四技商專〕

( ) 7. Growth was slow ________, but year after year the tree extended its roots into the earth. (A) at first
(B) in beginning (C) at begining (D) in first 〔77中二專夜〕

( ) 8. He is a child, and must be treated ________.
(A) such as (B) like that (C) same as (D) as such

( ) 9. In consequence of monetary control, ________ of people out of work grew. (A) a lot (B) a few (C) a number
(D) the number 〔78中二專夜〕

( ) 10. The thermometer rises or falls ________ the air is hot or cold.
(A) according to (B) according as (C) accords to
(D) accords as 〔80北二專夜、中二專夜，81四技工專〕

□ { far from 一點也不；遠離
apart from 除～之外

Far from reading the letter, he didn't open it.
他根本沒讀那封信，他信都沒拆開。

<注意> ***far from + V ing*** "絕沒有"。

....

□ { speak to ～ 對～人說話
speak of 談到；值得一提

<比較> There is no one to *speak to*. 沒有可與之說話的人。
There is no one to *speak of*. 沒有值得一提的人。

....

□ { a bowl of ～ 一碗～
a (tea)spoonful of ～ 一(茶)匙～
a lumps of ～ 一小塊～

I need *two lumps of* sugar. 我需要兩塊方糖。

....

□ { talk about 談論；說～的閒話
talk to 對～說話；責問；訓戒
talk with 和～談話；與～討論
talk of 談到～；講到

I will *talk to* him. 我要責問他（說他一頓）。

....

□ { carry out 實現；實行
carry on 繼續；經營～

<注意> *carry out* one's plan "實行計畫"
carry on business "經營事業"

★ 203頁解答 ★

1.(D) 2.(B) 3.(C) 4.(D) 5.(A) 6.(C) 7.(D) 8.(C) 9.(D) 10.(B) ☞
11. about

■歷屆考題・精選試題

( ) 1. Please put two ______ of sugar into the coffee.
(A) lump (B) lungs (C) spoonful (D) teaspoonfuls

( ) 2. He is far from gentle. (A) He is very gentle. (B) He is not gentle at all. (C) He pretends to be gentle. (D) He wishes to be gentle. 〔74中二專夜〕

( ) 3. ______ singing, she likes swimming and dancing.
(A) According to (B) Pertaining to (C) Apart from
(D) In accordance with 〔64二專,78護二專〕

( ) 4. She seldom spoke unless ______. (A) speaking of
(B) spoke of (C) speaking to (D) spoken to 〔78護二專、北二專夜〕

( ) 5. I seldom heard him speak ______ his wife.
(A) of (B) ill (C) about (D) well 〔67 教育學院〕

( ) 6. The book ______ the writer's childhood. (A) concerns about
(B) results in (C) speaks of (D) tells from

( ) 7. Before any new drug is marketed, it is essential that extensive tests are ______. (A) carried on (B) carried forward
(C) carried through (D) carried out 〔75師大工教,80四技工專〕

( ) 8. He decides to ______ my instructions. (A) carry to
(B) carry on (C) carry out (D) care for 〔78保送甄試〕

( ) 9. He <u>carried on</u> studying. (A) stopped (B) enjoyed (C) gave up
(D) continued 〔75師大工教,78 教育學院,80彰師〕

( ) 10. (A) Consider the question apart from others.
(B) He living aparts from his wife.
(C) She never speaks of his dead son.
(D) He has no fear of being talked about. (選錯的)

______ 11. Some people never run out of things to say; they always have something to talk ______. 〔78護二專,80嘉南二專夜〕

□ { **up and down** 上下地；來回地；到處
ups and downs （人生）盛衰、浮沈；（道路）起伏；高低

……………………………………

□ { **lead to** 通往；導致
lead A to B 使A導致B

All roads *lead to* Rome. 條條道路通羅馬。

……………………………………

□ { **not ～ at all** 毫不；一點也不
by no means 絕不

He does *not* know French *at all*. 他對法文一竅不通。

……………………………………

□ { **so long as** 只要
as long as 只要

<注意> so long as 比 as long as 限制的義意更強烈。

……………………………………

□ { **at the end of** 在～的結尾
in the end 最後；終於；結果
on end 豎立著；繼續地

It rained for three days *on end*. 一連下了三天雨。

……………………………………

□ { **for oneself** 爲了自己；親自
by oneself 獨自；獨力
in oneself 本質；本來
of oneself 自動地

Go and see *for yourself*. 你親自去看吧。

★ 205頁解答 ★

1.(C) 2.(D) 3.(C) 4.(B) 5.(C) 6.(A) 7.(D) 8.(C) 9.(B) 10.(D) 11.(B) ☞
12.(A)

■歷屆考題・精選試題

(　　) 1. Good begets good and evil______ evil. (A) finds out (B) sends up (C) leads to (D) calls for 〔77北商專、中商專, 80北二專夜, 81四技工專〕

(　　) 2. I may lend you the book______ you promise to keep it clean. (A) so far (B) so far as (C) so as to (D) so long as 〔75教育學院, 80保送甄試〕

(　　) 3. ______ this month, we shall move to the neighboring town. (A) As long as (B) In the end of (C) At the end of (D) Do the end of 〔80彰師〕

(　　) 4. I am sure that he will succeed______. (A) at the last (B) in the end (C) at the end (D) the long

(　　) 5. For days______ they were on the verge of starvation. (A) in end (B) at end (C) on end (D) of end

(　　) 6. You must write the composition______ yourself. (A) for (B) in (C) of (D) on

(　　) 7. The light went out <u>of itself</u>. (A) suddenly (B) alone (C) finally (D) automatically 〔68教育學院〕

(　　) 8. These substances are not poisonous______ themselves. (A) of (B) on (C) in (D) to

(　　) 9. The decayed tooth has come off______ itself. (A) on (B) of (C) in (D) for

(　　) 10. We must be ready to go through______ in our life. (A) in ourselves (B) of ourselves (C) up and down (D) ups and downs

(　　) 11. Aristotle was <u>by no means</u> a young man when he began his study of natural history. (A)無財力 (B)並不 (C)沒有意義 (D)沒有方法 〔57台北工專〕

(　　) 12. You may borrow this book <u>as long as</u> you keep it clean. (A)只要 (B)好久 (C)同時 〔77北商專、中商專〕

□ { **apply to～(for)** 適用於～；申請
apply A to B 引用A於B
apply oneself to 熱中於～；專心於～

<比較> ***apply oneself to a person for (help)*** "請某人(幫助)"

....

□ { **as to** 至於
as for 至於；就～而言

<注意> as to 可用於句首、句中、及疑問詞之前；as for 只能用於句首。

....

□ { **consist of** 由～組成
consist in 在於

<比較> consist of = ***be composed of*** = ***be made up of***。
consist in = ***lie in***；***depend on***。

....

□ { **neither A nor B** 非A亦非B
not ～ either 二者皆不

Neither riches *nor* good luck ***works*** such a miracle.
不管是財富或好運都不會產生這種奇蹟。

<注意> neither A nor B 的動詞通常與B一致。

....

□ { **one day** (過去)有一天
some day (未來)某一天
the other day 前幾天

I called on him *the other day*. 我前幾天拜訪過他。

<注意> 句子中有 one day, the other day 時，用過去式動詞，
有 some day 時用未來式動詞。

★ 207 頁解答 ★

1.(A) 2.(A) 3.(D) 4.(C) 5.(C) 6.(D) 7.(A) 8.(B) 9.(C) 10. for ☞

■歷屆考題・精選試題

( ) 1. Selfishness ________ the disregard of others, and in seeking to fulfill one's own desires. (A) consists in (B) consists of (C) consists on (D) is composed of

( ) 2. He has applied to Harvard University ________ a scholarship. (A) for (B) into (C) with (D) on 〔62台北、高雄工專〕

( ) 3. You should ________ the theory ________ this problem. (A) concentrate … on (B) substitute … for (C) contribute … to (D) apply … to

( ) 4. The earlier languages could have ________ only ________ a few hundred words. (A) been consisted … of (B) been composed … by (C) consisted … of (D) composed … of 〔79二專〕

( ) 5. ________ day I was walking in the woods, and saw a baby here. (A) A (B) The (C) One (D) Some

( ) 6. ________ day I will go to Tainan and revisit all the places where I lived in the time of my greatest poverty. (A) A (B) The (C) One (D) Some 〔77護二專〕

( ) 7. (A) He said nothing as for when he would come. (選錯的)
(B) It's neither pleasant to eat nor good for you.
(C) If you don't come, he will not come, either.
(D) He applied himself to the study of Spanish. 〔79二專, 80四技工專〕

( ) 8. As to that matter, there were still many people believing in God. (A) In fact (B) Concerning (C) Despite (D) Though 〔74台北工專, 78中商專、北商專, 81四技工專〕

( ) 9. (選錯的) Neither (A) is there any (B) honesty in the man, or (C) he capable of doing (D) much work. 〔80彰師, 81保送甄試〕

______ 10. As ________ myself, I would rather walk than wait for the bus. 〔66二專夜, 77中二專夜, 78北商專、中商專〕

□ { (be) tired of　對～感到厭倦
(be) tired with　因～而感到疲倦 }

I'm very *tired with* work. 我因工作而感到疲倦。

……………………………………

□ { in time　及時；來得及
at times　有時候（＝*sometimes*）
on time　準時 }

At times the train doesn't arrive *on time*.
有時候火車未準時抵達。

<注意> in time *for*＋名詞；in time *to*＋動詞

……………………………………

□ { look up　抬頭看；（在字典等中）查單字；（景氣）看好
look on　旁觀；觀察
look over　過目一遍；檢查；寬恕 }

<注意> *look up* a word *in* the dictionary
＝*consult* the dictionary 在字典中查單字
look over 做「寬恕」解時，等於 *overlook*。

……………………………………

□ { at all　全然；到底（用在否定、疑問、條件句中）
for all　儘管；雖然 }

<注意> for all ＝*with all* ＝*regardless of*,
for all 之後接 that ＋子句或 one's ＋名詞皆可，
with all 及 regardless of 之後接one's＋名詞。

……………………………………

□ { care for　喜好（用在否定、疑問句中）；照顧
care about　關心；介意（通常用於否定、疑問句中） }

★ 209 頁解答 ★

1.(D)　2.(B)　3.(C)　4.(A)　5.(B)　6.(C)　7.(D)　8.(A)　9.(C)　10.(D)
11.(A)　12.(C、D)

■歷屆考題・精選試題

(　) 1. Jane was so _______ the long walk that she felt like going to bed earlier than usual. (A) worn out (B) exhausted at (C) tired of (D) tired with 〔77北二專夜〕

(　) 2. She didn't arrive _______ time to take the first train. (A) of (B) in (C) at (D) to 〔76台北工專, 80中二專夜〕

(　) 3. John is a happy boy, but _______ he looked sad. (A) at time (B) on times (C) at times (D) on time〔77護二專〕

(　) 4. I must _______ these new words in the dictionary. (A) look up (B) look over (C) look at (D) look around 〔65技術學院, 80嘉南二專夜〕

(　) 5. I'll never look _______ your error again. (A) up (B) over (C) at (D) into 〔74技術學院, 78嘉南二專夜〕

(　) 6. If you read this book _______, read it thoroughly. (A) for all (B) in all (C) at all (D) of all 〔78嘉南二專夜〕

(　) 7. She didn't care _______ hot songs. (A) of (B) on (C) about (D) for 〔74中二專夜, 77北二專夜〕

(　) 8. This old sick man has no one to care _______ him. (A) for (B) about (C) at (D) of 〔80四技商專〕

(　) 9. Poor as he is, he doesn't care _______ money. (A) at (B) of (C) about (D) to

(　) 10. <u>Look up</u> the word in the dictionary. (A) eye (B) search (C) find (D) consult 〔74技術學院, 78護二專〕

(　) 11. Mary took part in the games, but her sisters just <u>looked on</u>. (A) watched without taking part (B) faced (C) considered (D) regarded 〔77保送甄試, 78護二專〕

(　) 12. 他雖富裕，仍不滿足。_______ his wealth, he is not contented. (A) In spite of (B) For all (C) Regardless of (D) For fear 〔73高屏二專夜〕

□ { (be) concerned with　與～有關
(be) concerned about　關心；擔憂 }

He's *concerned about* the future of his son.
他關心兒子的將來。

<比較> ***be connected with*** "(在業務上、人事上)有關連" concerned about = ***anxious about***

……………………………………

□ { not ～ at all　一點也不
not quite　並不全～ }

<注意> *All* (*Everything*, *Everybody*) is *not* ～.
並非所有的(每件事、每個人)都～。

……………………………………

□ { one A, the other B　一個是A；另一個是B
for one thing A, for another B　一則～；再則 }

<注意> ***the one*** A ***the other*** B "前者是A, 後者是B"

……………………………………

□ { point out　指出；提醒(＝***indicate***)
point to　指向(某一方) }

I *pointed out* his advantages. 我指出他的有利之點。

……………………………………

□ { take place　發生(＝***happen***)
take the place of　代替；代理(＝***replace***) }

Mechanical power *took the place of* manual labor.
機械力代替手工。

……………………………………

□ { make the best of ～　善於利用～
make the most of ～　儘量利用～ }

★ 211頁解答 ★

1.(D)　2.(B)　3.(C)　4.(A)　5.(B)　6.(D)　7.(D)　8.(A)　9.(B)　10.(A) ☞

■歷屆考題・精選試題

( ) 1. It was clear that she was not ______ the matter.
(A) connected for (B) involved of (C) innocent in
(D) concerned with

( ) 2. I do ______ know how it happened. (A) for some
(B) not quite (C) a little (D) to extent

( ) 3. He has two sons; ______ is a doctor, ______ is a painter.
(A) one … and another (B) the one … the other (C) one … the
other (D) one … and others 〔78北二專夜, 80師大工教〕

( ) 4. ______ I don't have money, ______ I am too old.
(A) For one thing … for another (B) For one thing … and
other (C) For one thing … and other (D) For one thing … for
other

( ) 5. He pointed ______ the mistakes in my composition.
(A) to (B) out (C) into (D) up 〔77教育學院, 79師大工教〕

( ) 6. The magnet needle ______ the north. (A) turns at
(B) runs to (C) points at (D) points to

( ) 7. ______ your time during the summer vacation.
(A) Make out (B) Make room for (C) Make fun of
(D) Make the best of 〔67三專夜〕

( ) 8. I will ______ what little I have. (A) make the most of
(B) get the better of (C) make an effort to (D) take the
place of (E) take the trouble to 〔71北二專夜〕

( ) 9. When the water at 40°F meets the syrup at room temperature, the foaming takes place. (A) occupies a position
(B) happens (C) precedence (D) takes pleasure 〔80保送甄試, 81四技商專〕

( ) 10. I wonder what will take the place of electricity in the future. 〔80彰師,
(A) replace (B) excel (C) expel (D) extinguish 81四技工專〕

□ { **in *one's* life** 一生；一輩子（＝***for all one's life***）
in life 在有生之年；生前；全然

<比較> ***for one's life*** "拚命；全力以赴"

……………………………………

□ { **the more A, the more B** A愈～；B就愈～
all the more 更加；越發

The more he has, *the more* he wants. 他擁有愈多,就愈想要。

……………………………………

□ { **the same A as B** A與B相同（指同一種類）
the same as 與～相同

<比較> ***the same A that B*** 指"A與B是同一物"。

……………………………………

□ { **ask for** 要求
ask after 問候
ask about 查詢

Many people *ask* me *about* the happenings.
許多人問我那件事。

……………………………………

□ { **come in** 進入；（金錢）收入
come on 來吧；（季節、夜晚）來臨；（演員）登場

Oysters have just *come in*. 蠔剛剛上市。

……………………………………

□ { **deal with** 處理（＝***cope with***）；交往
deal in 經營；做買賣

He is hard to *deal with*. 他很難以相處。

★ 213 頁解答 ★

1.(B) 2.(D) 3.(B) 4.(A) 5.(A) 6.(B) 7.(A) 8.(D) 9.(C) 10.(B)☞
11. the colder, the more

■歷屆考題・精選試題

(　) 1. I have never wronged anyone ______. (A) in life (B) in my life (C) for all life (D) in the life

(　) 2. And the rise in prices is ______ serious since we are not selling enough goods abroad. (A) a lot of (B) the same as (C) the more and (D) all the more

(　) 3. The child asked his father ______ some money.
(A) by (B) for (C) to (D) from 〔80彰師、中二專夜〕

(　) 4. I've been to Kaohsiung to ______ my sick friend.
(A) ask after (B) ask for (C) look for (D) look at

(　) 5. He has 2,000 dollars ______ monthly.
(A) come in (B) come on (C) comes out (D) coming on

(　) 6. Mr. Edward ______ grain. 〔79二專〕
(A) deals with (B) deals in (C) deals at (D) deals about

(　) 7. The manager asked ______ my opinion regarding the matter in question. (A) about (B) after (C) out (D) to

(　) 8. When the next singer ______, it began to rain.
(A) comes on (B) comes in (C) comes out (D) came on

(　) 9. It is beyond his power to deal with the affair.
(A) cope to (B) treat in (C) cope with (D) be engaged in
〔77中二專夜、空中商專，80四技工專、四技商專〕

(　) 10. 這種衣料和那種衣料同樣地厚。This material is ______ that.
(A) the same thick as (B) the same thickness as (C) as thickness as (D) as same thick as (E) same thicker than
〔78北二專夜、空中商專，80保送甄試〕

______ 11. 梅花滿天下，越冷越開花。The plum-blossoms bloom all over the world; ______ the weather is, ______ beautifully they bloom. 〔70、77技術學院，78嘉義農專、空中商專〕

□ { **fail to +*V*** 無法～；忘記
fail in 失敗

Don't *fail to* let me know. 別忘了讓我知道。

＜比較＞ ***never fail to +V*** "必定"

....

□ { **millions of** 數百萬～；無數
men of millions 百萬富翁

＜比較＞ millions of men of millions "無數的百萬富翁"

....

□ { **not so much A as B** 與其說是A不如說是B
so much as 甚至（＝*even*）

He can't *so much as* write his name.
他甚至連名字都不會寫。

....

□ { **wait for** 等待；期待
wait on 侍候

He *waits on* his wife hand and foot.
他把太太侍候得無微不至。

....

□ { **as a whole** 全部地；總而言之
on the whole 大體上；以整體而論

Is the land to be divided up or sold *as a whole*?
那塊土地將予以分割；還是整個地出售？

....

□ { **call on** 拜訪（某人）；請求
call for 要求；需要；訂叫（酒、飲料等）；去接某人

★ 215 頁解答 ★

1. (B) 2. (D) 3. (A) 4. (A) 5. (B) 6. (D) 7. (C) 8. (A) 9. (B) ☞
10. has waited on 11. calls

■歷屆考題・精選試題

( ) 1. Though he tried his best, he ______ pass the examination.
(A) failed in (B) failed to (C) was to (D) would surely.

( ) 2. ______ trees have been cut down for fuel. (A) Lot of
(B) Thousand of (C) Million of (D) Millions of

( ) 3. Success in life does not depend so much on one's school record ______ on one's honesty and diligence.
(A) as (B) that (C) so (D) what

( ) 4. We are waiting ______ John to arrive.
(A) for (B) on (C) at 〔70、78空中商專,76北商專〕

( ) 5. She waited ______ her mother while she was sick.
(A) for (B) on (C) up (D) with 〔70二專夜〕

( ) 6. Is Maugham being judged on his work ______? (A) as the whole (B) for the whole (C) on a whole (D) on the whole
〔77北商專、中商專〕

( ) 7. We will come to pick you up at nine o'clock. = We will come to call ______ you at nine o'clock.
(A) on (B) up (C) for (D) at 〔76台北工專, 79二專〕

( ) 8. <u>On the whole</u>, it is a good car. (A) Generally speaking
(B) In fact (C) To tell the truth (D) All together
〔69二專夜〕

( ) 9. (A) He failed in the attempt to sail across the Pacific Ocean.
(B) A waitress will wait for you at dinner.
(C) On the whole the heavy rain did good to the people in this district. (選錯的)
(D) I am not free today; please call on me tomorrow.

______ 10. Maria ______ her sick friend for a week. 〔75 教育學院〕

______ 11. John ______ on me every morning. 〔77保送甄試, 80 中二專夜〕

□ { **no more A than B** A與B同樣不～
no more than 至多；只不過

<注意> He is ***no more*** foolish ***than*** she. 他和她同樣不傻。
He is ***not more*** foolish ***than*** she. 他不像她那樣傻。

……………………………………

□ { **prefer A to B** 較喜歡A而較不喜歡B
prefer to $+V$ 喜歡；寧願

<注意> prefer A to B = like A better than B
= prefer (to) A rather than B

……………………………………

□ { **add to** 增加
add A to B 把A加到B

The novel ***adds to*** his reputation. 這部小說增加他的名氣。

……………………………………

□ { **(be) free to** $+V$ 可隨意（做～）；自由（做～）
(be) free from 無～的；免於～

It's a day ***free from*** wind. 今天是個無風的日子。

……………………………………

□ { **provide A with B** 供給A（B物）；把B提供給A
provide for 預備；供養

He ***provided for*** a large family. 他養一個大家庭。

……………………………………

□ { **result in** 導致～結果；結局是
result from 起因於～

Disease often ***results from*** poverty. 疾病常起因於貧。

……………………………………

□ { **separate A from B** 把A自B中分隔開
divide A into B 把A分成B份

<比較> divide A among B "把A物分配給B"

★ 217頁解答 ★

1.(B) 2.(A) 3.(A) 4.(B) 5.(C) 6.(B) 7.(B) 8.(C) 9.(C) 10.(C) 11. to 12. with 13. for ☞

■歷屆考題・精選試題

( ) 1. He thinks much of himself, but he is ______ an amateur.
(A) nothing else than (B) no more than (C) everything but as
(D) nothing but as 〔78護二專〕

( ) 2. She prefers coffee ______ tea. (A) to (B) than
(C) rather than (D) better than 〔75中商專,81北二專夜〕

( ) 3. That will add ______ our difficulty. (A) to (B) upon
(C) for (D) with 〔63台北、高雄工專〕

( ) 4. You are ______ use this room.
(A) free of (B) free to (C) free from (D) free for

( ) 5. He is free ______ punishment.
(A) of (B) in (C) from (D) for 〔73北二專夜〕

( ) 6. Eating too much often results ______ sickness.
(A) from (B) in (C) to (D) at 〔69師大工教,80北二專夜〕

( ) 7. The accident results ______ his driving carelessly.
(A) in (B) from (C) to (D) of 〔77教育學院,80北二專夜〕

( ) 8. When you pull out the plug, you separate the wires of the device ______ the wires that come from the electric company. (A) through (B) in (C) from (D) of
〔68二專夜,81保送甄試〕

( ) 9. You may divide your money ______ all of your children.
(A) into (B) between (C) among (D) in 〔80四技商專、北二專夜〕

( ) 10. The island is divided ______ four parts.
(A) at (B) to (C) into (D) in 〔74北二專夜,78技術學院〕

______ 11. They have added a few freight cars ______ the train.
〔68二專夜〕

______ 12. Sheep can provide us ______ wool. 〔68師大工教〕

______ 13. A forest can provide a home ______ wildlife.〔73中商專〕

by the time　在～時間前

□ at that time　那時；當時

at the time　正當～的時候

<比較> ***by this time*** " 到現在爲止 "

………………………………………

□ { **compare A with B**　比較A與B（A、B同種類）
(be) compared with　與～比較起來
compare A to B　把A比喻爲B（A、B不同種類）

Some *compare* books *to* friends. 有些人將書比喻爲朋友。

………………………………………

□ { **so far**　到目前爲止（***thus far***）
in so far as　在～的範圍內；只要
(as) so far as　遠至；就～的限度

He's read many books *so far*. 到目前爲止，他已讀了許多書。

I went *as far as* the park. 我走到了公園。

………………………………………

□ { **make up**　和好；補考；捏造；化粧
make up for　彌補；賠償
make up to　討好；獻媚以得寵

We must *make* the loss *up*. 我們必須彌補這損失。

＝We must *make up for* the loss.

………………………………………

□ { **all the time**　一直；始終（＝***always***）
at any time　隨時

Come *at any time* you like. 只要你喜歡，可以隨時來。

★ 219 頁解答 ★

1.(D)　2.(C)　3.(A)　4.(A)　5.(B)　6.(D)　7.(D)　8.(B)　9.(D)　10.(A) ☞

■歷屆考題・精選試題

( ) 1. ______ he lived in London. Where will he live ______ she comes? (A) By the time … all the time (B) At that time … when the time (C) At the time … by the time (D) At that time … by the time 〔74台北工專〕

( ) 2. Compare the translation ______ the original. (A) into (B) to (C) with (D) among 〔77技術學院〕

( ) 3. Compared ______ his brother, he is very quiet. (A) with (B) to (C) among (D) between 〔62台北、高雄工專,77中二專夜〕

( ) 4. Man's life is often compared ______ a candle. (A) to (B) with (C) for (D) by 〔68技術學院,80中二專夜〕

( ) 5. As far as I ______, I don't think it is wise to stand by them. (A) concern (B) am concerned (C) am concerning (D) have concerned 〔70技術學院,77教育學院、護二專〕

( ) 6. The seeds of plants breathe ______. (A) every a minute (B) to the minute (C) at all time (D) all the time

( ) 7. Do you like to see women make up in public? (A) talk loudly (B) laugh loudly (C) eat out (D) apply cosmetics 〔62台北、高雄工專,74技術學院〕

( ) 8. So far they have been getting along very well. (A)遠處 (B)迄今 (C)從前 〔71空中商專,81四技工專〕

( ) 9. She tried to make up to the teacher, but in vain. (A)賠償 (B)和解 (C)化妝 (D)討好

( ) 10. (A) Nobody was around at the time of the explosion.
(B) Life is compare to a voyage.
(C) So far as we can believe these facts we will use them.
(D) I had to make up the loss.

□ **leave ～ behind** 遺落；忘記攜帶
leave ～ alone 不理會；不干涉

Let's *leave* her *alone*. 咱們別理她。

....

□ **a series of** 一連；一串
a group of 一群；一團
a set of 一組；一套

＜注意＞ *a group of* islands"群島"
a complete *set of* Shakespeare 一套莎士比亞全集

....

□ **communicate with** 通信；聯絡
communicate A to B 把A傳給B

＜比較＞ communicate *a thing* with *a person*"與某人分享某物"
communicate with *the next room*"與隔壁房間相通"

....

□ **deprive A of B** 剝奪A的B（物）
rob A of B 搶奪A的B（物）

John *robbed* him *of* his watch. 約翰搶走他的錶。

....

□ **(be) familiar with** （人）熟悉～；（人）和～親密
(be) familiar to （物）為～所熟知

＜注意＞ A is familiar with B＝B is familiar to A

....

□ **for a moment** 片刻；一會兒
at the moment 此刻；就在此〔彼〕時

I am busy *at the moment*. 我此刻很忙。

★ 221頁解答 ★

1.(A) 2.(D) 3.(C) 4.(D) 5.(C) 6.(B) 7.(A) 8.(B) 9.(B) 10. of ☞

■歷屆考題・精選試題

( ) 1. She has left one of her glass slippers_______ .
(A) behind (B) beyond (C) alone (D) after

( ) 2. She has had a long_______of colds and coughs.
(A) set (B) couple (C) group (D) series 〔77師大工教,80彰師〕

( ) 3. Young people sometimes complain of not being able to _______their parents. (A) connect to (B) touch with
(C) communicate with (D) communicate to 〔78保送甄試〕

( ) 4. Radio, television, and newspapers quickly communicate _______all parts of the world. (A) with (B) for (C) of
(D) to

( ) 5. Having spent many years in America, he is familiar _______ things American.
(A) at (B) in (C) with (D) to 〔74北二專夜,77技術學院、中二專夜〕

( ) 6. Her face is familiar_______me.
(A) with (B) to (C) by (D) for 〔74北二專夜,75技術學院〕

( ) 7. He waited_______and went away. (A) for a moment
(B) a long time (C) to the moment (D) at the moment

( ) 8. I am upset; please leave me alone.
(A) keep company with me (B) don't interfere with me
(C) help me (D) cheer me up 〔71教育學院,81北二專夜〕

( ) 9. 我的錢包被搶了。
(A) My purse was robbed.
(B) I was robbed of my purse.
(C) My purse was robbed of.
(D) My purse was robbed of me. 〔73保送甄試〕

______10. An accident deprived him_______his sight. 〔63師大工教〕

□ { **for a while** 片刻；暫時
after a while 過一會兒 }

<比較> for a while 比 for a moment 的時間長。
once in a while "偶爾；有時"

…………………………………………

□ { **in the case of** 在～的場合；就～的情形而論
in case 假如；以防萬一 }

Take an umbrella with you *in case* it rains [*in case of rain*]. 帶著傘以防萬一下雨。

…………………………………………

□ { **may well** ＋*V* 大可以～；有充分的理由（做～）
may as well ＋*V* 最好～；不妨～ }

You *may as well* go at once. 你不妨馬上去。

<注意> ***may as well*** A ***as*** B "與其A還不如B"

…………………………………………

□ { **nothing but** 只是；不過（＝***only***）
anything but 絕不；除～之外的任何事物
all but 幾乎（＝***almost***）；除～之外全部 }

All but one *were* present. 除了一人全部出席。
It's *nothing but* a joke. 這只是個玩笑罷了。

…………………………………………

□ { **(be) close to** 接近（比 ***near*** 更近）
(be) closed to 不對～開放；禁止 }

The farmhouse *is close to* the yard. 農舍就在院子近旁。
The old bridge *is closed to* traffic. 那座古老的橋被封閉不准通行。

★ 223頁解答 ★

1.(A) 2.(C) 3.(D) 4.(A) 5.(C) 6.(B) 7.(B) 8.(D) 9.(B) 10.(A) ☞
11.(A)

■歷屆考題・精選試題

( ) 1. ______ a while the two horses ran neck and neck, until the black horse began to run ahead.
(A) For (B) After (C) In (D) At 〔78教育學院〕

( ) 2. ______ Mr. A there is no excuse. (A) On the behalf of (B) For the part of (C) In the case of (D) At the end of

( ) 3. His son gets the Nobel Prize so he ______ be proud of his son. (A) may as well (B) moves on to (C) makes sense (D) may well 〔73空中商專〕

( ) 4. My birthday is ______ yours. (A) close to (B) closed to (C) near to (D) open to

( ) 5. ______ Rip became drowsy and soon fell into a deep sleep. (A) For a while (B) Once in a while (C) after a while (D) Until a while

( ) 6. The harbor is ______ navigation.
(A) close to (B) closed to (C) near to (D) good to

( ) 7. <u>In case of</u> fire, push the button.
(A) But for (B) In the event of (C) Instead of (D) For all 〔60台北工專〕

( ) 8. 他的態度一點也不令人高興。His manners are ______ pleasant. (A) nothing but (B) at any rate (C) at all (D) anything but 〔68空中商專〕

( ) 9. We <u>may as well</u> set to work at once.
(A)好得可以 (B)最好 (C)可以 (D)一起

( ) 10. Strange to say, man is <u>nothing but</u> a bundle of habits.
(A)只是 (B)就是 (C)可能是 (D)絕不是 〔78護二專、保送甄試〕

( ) 11. The skaters on the pond <u>all but</u> broke through the ice.
(A)幾乎 (B)只是 (C)除此之外 (D)全是

□ **in itself** 本質上；本身
of itself 自行；自動

<注意> of itself＝***automatically***；***of its own accord***

……………………………………………

□ **in turn** 相繼地；(數人)依次
by turns 交替地；輪流地

<比較> in turn＝one after ***another***； by turns＝one after ***the other***

……………………………………………

□ **insist on** 堅持；主張
persist in 持續；堅持

He ***persists in*** his opinion. 他堅持己見。

……………………………………………

□ **lie in** 在於(＝***consist in***)；睡懶覺；待產
lie with 爲～之職責(義務)
lie on 依賴(＝***depend on***)

It ***lies with*** you to decide the matter. 你有責任決定那件事。

……………………………………………

□ **look (up)on A as B** 把A視爲B
look up to A as B 尊A爲B

<比較> look on A as B＝***regard*** A ***as*** B; look up to (尊敬)＝***admire***, ***respect***

……………………………………………

□ **pay attention to** 注意；留意
pay attentions to 獻殷勤；殷勤款待

You should ***pay attention to*** what I say. 你應該留意我說的話。

★ 225頁解答 ★

1.(D) 2.(B) 3.(C) 4.(C) 5.(C) 6.(A) 7.(B) 8.(C) 9.(D) 10.(D) 11. in 12. to ☞

■歷屆考題・精選試題

(　) 1. The door closed ______ itself.
(A) in (B) on (C) to (D) of

(　) 2. Each of you may speak ______ as you wish.
(A) in turns (B) in turn (C) by turn (D) on turns
〔80中二專夜〕

(　) 3. He insists ______ paying the bill.
(A) in (B) of (C) on (D) about〔77保送甄試、北二專夜,78中二專夜〕

(　) 4. The true perfection of man lies not ______ what man has, but ______ what man is. (A) on … on (B) with … with (C) in … in (D) of … of

(　) 5. He has a big house, and every one look upon it ______ his property. (A) for (B) to (C) as (D) with

(　) 6. Advertising in modern times has become a business ______ itself. (A) in (B) on (C) by (D) of

(　) 7. It ______ the Government to make provision for the aged people. (A) lies in (B) lies on (C) consists in (D) consists on

(　) 8. The teacher is looked ______ as a walking dictionary.
(A) upon (B) down (C) up to (D) open 〔80北二專夜〕

(　) 9. We must watch our sick mother by turns, as the nurse has gone home on leave.
(A)相繼地 (B)依次地 (C)充分地 (D)輪流地

(　) 10. You must pay attentions to any guest.
(A)照顧 (B)小心 (C)注意 (D)殷勤招待
〔79師大工教〕

______ 11. She persists ______ going to college. 〔63二專〕

______ 12. Please pay attention ______ your homework. 〔80四技工專、四技商專〕

□ **put up with** 忍受（＝*bear*；*endure*）
put up 舉起（＝*raise*）；張貼（廣告）；公布
put up at 留宿於～；在～過夜（＝*stay at*）
put up to 通知；警告

I *put* the new maid *up to* her work.
我跟新來的女傭說明她的工作。

....

□ **succeed in**＋*Ving* 成功
succeed to 繼承；繼續

<注意> "成功"的名詞爲 success，"繼承；繼續"的名詞爲 succession。

....

□ **take (it) for granted (that)** 視～爲當然
granting that 假定（＝*granted that*）

Granting that it is true, so what?
假定這是實情，那又怎樣呢？

....

□ **take part in** 參加（＝*participate in*）
take part with 袒護；支持

He came here to *take part in* the Olympics.
他來此地參加世運會。

....

□ **(be) true of** 對～是眞實的
(be) true to 忠於～；對～是忠實的（＝*faithful to*）

He *is* always *true to* his friend.
他總是忠於朋友。

★ 227 頁解答 ★

1.(A) 2.(B) 3.(C) 4.(A) 5.(A) 6.(B) 7.(C) 8.(D) 9.(A) 10.(C) 11.(B)☞

■歷屆考題・精選試題

( ) 1. Whenever I came to Taipei, I used to put up______the Grand Hotel. (A) at (B) to (C) of (D) with

( ) 2. Those boys, though not so idle, were put up ______ play truant from school. (A) at (B) to (C) of (D) with

( ) 3. He succeeded_______obtaining an appointment in the Foreign Office. (A) at (B) of (C) in (D) to 〔77師大工教〕

( ) 4. The king having died, the prince succeeded ______ the throne. (A) to (B) in (C) at (D) of 〔77北二專夜〕

( ) 5. We were bound to take part ______ America in World War II. (A) with (B) of (C) in (D) at 〔78嘉南二專夜,79師大工教〕

( ) 6. No matter what they say, what is true______individuals is equally true______ nations. (A) to … to (B) of … of (C) to … of (D) of … to

( ) 7. We had nothing for it but to <u>put up with</u> it. (A) grant (B) mention (C) endure (D) settle 〔76嘉義農專〕

( ) 8. We <u>take it for granted</u> that they will consent. (A) oppose it (B) agree to it (C) permit it (D) accept it without investigation 〔69二專夜,79二專〕

( ) 9. That translation is said to be <u>true to</u> the original. (A) faithful to (B) intended to (C) robbed of (D) deprived of

( ) 10. He <u>put up</u> his hands to <u>put up</u> a notice about the change in price. (A)舉起…舉起 (B)舉起…放上 (C)舉起…張貼 (D)公布…舉起 〔80中二專夜〕

( ) 11. to take part in (A)到達港口 (B)參加 (C)分開 〔80四技工專、高屏二專夜,81北二專夜〕

□ { **(be) absorbed in** 全神貫注於～；專心(做～)
(be) involved in 牽涉到～；專注於～

<注意> absorbed 有被吸引進去的意思；involved 則有被捲進去的意思。

……………………………………

□ { **in part** 一部分；有幾分
on the part of 在～方面；代表某方

There is no objection *on the part of* him. 他沒有異議。

……………………………………

□ { **owe A to B** 將A歸功於B
owing to 由於

Owing to illness, he can't come with us.
他由於生病而不能跟我們來。

……………………………………

□ { **so ～ as to + V** 如此～以致於～
so as to + V 爲了(= ***in order to***)
so A as B 如；和～一樣的程度(用於否定句)

He's *so* angry *as to* be unable to speak. 他氣得說不出話來。

……………………………………

□ { **(be) accompanied by** 有～爲伴；由～陪著
attach to 伴隨；與～相關聯

No blame *attaches to* you. 你無可責備之處。

……………………………………

□ { **adapt to** 使適應；使適合
adapt oneself to 適應

He quickly *adapted himself to* his new life.
他很快就適應新的生活。

★ 229 頁解答 ★

1.(C) 2.(B) 3.(A) 4.(C) 5.(D) 6.(C) 7.(B) 8.(D) 9.(A) 10.(A) ☞
11.(C) 12.(A)

■歷屆考題・精選試題

( ) 1. He is completely________his business. (A) devoted in (B) involved at (C) absorbed in (D) eager to

( ) 2. It was________part the clerk's fault, which made him lose his post. (A) by (B) in (C) at (D) on

( ) 3. I________what I am________your assistance. 〔78中二專夜〕 (A) owe … to (B) owe … at (C) owing … to (D) owing … at

( ) 4. Owing________the rain we didn't get here in time. (A) with (B) for (C) to (D) by 〔80四技工專、四技商專〕

( ) 5. The speaker was so well known________need no introduction. (A) that (B) so (C) as (D) as to 〔80、81四技工專〕

( ) 6. The gift of speech is seldom________the power of thought. (A) decorated with (B) copied by (C) accompanied by (D) together with

( ) 7. He is engaged in the calling best________his taste. (A) adapted with (B) adapted to (C) adopted with (D) adopted to 〔74教育學院, 80彰師〕

( ) 8. We got involved________a traffic accident. (A) to (B) with (C) by (D) in 〔81北二專夜〕

( ) 9. It's all right________the part of his family. (A) on (B) by (C) in (D) at

( ) 10. The test questions are kept secret, <u>so as to</u> prevent cheating. (A) in order to (B) in order that (C) for the purpose to (D) for the sake of 〔74、76保送甄試, 76護二專〕

( ) 11. They <u>adapted themselves to</u> the change quickly. (A)調整 (B)改變 (C)適應 (D)收養 〔79二專〕

( ) 12. He never looks so happy as when he is busy. 〔76北商專〕
(A)他忙時看起來最快樂。(B)他忙時看起來從不快樂。
(C)只有當他忙時才快樂。(D)他從不因爲忙而快樂。

□ { **associate A with B** 將A與B聯想在一起
associate with 與～合夥；結交

He *associates* only *with* prestigious people.
他只跟名人來往。

....

□ { **ever since** 其後一直
later on 後來；以後

He remained abroad *later on*. 他後來留在國外。

....

□ { **in addition** 除此之外（＝***moreover***）
in addition to 除～外；加上～（＝***as well as***）

In addition to English, he studies French. 除英文外，他還讀法文。

....

□ { **in (with) relation to** 與～有關連；關於
in (with) regard to 關於～

In regard to money, I have enough. 至於錢，我有的是。

....

□ { **keep up with** 趕上（＝ ***catch up with***）；與～並駕齊驅
keep up 保持；使浮起

Keep up your courage. 保持勇氣，不氣餒。

....

□ { **on the contrary** 相反地
contrary to 違反；與～矛盾

It's *contrary to* rules. 這是違規的。

★ 231 頁解答 ★

1.(C) 2.(A) 3.(B) 4.(A) 5.(B) 6.(C) 7.(D) 8.(B) 9.(B) 10. ever ☞

■歷屆考題・精選試題

( ) 1. I always associate that song ________ my visit to Hawaii.
(A) to (B) for (C) with (D) upon

( ) 2. I met some other people ________. (A) in addition
(B) beside for (C) apart from (D) aside from 〔80 彰師〕

( ) 3. In addition to ________, he has other bad hobbies.
(A) gamble (B) gambling (C) be gambling 〔80 高屏二專夜, 81四技商專〕

( ) 4. I had a lot to say ________ that affair.
(A) in relation to (B) in regard of (C) in consideration to
(D) in turns of 〔78中二專夜〕

( ) 5. As for me, I will ________ my study of German in peace or in war. 〔78嘉南二專夜〕
(A) pick up (B) keep up (C) chime in (D) chirp out.

( ) 6. I'm not older than Mr. K., but ________, he is older than I. (A) to the opposite (B) in the contrary (C) on the contrary (D) as contrary to. 〔80彰師〕

( ) 7. He has always ________ large enterprises.
(A) entertained with (B) absorbed in (C) related to
(D) associated with

( ) 8. ________ buying choice furniture, I think we must wait a few months. (A) In relation to (B) In regard to
(C) As regard to (D) In relation as.

( ) 9. The super star will show up <u>later on</u> (A) a few minutes ago (B) afterwards (C) being late (D) forward 〔69 三專夜〕

______ 10. He has remained abroad ________ since. 〔77技術學院〕

______ 11. You walk too fast for me to keep ________ with you.
〔80 高屏二專夜〕

□ { (be) sure of　確信
(be) sure to +V　一定；必定 }

He is *sure to* succeed. 他一定會成功。

....

□ { to some extent　到某種程度；部分地
to a degree　非常；多少；有幾分 }

<比較> ***by degrees*** "漸漸地"；***to the last degree*** "極端地"

....

□ { (be) acquaited with　熟識（某人）；熟知（某事）
acquaint A with B　使A知道B；告訴A（B事） }

Did he *acquaint* you *with* the facts? 他告訴你眞相了嗎？

....

□ { adjust A to B　調節A使適合B
adjust oneself to　使自己適應～；自我調整 }

She *adjusted* the seat *to* the height of her child.
她調節座椅使適合孩子的身高。

....

□ { all the same　照樣；都一樣
much the same　大致相同；差不多（= ***about the same***） }

He has defects, but I like him *all the same*.
他有缺點，但我照樣喜歡他。

....

□ { at the age of　在～歲時
in the age of　在～時代 }

<比較> ***in all ages*** "在所有的時代中；古往今來"

★ 233頁解答 ★

1.(A)　2.(B)　3.(D)　4.(C)　5.(A)　6.(C)　7.(B)　8.(D)　9.(B)　10.(D) ☞
11.(C)　12. to

■歷屆考題・精選試題

( ) 1. Are you sure ______ his coming?
(A) of (B) to (C) about (D) for 〔78保送甄試,80四技商專〕

( ) 2. ______ some extent I agree with you.
(A) For (B) To (C) Of (D) With

( ) 3. I am acquainted ______ his sister.
(A) to (B) in (C) of (D) with 〔66二專夜〕

( ) 4. You must adjust your expenditures ______ your income.
(A) of (B) for (C) to (D) with

( ) 5. You can pay now or later; it is ______ the same to me.
(A) all (B) both (C) much (D) many

( ) 6. He died ______ the age of seventy.
(A) in (B) upon (C) at (D) with

( ) 7. She ______ her daughter ______ classical music.
(A) expects … of (B) acquaints … with (C) fidgets with
(D) finishes … of 〔77中二專夜〕

( ) 8. My body ______ the climate of the land. (A) adjusted
(B) adjusted to (C) adjust myself to (D) adjust itself to

( ) 9. Today he takes ______ position in our school as Mr. Smith does in that bank. (A) all the like (B) much the same (C) the same as (D) the same

( ) 10. He was a famous dramatist ______ the age of Queen Elizabeth. (A) at (B) over (C) to (D) in

( ) 11. That lady is haughty <u>to a degree</u>.
(A)非常 (B)達到一個階段 (C)有點兒 (D)差不多

______ 12. You are sure ______ find what you are looking for in tha book. 〔78高屏二專夜

□ { **in favor of** 贊成
(be) in favor with 得～的好感〔寵愛〕

<比較> (be) ***out of favor with***"不受～歡迎；失去～的寵愛"

....

□ { **as it were** 好比是(＝***so to speak***)
as it is (用於句首)實際上；(用於句尾)照原狀

<注意> as it is 應隨著有關名詞加以適當變形；
Take things as ***they are***."接受現狀"。

....

□ { **away from** 遠離
from away 自遠處

He is away from his office. 他不在辦公室。

<比較> ***away back***"遠在～以前"

....

□ { **(be) bound to** $+V$ 必定(會)；決心；有義務
(be) bound for 前往

Our team ***is bound to*** win. 我們的隊必定會贏。

....

□ { **(be) engaged in** 從事於～
(be) engaged to 與～訂婚；與～訂合同

I ***am engaged to*** her. 我跟她訂婚了。

....

□ { **hear of** 聽到～消息(傳聞)
hear from 接到(某人)的信
hear (one) out 聽完；聽到底

★ 235頁解答 ★

1.(A) 2.(A) 3.(A) 4.(C) 5.(B) 6.(D) 7.(C) 8.(B) 9.(D) 10.(C) ☞
11. engaged

■歷屆考題・精選試題

( ) 1. Mr. B made a speech in favor________removing the capital. (A) of (B) with (C) to (D) at 〔81四技工專〕

( ) 2. The life of man is,________, going a long way with a heavy burden on his shoulders. (A) as it were (B) as it is (C) as it was (D) as it be

( ) 3. If it weren't raining, we would play outside.________, we have to stay indoors. (A) As it is (B) As it were (C) As it was (D) As it be

( ) 4. He was bound________serve his country for three years. (A) for (B) of (C) to (D) as

( ) 5. The ship is bound________Japan. 〔70台北工專〕 (A) to (B) for (C) into (D) up

( ) 6. Dr. Wang is engaged________the study of physics. (A) to (B) on (C) with (D) in 〔78中商專、北商專,79二專〕

( ) 7. Every one has heard________the nightingale, but very few have ever heard it sing. (A) at (B) from (C) of (D) out

( ) 8. I am very much shocked to hear________his sudden death. (A) at (B) of (C) out (D) that 〔78保送甄試〕

( ) 9. I haven't heard________my uncle in America for a long time. (A) of (B) out (C) upon (D) from 〔81北二專夜〕

( ) 10. Being quick-tempered, she would not hear him________. (A) of (B) from (C) out (D) at

________11. 等一下,電話線不通。(有人在使用中。) 〔72教育學院〕
Wait a minute; the line is________.

□ **in the long run** 最後（= ***finally***）
a long run 長期演出

<比較> ***in the short run*** "以目前來說；暫且"

……………………………………

at a time 同時；一次（～個）
for a time 暫時；一時
at one time 曾經；一度

Hand them to me two *at a time*. 把東西拿給我，一次兩個。

……………………………………

□ **(be) good at (in)** 擅長
(be) good for 適合；有益於

The water *is good for* drinking. 此水適於飲用。

<注意> good at 的相反語爲 ***poor at*** "不擅長"

……………………………………

□ **share A with B** 把A分給B；與B分享A；和B合用A
share with B in A 與B分享（共有）A

She *shared* the room *with* me. 她和我同住一房。

……………………………………

□ **as much A as B** 和B一樣多的A；儘可能
as many as ～ 和～一樣多
(not) so many A as B 和B一樣多的A

Drink *as much* tea *as* you like. 你愛喝多少茶就喝多少。

……………………………………

□ **aim at** 瞄準；針對
aim to + *V* 打算；力求

He ***aimed*** a revolver ***at*** me. 他以左輪手槍對準我。

★ 237頁解答 ★

1.(A) 2.(D) 3.(C) 4.(C) 5.(A) 6.(B) 7.(D) 8.(C) 9.(B) 10.(D) 11.(D)

■歷屆考題・精選試題

( ) 1. It was a great success, ending in ________ .
(A) a long run (B) the short run (C) after a run
(D) a run after

( ) 2. It is not impossible for a model to be employed for weeks ________ . (A) for a time (B) at one time
(C) at the time (D) at a time

( ) 3. He was ________ a time a professor at Taiwan University. (A) at (B) with (C) for (D) in

( ) 4. The place I live in is very good ________ health.
(A) to (B) of (C) for (D) with 〔78中商專、北商專, 81四技商專〕

( ) 5. You must share your jobs ________ others.
(A) with (B) of (C) at (D) between

( ) 6. I share ________ him in the enterprise.
(A) in (B) with (C) and (D) of

( ) 7. I've got ________ money ________ he has.
(A) as much … that (B) so much … that
(C) so many … as (D) as much … as

( ) 8. She wrote ________ the books. (A) a number of
(B) as much as (C) so many as (D) the quantity of

( ) 9. The factory must ________ increasing production.
(A) aim to (B) aim at (C) make up (D) make for
〔78中商專、北商專〕

( ) 10. (A) my brother is good at play tennis.
(B) I was aimed to be a writer.
(C) Dishonesty may be profitable, but is unprofitable in a long run.
(D) At one time that two-storied house belonged to my father.

( ) 11. He found the bus stop <u>in the long run</u>. (A) meanwhile
(B) on earth (C) though (D) finally 〔73教育學院, 79二專〕

☐ { **make oneself understood** 使人了解自己
make one understand 使某人了解 }

I can't *make myself understood* in English.
我無法以英語表達。

....

☐ { **(be) anxious to + V** 渴望
(be) anxious about 擔心；憂慮 }

<比較> (be) ***anxious for*** ＋名詞"渴望"
We *are anxious for* wealth. 我們渴望致富。

....

☐ { **(be) ashamed of** 恥於
(be) ashamed to + V 恥於做～ }

<比較> ***feel ashamed for*** "爲～感到羞恥"
I *feel ashamed for* you. 我爲你感到羞恥。

....

☐ { **glance at** 瞥見
glance over 瀏覽 }

He *glanced over* the paper. 他瀏覽一下報紙。

....

☐ { **help oneself to** 自取～來吃(喝)
help (one) to + V 助長；對～有用
help (one) with 幫助(某人)做～ }

Tom *helped* me *with* my work. 湯姆幫我做工作。

....

☐ { **in accordance with** 依照；根據
in accord with 與～一致；與～相符 }

<比較> with one accord "全體一致"

★ 239頁解答 ★

1.(A) 2.(C) 3.(C) 4.(C) 5.(A) 6.(A) 7.(A) 8.(B) 9.(B) 10.(B) ☞
11.(D) 12. not, of

■歷屆考題・精選試題

( ) 1. I couldn't make them ________ what I spoke in English.
(A) understand (B) understood (C) understanding
(D) understanding

( ) 2. Feeling he had done her an injustice and anxious ________ make some amends, he desired her to ask any favor she chose. (A) about (B) at (C) to (D) for 〔76嘉南二專夜〕

( ) 3. You should be ashamed ________ what you have done.
(A) at (B) from (C) of (D) by 〔74保送甄試〕

( ) 4. She, however, merely glanced ________ the letter and did not read it. (A) to (B) over (C) at (D) upon

( ) 5. Please help yourselves ________ the cake. 〔80四技商專，
(A) to (B) with (C) of (D) up 81北二專夜〕

( ) 6. He gave the money to the poor in accordance ________ his father's wish. (A) with (B) to (C) by (D) for

( ) 7. The candidates are anxious ________ the result of the election. (A) about (B) at (C) to (D) for

( ) 8. She was ________ ask for a third helping.
(A) ashamed of (B) ashamed to (C) shameful of
(D) shameful to 〔74高屏二專夜〕

( ) 9. Please ________ my composition when you have got time to spare. (A) skim at (B) glance over (C) look out
(D) read over

( ) 10. This will help you ________ attain the end.
(A) with (B) to (C) for (D) over

( ) 11. His opinions are ________ ours. (A) the same to
(B) different from which (C) in accordance with
(D) in accord with

________ 12. 他對他所做的一切並不感到羞恥。 〔63台北、高雄工專〕
He is ________ ashamed ________ what he did.

***Well begun's half done*. 好的開始是成功的一半！**

同義成語

□ **for example** / **for instance** 例如

For example, eagles are called birds of prey.
例如鷹稱爲猛禽。

....

□ **(be) able to** + *V* / **(be) capable of** + *Ving* 有能力做～

＜注意＞ able to 表示積極的能力，capable of 表示消極的能力或順應性。

....

□ **as if** / **as though** 好像

As if you didn't know! 好像你不知情似的。

....

□ **so ～ that** / **such ～ that** 如此～以致於

＜注意＞ ***so beautiful*** a girl ***that***; ***such a*** beautiful girl ***that***.的字詞順序。

....

□ **depend on** / **turn to** / **rely on** 依賴

＜比較＞ ***turn to*** A ***for*** B "求助A以獲得B"

....

□ **(be) going to** + *V* / **(be) about to** + *V* 將要（做～）

★ 243頁解答 ★

1.(B) 2.(A) 3.(A) 4.(B) 5.(D) 6.(C) 7.(A) 8. example 9. for
10. if (*or* though)

■歷屆考題・精選試題

( ) 1. The man whom I would choose to lead my country should be a man of more than ordinary vision and judgement. He should be a man ________ guiding the nation wisely and firmly through difficult times, undaunted by the reponsibilities of his position. 〔79師大工教〕
(A) able to (B) capable of (C) willing to (D) devotes to

( ) 2. She shouted and cried ________ she were out of her mind.
(A) as though (B) as like (C) as to (D) so as 〔80保送甄試〕

( ) 3. At the interview, he was so impressed by her analytical and linguistic ability ________ he sent her to the editor-in-chief. 〔78北商專、中商專, 80師大工教〕
(A) that (B) which (C) what (D) where

( ) 4. The success of the picnic will depend ________ the weather. (A) for (B) on (C) of 〔80四技工專、彰師、保送甄試、北二專夜, 81四技商專〕

( ) 5. She is ________ that she is loved by everyone.
(A) such good a girl (B) so a good girl (C) a so good girl
(D) such a good girl 〔76護二專、80彰師〕

( ) 6. She turns to the lawyer for advice.
(A)她轉而忠告律師。(B)她依賴律師的忠告。
(C)她轉向律師尋求忠告。 〔78護二專〕

( ) 7. 我正要離開，突然下雨了。I was ________ to leave when it began to rain. 〔74嘉南二專夜〕
(A) about (B) ready (C) eager (D) on the point of

________ 8. There are several things you might do. For e________e, you could visit the museum. 〔80四技商專、北二專夜, 81四技商專、保送甄試〕

________ 9. Mr. Cooper, ________ instance, is a good man. 〔81四技商專〕

________ 10. 喜氣洋洋，好像一切都屬於我。I was so happy as ________ the whole world had belonged to me.
〔77技術學院、北二專夜、空中商專, 80四技工專、保送甄試〕

□ { **regard A as B** / **look (up)on A as B** } 視A如B；認爲A是B

We *regard* the plan *as* absurd. 我們認爲這計畫很荒謬。

<注意> regard A as B 的 as 之後可接形容詞或名詞；
look upon A as B 的 as 之後只能接名詞。

……………………………………

□ { **because of** / **owing to** / **on account of** } 因爲；由於

There was no play *owing to* the rain. 由於下雨，沒有比賽。

……………………………………

□ { **in fact** / **as a matter of fact** / **in reality** } 事實上；實際上

He is, *in fact*, a dishonest man. 實際上他不誠實。

……………………………………

□ { **in order to + *V*** / **for the purpose of + *Ving*** } 爲了；以便

<注意> ***in order that one may*** ～，that 之後接子句。

……………………………………

□ { **not only A but (also) B** / **not merely A but (also) B** } 不但～而且～；既～又～

He's *not only* handsome *but also* intelligent.
他既英俊又聰明。

……………………………………

□ { **try to + *V*** / **attempt to + *V*** / **seek to + *V*** } 試著做～

★ 245 頁解答 ★

1.(D) 2.(A) 3.(D) 4.(C) 5.(C) 6.(A) 7.(C) 8.(A) 9.(B) 10. because ☞

■歷屆考題・精選試題

( ) 1. ________ another engagement, I could not attend the meeting. (A) As though (B) For example (C) In order to (D) Owing to 〔80、81四技工專,80四技商專〕

( ) 2. We regarded him ________ an interesting person.
(A) as (B) for (C) from (D) to 〔74、77中商專,77北商專〕

( ) 3. The teacher should behave well in order ________ he may show a good example to his students.
(A) to (B) as (C) what (D) that
〔78北商專、中商專、中二專夜,80彰師〕

( ) 4. They ________ him as the greatest poet of the day.
(A) look up (B) regard of (C) look on (D) consider

( ) 5. Those students looked upon the teacher as their father.
(A) ignored (B) despised (C) considered (D) stared
〔71中二專夜〕

( ) 6. He appears strong, but in fact, he suffers from a very weak heart. 〔79師大工教,80四技工專、四技商專〕
(A) in reality (B) right now (C) in detail (D) after all

( ) 7. Judging from her plain dress, you may think that she is poor. As a matter of fact, she is one of the richest persons in town. (A) As a rule (B) As a token of (C) Actually (D) As good as gold 〔77北二專夜、保送甄試〕

( ) 8. He is both smart and intelligent. 〔79師大工教〕
(A) not only, but also (B) either, or (C) neither, nor

( ) 9. (A) She tried hard to keep back her tears. (選錯的)
(B) She is only beautiful but also intelligent.
(C) He went to England in order to study English.
(D) He sought to win her favor. 〔76、78北二專夜〕

________ 10. He lost his job ________ of his laziness.
〔79師大工教,80四技工專、彰師、四技商專〕

□ { **a kind of** / **a sort of** } 一種

<注意> 沒有 *a* 時，意思爲有一點；有幾分。He looks *kind of* pale. 他看起來有點蒼白。It was fine, but was *sort of* cold. 天氣很好，但是有點冷。

…………………………………………

□ { **look after** / **take care of** } 照顧

He *took care of* the dog in my absence. 我不在時他照顧小狗。

…………………………………………

□ { **in other words** / **that is** / **that is to say** } 換言之；換句話說

…………………………………………

□ { **deal with** / **do with** } 處理；應付

The book *deals with* Asia. 這本書論及亞洲問題。

…………………………………………

□ { **A be full of B** / **fill A with B** } A中充滿B

He *filled* the brush *with* paint. 他把刷子沾滿油漆。

…………………………………………

□ { **manage to** + *V* / **succeed in** + *Ving* } 設法做～；達成

He *managed to* solve the problem. 他設法解決問題。

…………………………………………

□ { **not always** / **not necessarily** } 未必；不盡然

★ 247頁解答 ★

1. (A) 2. (A) 3. (A) 4. (C) 5. (B) 6. (D) 7. (D) 8. (D) 9. (E) 10. with 11. with ☞

■歷屆考題・精選試題

( ) 1. A psychologist is a ________ doctor.
(A) kind of (B) kind for (C) little of (D) sort to 〔79二專〕

( ) 2. A mother should ________ her young children.
(A) take care of (B) take hold of (C) take note of
(D) take order of 〔78高屏二專夜、保送甄試, 81四技工專〕

( ) 3. I often wish I could read — ________, read easily.
(A) that is (B) that says (C) what is (D) what says

( ) 4. I didn't know how to ________ the circumstances.
(A) treat with (B) work out (C) deal with (D) deal in
〔74北二專夜, 77中二專夜、空中商專, 79二專〕

( ) 5. A great scholar is ________ a good teacher.
(A) no always (B) not always (C) always not (D) always no

( ) 6. He didn't know what to ________ such a large sum of money. (A) deal for (B) manage with (C) talk with
(D) do with

( ) 7. The first man to ________ swimming across the English channel was Captain Webb. (A) manage to (B) succeed to
(C) manage in (D) succeed in 〔77中二專夜〕

( ) 8. I'll look after your house when you are on your trip.
(A) see after (B) see into (C) attend to (D) take care of
〔71、78嘉南二專夜, 74、76教育學院, 79二專〕

( ) 9. 坐公共汽車時，我總能匆匆地看一下報紙的標題。On the bus I always ________ at the headline in the newspaper
(A) manage to see (B) can see (C) manage the eyes
(D) can see by the eyes (E) manage to glance 〔65技術學院〕

______ 10. In dealing ________ children, the main essential is not to tell them things, but to encourage them to find out for themselves. 〔80四技工專, 80、81四技商專〕

______ 11. The bottle was filled ________ water. 〔77空中商專〕

□ { **devote oneself to** / **concentrate on** / **apply oneself to** } 專注於～；熱中～

He *applied himself to* learning French. 他專心學法文。

....

□ { **as soon as ～, …** / **no sooner ～ than** / **scarcely (hardly) ～ when** } 一～就

No sooner had he arrived *than* he fell ill.
他剛抵達就病倒了。

....

□ { **prevent A from + *Ving*** / **keep A from + *Ving*** } 使A免於～；使A不能～

The rain *kept* me *from* leaving. 雨使我無法離開。

....

□ { **belong to** / **(be) of one's own** / **attach to** } 屬於～

<比較> ***of one's own accord*** 意思爲「自願地；自動 地」。

....

□ { **look for** / **(be) in search of** / **search for** } 尋找

<注意> 「搜查地方」「搜查身體」時，須注意 ***search the office for, search a person for*** 的字詞順序。

....

□ { **allow A to + *V*** / **permit A to + *V*** } 允許A去做～

★ 249頁解答 ★

1.(B) 2.(D) 3.(B) 4.(B) 5.(A) 6.(C) 7.(B) 8.(C) 9.(A) 10.(B) 11. belonged ☞

■歷屆考題・精選試題

( ) 1. He ________ English teaching. (A) devoted to (B) devoted himself to (C) was devoted himself to (D) dedicated to 〔71技術學院〕

( ) 2. You will solve the problem if you ________ it. (A) result in (B) count on (C) stand for (D) concentrate on (E) own to 〔67三專夜,79師大工教〕

( ) 3. ________ the rain ceased, I left the hotel. (A) No sooner (B) As soon as (C) Hardly (D) Scarcely 〔80師大工教,81四技工專〕

( ) 4. No sooner had I arrived home ________ it began to rain. (A) when (B) than (C) before (D) as 〔73中二專夜,77護二專〕

( ) 5. The storm keeps me ________ going to school. (A) from (B) out (C) off (D) on 〔80中二專夜,81北二專夜〕

( ) 6. Allow me ________ Mr. Smith. (A) for introduce (B) for introducing (C) to introduce (D) to introducing

( ) 7. The soldier ________ if he had a pistol. (A) searched to see him (B) searched him to see (C) was in search of him (D) looked for him

( ) 8. He did it <u>of his own accord</u>. (A) unwillingly (B) angrily (C) voluntarily (D) by himself 〔71二專〕

( ) 9. He spent two hours <u>looking for</u> his dog. 〔80嘉南二專夜〕 (A) seeking (B) fighting (C) searching (D) finding

( ) 10. He is <u>in search of</u> his lost car. 〔67技術學院〕 (A) checking (B) looking for (C) taking care of

________ 11. 喜氣洋洋，好像是一切都屬於我。 I was so happy as if the whole world had ________ to me. 〔77高屏二專夜,78護二專〕

□ { as well / in addition } 另外也；除此之外

He gave me books *in addition to* pictures.
除了畫他還給我書。

………………………………………

□ { except for 除了～之外；只是 / but for 若非；要不是 }

＜注意＞ ***except for*** 主要用在肯定句，否定句通常只用 except。
but for 用在與現在或過去事實相反的假設語句中。

………………………………………

□ { make use of / take advantage of } 利用

＜注意＞ ***take advantage of*** 也含有利用別人的無知、仁慈、錯誤等不好的意思。

………………………………………

□ { set out / set off } 啟程；出發

＜注意＞ 此外，***set out*** 有「陳述；陳列」的意思，
set off 有「發射、燃放（煙火）」的意思。

………………………………………

□ { take part in / participate in } 參加

＜比較＞ ***participate with***～意思爲「與某人分享、分擔」。

………………………………………

□ { get off / get out (of) } 逃脫；下車

She managed to *get out of* her debt. 他設法逃避債務。

★ 251頁解答 ★

1.(B) 2.(D) 3.(A) 4.(B) 5.(B) 6.(C) 7.(B) 8.(C) 9.(C) 10. in ☞

■歷屆考題・精選試題

(　) 1. He always ______ the mistakes made by his rivals.
(A) takes part in (B) takes full advantage of (C) makes use of (D) gets out of 〔75保送甄試〕

(　) 2. I am going to London and my sister is coming ______.
(A) and so forth (B) in addition to (C) but for (D) as well

(　) 3. The letter is good except ______ the spelling.
(A) for (B) that (C) in (D) at 〔72教育學院〕

(　) 4. Students should ______ their summer vacation.
(A) look down upon (B) make good use of (C) act upon (D) take pride of 〔75保送甄試,80彰師〕

(　) 5. Several men got ______ prison yesterday. 〔81四技工專〕
(A) out from (B) out of (C) out off (D) off from

(　) 6. ______ addition, I must work in the evening.
(A) Such (B) As (C) In (D) on 〔75保送甄試,80彰師〕

(　) 7. But for your help, I should have failed.
(A)就是因爲你的幫助，所以我才應該失敗。
(B)要不是你的幫助，我就會失敗。〔74技術學院〕

(　) 8. They set out for home after dark.
(A)他們天黑後離開家。 (B)他們天黑後回到家。
(C)他們天黑後啟程回家。 (D)他們天黑後不在家。

(　) 9. A great number of students took part in the movement.
(A) listened to (B) interested in (C) participated in (D) waited for 〔80四技工專、高屏二專夜,81北二專夜〕

______ 10. Will you participate with your friends ______ the game which is very popular? 〔74北二專夜,81北二專夜〕

□ { (be) accustomed to + *Ving* / (be) used to + *Ving* } 習慣於～

He *is used to* sitting up late. 他習慣熬夜熬很晚。

……………………………………

□ { ～ and so on (forth) / ～ and the like / ～ and what not } 等等

He sells clothing, boots and shoes, *and what not*. 他賣衣服、靴子、鞋等等。

……………………………………

□ { as a result of / in consequence of / by reason of } 因～的結果；由於

He failed *by reason of* carelessness. 他由於粗心而失敗。

……………………………………

□ { (be) based on / (be) founded on } 以～爲基礎

……………………………………

□ { happen to + *V* / chance to + *V* } 恰好～

I *happen to* be there. 我碰巧在那兒。

……………………………………

□ { seem to + *V* / appear to + *V* } 似乎～

……………………………………

□ { get on (+公車、火車、飛機) / get in(to) (+轎車、計程車) } 搭乘

He *got on* the plane at Cairo. 他在開羅搭飛機。

★ 253 頁解答 ★

1.(A) 2.(C) 3.(B) 4.(C) 5.(C) 6.(D) 7.(B) 8.(C) 9.(C) 10.(D) ☞

■歷屆考題・精選試題

(　) 1. He was accustomed to________a walk after dinner.
(A) taking (B) take (C) taken (D) took 〔74北商專,78護二專〕

(　) 2. 他習慣飯後抽根煙。He________after dinner.
(A) gets used to smoke (B) used to smoking (C) gets used to smoking (D) getting used to smoke 「80彰師〕

(　) 3. What are these false charges________? (A) based in (B) based on (C) found on (D) founded at 〔81保送甄試〕

(　) 4. She________dissatisfied with the result.
(A) seems to (B) happens to (C) appears to be
(D) is accustomed to be 〔74中商專〕

(　) 5. They got________the car and drove off. 〔80四技工專〕
(A) up (B) through (C) in (D) ready for

(　) 6. He got________the habbit of gambling.
(A) to (B) in (C) on (D) into 〔71保送甄試,80彰師〕

(　) 7. She got thoroughly wet, and________, took a violent cold.
(A) for the result of (B) as a result of it (C) by reason of
(D) in the consequence of it 〔80四技工專、中二專夜〕

(　) 8. My bag contains books, notebooks, pencils <u>and so on</u>.
(A) and the like (B) and what not (C) and so fourth (D) etc.
(選錯的)

(　) 9. He could not attend the meeting <u>in consequence of</u> his father's illness. (A) leading to (B) because (C) by reason of (D) in spite of 〔67二專〕

(　) 10. He just <u>happened to</u> have a big house that was empty.
(A) thought (B) remembered (C) forgave (D) chanced to
〔74、78嘉南二專夜,76空中商專,78護二專,81北二專夜〕

□ **consist of**
(be) composed of 由～組成

Water *consists of* hydrogen and oxygen. 水由氫和氧所組成。

……………………………………………

□ **had better**
may as well 最好；不妨
might as well

You *may as well* behave yourself. 你最好守規矩點。

<比較> ***may (might) as well + V as + V*** 意思爲「與其～還不如～」。

……………………………………………

□ **(be) ready to + *V***
(be) ready for 準備好了要～
prepare for
(be) prepared to + *V*

The contract *is ready to* be signed (*for* signature).
這份契約已準備好要簽字了。

……………………………………………

□ **refer to**
relate to 與～有關聯
(be) related to

<注意> ***refer to*** 有「言及；提到；參考」的意思。

……………………………………………

□ **(be) unable to + *V***
(be) incapable of + *Ving* 無法做～

I ***was incapable of*** understanding the significance of the matter. 我不能了解那事的意義。

★ 255頁解答 ★

1. (B) 2. (D) 3. (B) 4. (C) 5. (D) 6. (C) 7. (C) 8. (D) 9. (D)
10. (D)

■歷屆考題・精選試題

( ) 1. In 1959 the territory of Hawaii, which ________ eight principal islands, became the fiftieth state of the United States. (A) belongs to (B) consists of (C) including (D) composed of 〔76教育學院, 78技術學院, 79二專〕

( ) 2. She won't notice anything but what ________ herself. (A) is referred to (B) consist of (C) is incapable of (D) relates to

( ) 3. You had ________ there again. (A) better not gone (B) better not go (C) better to go (D) better not going (E) better had not gone 〔80四技商專、中二專夜、嘉南二專夜、高屏二專夜〕

( ) 4. Are you ready ________ dinner now? (A) to (B) over (C) for (D) with 〔56台北工專, 79二專〕

( ) 5. I was prepared to hear bad news. =(A) I was ready to bad news. (B) I was ready for hear bad news. (C) I was prepared for hearing bad news (D) I prepared for bad news. 〔77空中商專〕

( ) 6. The speaker referred ________ his notes. (A) in (B) from (C) to (D) as 〔80師大工教〕

( ) 7. This news ________ my father. (A) relates with (B) refers of (C) related to (D) makes to

( ) 8. He is ________ a noble family. (A) referred to (B) refered to (C) relating to (D) related to 〔81北二專夜、四技商專〕

( ) 9. Flowers are ________ grow in strong wind. (A) uncapable of (B) incapable of (C) enable to (D) unable to 〔77保送甄試〕

( ) 10. The troop was ________ American soldiers. 〔77嘉南二專夜〕 (A) insisted entirely on (B) entirely consisted of (C) entirely compose of (D) composed entirely of

□ **(be) forced to + V**
(be) obliged to + V
(be) compelled to + V　　不得不

We *were obliged to* obey him. 我們不得不服從他（的命令）。

<比較>　***be obliged to + n.*** 表示「感謝」。

I *am* much *obliged to* you. 我非常感激你。

…………………………………………

□ **a great〔good〕many**
a large number of
numbers of　　許多～

A great many people work all day. 許多人整天工作。

…………………………………………

□ **distinguish (between) A from B**
tell A from B　　區分A與B

Reason *distinguishes* man *from* animals.
理性使人與動物有別。

…………………………………………

□ **for the sake of**
for *one's* sake
for the benefit of　　爲了～緣故

For God's sake, stop it. 看在老天的份上，住手吧。

…………………………………………

□ **in the middle of**
in the midst of　　在～之中；正在

He fell *in the middle of* the road. 他倒在馬路當中。

★ 257 頁解答 ★

1. (D)　2. (A)　3. (C)　4. (C)　5. (D)　6. (D)　7. (B)　8. (A)　9. (D) ☞

■歷屆考題・精選試題

( ) 1. She burst out laughing in the middle of our discussion.
(A) in midst of (B) in the mid of (C) in the middling of
(D) in the midst of

( ) 2. We are obliged to obey the law. (A) must (B) be grateful of (C) are force to (D) are certain to 〔78北商專、中商專〕

( ) 3. (A) For the ske of our old friendship, do not leave me now.
(B) For Goodness's sake, don't fire that gun.
(C) I hope you will do it for our sakes.
(D) Never do wrong for sake of money.

( ) 4. (A) His conscience was compelled him to confess.
(B) She was obliged to going back to work.
(C) She was compelled to do so by circumstances.
(D) They forced to leave the town.

( ) 5. ________ people came from all parts of the country to see the exhibition. (A) Great many (B) Large number of (C) numbers of (D) Numbers of 〔77嘉南二專夜〕

( ) 6. Can you distinguish an European ________ an American? (A) with (B) on (C) up (D) from 〔74嘉南二專夜〕

( ) 7. They are much alike; I can't tell one ________ the other.
(A) apart (B) from (C) on (D) to

( ) 8. She gets up early ________ catching the train.
(A) for the sake of (B) in order to (C) so as to
(D) on purpose 〔74北商專、台北工專〕

( ) 9. He ________ yield. (A) was forced to (B) was obliged to (C) was compelled to (D) was shamful to 〔74教育學院〕
(選錯的)

□ { **appeal to** / **make an earnest request to** 懇求

He *appealed to* us for support. 他懇求我們的支持。

....

□ { **cannot help** + *Ving* / **cannot but** + *V* 不得不

I *can not help* my wife having poor relations.

我太太有窮親戚，我莫可奈何。

＜注意＞ ***help*** 有「抑制；避免」的意思。

....

□ { **prefer A to B** / **like A better than B** 較喜歡A而較不喜歡B

I *prefer* riding *to* walking. 我較喜歡騎車，而不喜歡走路。

....

□ { **(be) proud of** / **take pride in** / **pride *oneself* on** 以～爲傲

He *prides himself on* his son. 他以其子爲榮。

....

□ { **(be) supposed to** + *V* / **(be) assumed to** + *V* / **(be) imagined to** + *V* 應該；應當

You *are supposed to* be here at nine every day.

你應當每天八點來上班。

....

□ { **worry about** / **(be) anxious about** 擔心

He *worried about* unemployment. 他擔心失業問題。

★ 259頁解答 ★

1. (D)　2. (A)　3. (C)　4. (A)(B)　5. (B)　6. (C)　7. (A)　8. (C)

歷屆考題・精選試題

( ) 1. Williams made an earnest request to the public for alms.
(A) made up his mind to (B) was forced to
(C) was completely prepared to (D) appealed to

( ) 2. If you worry about yourself all the time, try doing something for somebody else. (A) be anxious about
(B) act of worrying (C) cause to feel uneasiness
(D) uneasiness 〔79、80師大工教,80彰師、四技商專,81保送甄試〕

( ) 3. Every pupil is supposed to know the school regulations.
(A) is anxious about (B) cannot help (C) is assumed to
(D) is appealed 〔77、78嘉南二專夜,80師大工教、四技商專〕

( ) 4. John's father ________ what he has done.
(A) is proud of (B) will be ashamed of (C) ask him
(D) wanted to known 〔78台北工專、78、80高屏二專夜〕

( ) 5. He can not ________ obey his father's orders.
(A) help (B) but (C) with (D) except 〔70空中商專,76北二專夜〕

( ) 6. Poets, musicians, and athletes ________ crowned with the laurel wreath. (A) were pride to (B) were assumed to be
(C) were proud to be (D) appealed to be

( ) 7. I ________ the result of the entrance exam.
(A) am anxious about (B) am worried about
(C) took pride on (D) proud myself on

( ) 8. 他以受了教育爲榮。
(A) He is pride of being educated.
(B) He is proud of to be educated.
(C) He is proud of being educated.
(D) He is proud that being educated. 〔73中二專夜,
80高屏二專夜〕

□ { **in a sense** / **in a way** } 就某方面而言；有幾分

You are right *in a sense*. 就某方面而言你是對的。

…………………………………………

□ { **as it were** / **so to speak** } 好比是

＜注意＞ ***as it is*** 意思爲「實際上；照原狀」。

…………………………………………

□ { **come across** / **meet with** } 偶然發現；偶然遇見

＜注意＞ 此外，***come across*** 有「越過；掠過（腦際）」的意思。

They *come across* the sea. 他們越過海洋。

…………………………………………

□ { **enter into** / **set about** } 著手；開始

We *set about* repairing our hut. 我們著手修理我們的小屋。

…………………………………………

□ { **get over** / **recover from** } 恢復；康復

＜注意＞ 此外，***get over*** 有「克服（困難）；淡忘」的意思。

It's hard to *get over* a bad habit. 克服壞習慣很難。

…………………………………………

□ { **live a life** / **lead a life** } 過生活

They *led a* happy *life*. 他們過著幸福的生活。

★ 261頁解答 ★

1. (A) 2. (C) 3. (A) 4. (D) 5. (B) 6. (B) 7. (A) 8. (C) ☞
9. (D) 10. way, came

■歷屆考題・精選試題

(　) 1. (A) We entered into negotiations with them.
(B) He came across a talk.
(C) She get over her illness.
(D) John setted about a job.

(　) 2. ________, this statement is true. (A) On a whole
(B) To generally speaking (C) In a way (D) In the sense

(　) 3. He is, ________, a walking dictionary.
(A) so to speak (B) As it is (C) As it are
(D) as it was

(　) 4. I met ________ an old friend in the subway.
(A) to (B) across (C) in (D) with 〔77中二專夜、空中商專〕

(　) 5. She set about her housework straight after breakfast.
(A)她吃完晚餐就開始做功課。(B)她吃完晚餐就開始做家事。
(C)她吃完晚餐就準備家事。

(　) 6. He has soon recovered ________ a bad cold.
(A) into (B) from (C) to (D) in 〔68教育學院〕

(　) 7. The couple ________ of ideal happiness. (A) lived a life
(B) lived their lives (C) leaded a life (D) leadel their lives

(　) 8. Even after I had waked up, I could not ________ the dream. (A) come across (B) set off (C) get over
(D) make use of 〔77教育學院、保送甄試〕

(　) 9. It took me a long time to get over my cold.
(A) cure of (B) wait on (C) try on (D) recover from
〔74二專〕

______ 10. 我在回家途中，我與他不期而遇。On my ________ home, I ________ across him. 〔75保送甄試，81四技工專〕

□ { **all *one's* life(long)** / **throughout *one's* life** } 終生；一輩子

I'll be grateful to you *all my life*. 我將終生感激你。

……………………………………

□ { **along with** / **together with** } 隨同～一起

I sent the book *along with* the other things.
我將書連同其他東西一起寄去。

……………………………………

□ { **(be) available to** / **(be) useful to** } 可利用

The tapes *are available to* all. 所有人皆可利用這些錄音帶。

……………………………………

□ { **away from home** / **not at home** } 離家；不在家

……………………………………

□ { **but for** / **if it were not for** } 若非；要不是因爲

But for the sun, nothing could live.
要不是有太陽，任何東西都不能活。

……………………………………

□ { **cling to** / **hold on to** } 堅守；執著

He *clung to* the memories of home. 他念念不忘家鄉的回憶。

……………………………………

□ { **confine A to B** / **shut up A in B** } 將A限制於B

……………………………………

□ { **in a hurry** / **in haste** } 匆忙

★ 263 頁解答 ★

1.(D) 2.(B) 3.(D) 4. to 5.(D) 6.(B) 7.(C) 8.(A) 9.(C) 10.(B) ☞

■歷屆考題・精選試題

(　) 1. He studied and studied throughout his life.
(A) He studied very hard all life long.
(B) He studied and studied on his life.
(C) He studied and studied all his lives.
(D) He studies very hard all his life long.

(　) 2. They were packed in baskets, ________ a kettle, a teapot and some cups. (A) came along with (B) together with (C) the same as (D) might as well 〔77、78護二專〕

(　) 3. They are all ________ us throughout the season.
(A) of avail (B) of great use (C) availible to (D) useful to

________ 4. Mud clings ________ the shoes. 〔71二專〕

(　) 5. They succeeded in ________ the fire ________ a small area.
(A) making … in (B) containing … in (C) controling … to
(D) confining … to 〔80四技商專〕

(　) 6. He was ________ a hurry to leave.
(A) at (B) in (C) on (D) with 〔64二專〕

(　) 7. As the wind became stronger, we ________ to the rope.
(A) took hold (B) holded strongly (C) held on (D) holded in 〔77保送甄試〕

(　) 8. On hearing the bell, he went away ________.
(A) in haste (B) in hurry (C) foolishly (D) in short 〔73中二專夜〕

(　) 9. He was away from home when I called on him.
(A) out of house (B) far away home (C) not at home
(D) out from house

(　) 10. But for your advise, I would make a mistake.
(A) Even if (B) Without (C) Because of (D) Besides
〔73嘉南二專夜,74技術學院〕

☐ { **in return for** / **in acknowledgment of** 藉以答謝；藉以回報

……………………………………

☐ { **in short** / **in a few words** 簡言之

In short, I want some money. 簡言之，我需要錢。

……………………………………

☐ { **occur to** / **come into one's mind** (idea)掠過心頭；想到

It *occurred to* me to lock the door. 我想到要鎖門。

……………………………………

☐ { **take over** / **succeed to** 繼任；接管

He *took over* my duties. 他繼任我的職務。

……………………………………

☐ { **what about** / **how about** 怎樣；對～以爲如何

How about going to a movie？ 去看電影怎麼樣？

……………………………………

☐ { **(be) content with** / **(be) pleased with** / **(be) satisfied with** 對～感到滿意

Be content with what you have. 要滿足現狀。

……………………………………

☐ { **(be) eager to** + *V* / **(be) anxious to** + *V* 渴望；急於（做～）

He *is anxious to* know the result. 他渴望知道結果。

★ 265頁解答 ★

1.(B) 2.(C) 3.(B) 4.(C) 5.(C) 6.(D) 7.(C) 8.(C) 9.(A) ☞

■歷屆考題・精選試題

( ) 1. He gave me a watch and I gave him a necktie ________.
(A) in turn (B) in return (C) in response (D) in private
〔63二專〕

( ) 2. What ________ going to the movies tonight?
(A) on (B) for (C) about (D) of 〔71空中商專〕

( ) 3. He is ________ with his new car.(選錯的) 〔78嘉南二專夜〕
(A) pleased (B) pleasing (C) content (D) satisfied

( ) 4. His teacher seemed to ________ his composition.
(A) satisfy with (B) be satisfied by (C) be satisfied with
(D) satisfy 〔76、77護二專,78嘉南二專夜〕

( ) 5. The children are all ________ swim.(選錯的)
(A) eager to (B) anxious to (C) like to (D) afraid to
〔76嘉南二專夜〕

( ) 6. In short, it is a beautiful day. (A) To my mind
(B) To my surprise (C) In my opinion (D) In a few words
〔73高屏二專夜〕

( ) 7. Mary Lee will take over my duties a week after my leave. (A)拿來 (B)提送 (C)接管 〔78中商專、北商專、保送甄試〕

( ) 8. 我突然想到，我們最好提早訂座位。It ________ that we had better make reservation in advance.
(A) seemed to me (B) thought of me (C) occurred to me
(B) was likely to me

( ) 9. (A) He succeeded to his family business. 〔77北二專夜〕
(B) He succeeded on swimming across the English channel.
(C) He succeeded in his uncle's title and estate.
(D) They succeeded over reaching the top of the mountain.

□ { **expose A to B** / **open up A to B** } 將A暴露於B中

He *exposed* the plot *to* the police. 他向警方暴露這項陰謀。

……………………………………

□ { **(be) ignorant of** / **(be) unaware of** } 不知道

He seemed to *be unaware of* the mistake.
他似乎不知道這錯誤。

……………………………………

□ { **in detail** / **at (full) length** } 詳細地（＝***minutely***）

He explained the rules *in detail*. 他詳細解釋規則。

……………………………………

□ { **arise from** / **spring up from** } 起因於；發生

A shout *arose from* the crowd. 人群中發出叫喊聲。

……………………………………

□ { **as usual** / **as one usually does〔is〕** } 如平常般地

……………………………………

□ { **at the expense of** / **at the cost of** } 犧牲～；以～爲代價

He did it *at the cost of* his life. 他犧牲生命做了那件事。

……………………………………

□ { **cease to**＋*V* (*or* **cease**＋*Ving*) / **stop**＋*Ving* } 停止；終止

I *ceased to* write a letter. 我停止寫信。

★ 267 頁解答 ★

1.(C) 2.(B) 3.(D) 4.(B) 5.(C) 6.(D) 7.(A) 8.(B) 9.(C) 10. as ☞

■歷屆考題・精選試題

( ) 1. We expose our skin ________ the sunlight in the summer.
(A) on (B) under (C) to (D) in 〔71、77技術學院,74台北工專〕

( ) 2. He is never aware ________ the importance of health.
(A) to (B) of (C) in (D) for 〔80中二專夜,81北二專夜〕

( ) 3. Our town has ________ a farm village.
(A) rose up (B) arised from (C) springed from
(D) sprang up from

( ) 4. She opened up her mind to one of her friends.
(A) made up her mind (B) exposed her mind
(C) dispersed her mind (D) exploded her mind

( ) 5. He was ignorant of the regulations.
(A)無罪 (B)忽略 (C)不知道 (D)輕忽 〔77中二專夜〕

( ) 6. Please tell us the whole story in detail.
(A) in time (B) slowly (C) rapidly (D) minutely 〔76嘉南二專夜〕

( ) 7. It is foolish to study hard at the expense of health.
(A)犧牲 (B)價格 (C)昂貴 (D)費用

( ) 8. He never ceased to regret her decision.
(A) stopped to regret (B) stopped regretting 〔77師大工教〕

( ) 9. (A) They pitched their tent as they usual did.
(B) He escaped at the expance of his money.
(C) Accidents arise from carelessness.
(D) We are ignorant from the fact.

______ 10. He is late ________ usual. 〔77中二專夜〕

□ **dare to** + *V*
venture to + *V*　　敢冒險（做～）

I hardly ***venture to*** say it, but … 我難以啓口，但…

＜注意＞　***venture to*** 的形式往往用以表示禮貌，或表示缺乏自信。

……………………………………

□ **enjoy** *oneself*
have a good time　　玩得開心

……………………………………

□ **for ever**（**and ever**）
for good（**and all**）　　永遠；永久地＝（***forever***）

He left his home *for ever*. 他永遠離開家。

……………………………………

□ **for one thing**
for one reason　　理由之一；一方面

……………………………………

□ **have an effect on**
have influence on　　對～有影響力；對～產生效果

It *has influence on* Western civilization.
他對西方文明有影響。

＜注意＞　**have influence over**（*or* **with**）意思爲「以權勢左右～」

……………………………………

□ **in the form of**
in the shape of　　以～的形式；以～的形狀

……………………………………

□ **lest** A **should** + *V*
in case A **should** + *V*　　惟恐A會～；以防A～

Hide it *lest* he (*should*) see it. 把它藏起來；以免讓他看到。

＜注意＞　美語中 should 通常可以省略。 lest＝for fear that

★ 269 頁解答 ★

1.(C)　2.(B)　3.(C)　4.(D)　5.(D)　6.(B)　7.(A)　8.(D)　9.(A)　10.(C)

■歷屆考題・精選試題

(　　) 1. May I ＿＿＿＿＿ ask your help？(選錯的)
(A) dare to (B) venture to (C) have to

(　　) 2. ＿＿＿＿＿ I'm bust; for another I haven't the money.
(A) For the thing (B) For one thing (C) For some reason
(D) For what reason 〔74教育學院〕

(　　) 3. Wine has no ＿＿＿＿ him.
(A) effect to (B) effects with (C) influence on
(D) influence to

(　　) 4. We found new inventions ＿＿＿＿＿ toys.
(A) by the form of (B) on the form of (C) at the form of
(D) in the form of

(　　) 5. He hoped that the repairs would stop the leak ＿＿＿＿＿.
(A) for good and ever (B) fore ever and ever
(C) for ever and all (D) for good and all 〔79二專〕

(　　) 6. We <u>had a good time</u> at the party. 〔78師大工教、嘉義農專〕
(A) exerted ourselves (B) enjoyed ourselves
(C) overate ourselves (D) revenged ourselves

(　　) 7. He leaves his country <u>for good</u>. (A) forever
(B) for the present (C) for his benifit (D) for the future
〔75保送甄試,76嘉南二專夜,79二專〕

(　　) 8. He got up early <u>lest</u> he should be late for school.
(A) so as to (B) in order to (C) not to (D) for fear that
〔78中二專夜〕

(　　) 9. I shall wait for him <u>in case</u> he arrives behind time.
(A) if (B) since (C) because (D) when 〔80四技工專、中二專夜〕

(　　) 10. (A) I venture recommending the book.
(B) We have good times at the party.
(C) He has some influence over them.
(D) Take your umbrella with you lest it rains.

□ { (be) **opposed to**
(be) **hostile to** } 反對

He *is* the man *hostile to* reform. 他就是那個反對改革的人。

……………………………………………

□ { **respond to**
reply to } 回答；有反應

The plane *responds* well *to* the controls.
這架飛機對操縱系統有良好的反應。

……………………………………………

□ { **run into**
collide with } 與～互撞；發生衝突

Running round the corner, I *collided with* a gentleman.
我跑過轉角處時，撞上一位紳士。

……………………………………………

□ { (be) **wrong with**
out of order } 故障；有毛病

Something *is wrong with* him. 他有點不對勁。

★ 271頁解答 ★

1. (D)　2. (B)　3. (C)　4. (C)　5. (C)　6. with , of , order ☞

■歷屆考題・精選試題

(　) 1. My car is ________ on my way home.
(A) out of breath (B) out of sight (C) out of print
(D) out of order 〔73台北工專〕

(　) 2. She has an opposition to my going there.
(A) has opposed to (B) is hostile to (C) is response to
(D) is wrong with

(　) 3. I responded briefly to her quesstion. 〔60師大工教〕
(A) telephoned (B) discussed with (C) answered (D) asked

(　) 4. A large truck ran into a concrete wall.
(A) collided into (B) ran across (C) collided with
(D) ran out of 〔74台北工專〕

(　) 5. (A) Nerves respond to a stimulus.(選錯的)
(B) He collided with me over politics.
(C) The wireless calls soon replyed to.
(D) They are opposed to the new system.

________ 6. Something is wrong ________ this watch.
= This watch is out ________ ________.
〔74保送甄試,78技術學院,80北二專夜〕

As you sow, so shall you reap. 種瓜得瓜，種豆得豆！

反義成語

□ **(be) different from** 與～不同；異於～
(be) similar to 與～相似
other than 除了～

The man is no *other than* Prof. Wang. 這人正是王教授

……………………………………………

□ **at home** 在家
away from home 不在家

＜注意＞ 此外，***at home*** 有「熟悉；精通」的意思。

Penguins are *at home* in the water. 企鵝熟知水性。

……………………………………………

□ **at least** 至少
at most 至多

You must *at least* try. 你至少要試試看。

……………………………………………

□ **(be) interested in** 對～感到興趣
(be) indifferent to 對～漠不關心

He's *indifferent to* the suffering of others.
他對別人的苦難漠不關心。

……………………………………………

on (the) one hand 一方面
on the other hand 另一方面

……………………………………………

□ **allow** A **to** + *V* （= **permit** A **to** + *V*） 允許A（做～）
prevent A **from** + *Ving* （= **keep** A **from** + *Ving*） 避免A（做～）

……………………………………………

□ **at first** 起初
at last 最後
at length 最後；詳細

★ 275 頁解答 ★

1.(B) 2.(D) 3.(C) 4.(B) 5.(D) 6.(D) 7.(B) 8.(E) 9.(C)

■歷屆考題・精選試題

( ) 1. Extracurricular activities can sometimes ________ a student ________ doing well in his classwork. 〔80四技工專〕
(A) put; across (B) prevent; from (C) encourage; to
(D) avail; of

( ) 2. Things are quite ________ what they used to be.
(A) like with (B) alike with (C) similar as
(D) different from 〔74保送甄試,75中商專,81四技工專〕

( ) 3. He was born in Paris, so he is ________ in French.
(A) familiar to (B) similar to (C) at home
(D) not unfamiliar 〔77保送甄試〕

( ) 4. I can lend you only ten dollars ________ most.
(A) to (B) at (C) for (D) in 〔68台北工專〕

( ) 5. The big typhoon prevented me ________ coming in time.
(A) to (B) for (C) at (D) from 〔78教育學院,80中二專夜〕

( ) 6. ________ I didn't know what they were. 〔77中二專夜〕
(A) At the last (B) At least (C) At the most (D) At first

( ) 7. On ________ hand I have to work and on ________ hand I have many visitors. (A) one … the another
(B) the one … the other (C) one … other
(D) one … the others 〔74中二專夜〕

( ) 8. You should read one book a month ________.
(A) at the same time (B) at last (C) for good
(D) by chance (E) at least 〔77師大工教、嘉南二專夜〕

( ) 9. 你對音樂感興趣嗎？
(A) Are you interesting in music?
(B) Do you interest in music?
(C) Are you interested in music?
(D) Are you interested for music? 〔81保送甄試、四技工專〕

□ { **get to** 到達；著手開始
set out 出發 }

They *set out* for home. 他們動身回家。

....

□ { **get up** 起床（＝***rise***）
go to bed 上床睡覺；就寢 }

It's time to *get up*. 該起床了。

....

□ { **in general** 一般而言；通常（＝***generally***）
in particular 特別地（＝***particularly***）}

....

□ { **in the past** 過去
at present 目前
in the future 在將來（***in future***"今後"）}

....

□ { **take off** 脫下；休假
put on 穿；戴 }

The man *took off* his hat to me. 那人向我脫帽致意。

....

□ { **a lot of** 許多
a bit of 少許 }

He has *a bit of* land. 他有一小塊土地。

....

□ { **at the beginning of** 在～之初
at the end of 在～之末；到～的極限 }

....

□ { **more A than B** A比B多
less A than B A比B少 }

★ 277頁解答 ★

1.(A) 2.(C) 3.(D) 4.(B) 5.(B) 6.(C) 7.(D) 8.(C) 9.(D) 10.(B) ☞

■歷屆考題・精選試題

(　) 1. He ______ the office at nine o'clock. 〔74中二專夜〕
(A) got to (B) arrived to (C) arrived (D) reached to

(　) 2. Man ______ likes to watch football games. 〔67三專夜〕
(A) in the future (B) in one word (C) in general
(D) in hand

(　) 3. I like all kinds of fruit, but pineapples ______.
(A) in brief (B) in my opinion (C) in need (D) in particular
〔65師大工教〕

(　) 4. It cost people much time and labor in ______.
(A) the future (B) the past (C) future (D) past 〔74教育學院〕

(　) 5. When you listen to the radio late at night, you should ______ the earphones. (A) take on (B) put on
(C) turn on (D) come on 〔75、76北商專，77保送甄試、嘉南二專夜〕

(　) 6. At the ______ of the month, they moved to the neighboring town. It was only a day before May Day.
(A) beginning (B) first (C) end (D) last 〔80彰師〕

(　) 7. We ought to have ______ money ______ we really need.
(A) some …than (B) much … to (C) much … than
(D) more … than 〔77教育學院，79師大工教，81四技工專〕

(　) 8. I regard him ______ as my teacher ______ as my friend. (A) least … than (B) most … than
(C) less … than (D) more … then 〔77教育學院〕

(　) 9. I will take tomorrow off. (A)我明天要起飛。
(B)我明天要脫衣。 (C)我明天要辭職。 (D)我明天要休假。
〔75台北工專，78中商專、北商專，81四技商專〕

(　) 10. He has a lot of money.
(A)一些的 (B)許多的 (C)少許的 (D)或多或少的
〔76台北工專，80保送甄試〕

□ **(be) aware of** 知道～
(be) unaware of 不知道～
(be) ignorant of 不知道～

He's *unaware of* her innocence. 他不知道她是無辜的。

…………………………………………

□ **(be) capable of** + *Ving* 能夠（做～）
(be) incapable of + *Ving* 不能（做～）；不會（做～）

…………………………………………

□ **not yet** （迄至某時爲止）尚未
as yet 到目前爲止；到當時爲止

He hasn't come *as yet*. 他到現在還沒來。

…………………………………………

□ **sit down** 坐下
stand up 站立

Sit yourself *down.* 請就座。

…………………………………………

□ **in front of** 在～之前
at the back of 在～之後

There's something *at the back of* it. 此事幕後有隱情。

…………………………………………

□ **take time to** + *V* 慢慢（做～）；不急著（做～）
lose no time in + *Ving* 立刻（做～）

…………………………………………

□ **for a long time** 很久
for a (*or* one) while 暫時（= ***for the time being***）
for a moment 一下子

★ 279 頁解答 ★

1. (C) 2. (D) 3. (B) 4. (C) 5. (A) 6. (C) 7. (A) 8. (D) 9. (D) ☞

■歷屆考題・精選試題

( ) 1. I am well ________ my weakness.（選錯的） 〔77中二專夜〕
(A) aware of (B) conscious of (C) knowing of (D) informed of

( ) 2. He was ________ performing his duties. (A) unable to
(B) uncapable of (C) enabled with (D) incapable of 〔80彰師〕

( ) 3. As yet we have not heard a word from him.
= ________ we have not heard a word from him.
(A) At present (B) Up to now (C) As if (D) In a moment
〔74保送甄試〕

( ) 4. They ________ and declared that they should stand up for the cause of democracy. (A) stand up (B) got up
(C) stood up (D) set down 〔79二專〕

( ) 5. There is a blackboard ________ the students.
(A) in front of (B) comes into contact with 〔77北二專夜，
(C) get along with (D) in recognition of 79師大工教〕

( ) 6. I asked him to make haste, but he ________.
(A) did his best (B) made great progress
(C) took his time (D) kept his promise
(E) could pack up in a moment 〔67三專夜〕

( ) 7. He lost his way in a wood and wandered about for ________ as long as five hours. (A) a long time
(B) a longertime (C) some other time (D) the other time
〔76嘉南二專夜〕

( ) 8. He stopped there for ________ and went away without delay. (A) the other time (B) no time (C) some moments
(D) a moment

( ) 9. He is entirely <u>ignorant of</u> the world.
(A) aware of (B) conscious of (C) unknown to
(D) unaware of 〔77中二專夜〕

□ { **get the better of** 勝過；打敗
get the worst of 敗於

I *get the better of* him. 我勝過他。

…………………………………………

□ { **at night** 在晚間
in the daytime 在白天

…………………………………………

□ { **(be) close to** 接近
(be) far away from 遠離

…………………………………………

□ { **catch hold of** 抓住；控制
lose hold of 抓不住；放手

<比較> ***catch sight of*** 爲「看見」；***lose sight of*** 爲「看不見」。

…………………………………………

□ { **wake up** 醒來
go to sleep 就寢；去睡覺

Please *wake* me *up* at six. 請六點叫醒我。

…………………………………………

□ { **(be) dependent on** 依賴
(be) independent of 獨立

…………………………………………

□ { **stare at** 瞪著；注視著
glance at 瞥見

It's bad manners to *stare at* people. 瞪著人是不禮貌的。

…………………………………………

□ { **agree with** (+人) 同意
disagree with (+人) 不同意

<比較> ***(dis)agree to*** +事。

★ 281 頁解答 ★

1.(C) 2.(A) 3.(D) 4.(C) 5.(D) 6.(A) 7.(D) 8.(B) 9.(D) 10. at ☞

■歷屆考題・精選試題

( ) 1. Allan ________ a kingbird in a maple tree.
(A) catch the sight of (B) caught a sight on
(C) caught sight of (D) catch sight on

( ) 2. Heavy dew fell ________.
(A) at night (B) at the daytime (C) in the night
(D) in the daytime

( ) 3. Dave wanted to study till midnight, but sleepiness ________ him. (A) got the worst of (B) got a war from
(C) got the goods on (D) got the better of

( ) 4. He woke ________ and found himself left alone.
(A) for (B) on (C) up (D) to 〔72 保送甄試〕

( ) 5. He had a mother entirely ________ him.
(A) depend on (B) depends on (C) depended on
(D) independent of

( ) 6. He glanced ________ his watch.
(A) at (B) into (C) on (D) in

( ) 7. I agree ________ you ________ this matter. 〔80高屏二專夜〕
(A) to … to (B) to … on (C) with … to (D) with … on

( ) 8. ________ this rope, or you will fall.
(A) Lose hold of (B) Catch hold of (C) Be dependent on
(D) Be independent of

( ) 9. Are you ________ his help?
(A) dependent of (B) undependent off (C) depend on
(D) independent of

________ 10. Don't stare ________ me like that. 〔66 二專〕

□ { **at work** 工作中；（機器）在運轉中
at rest 休息中；靜止的；解決的；放心的

…………………………………………

□ { **succeed in** 成功
fail in 失敗

＜比較＞ ***succeed to*** 意思爲「繼承；繼任；繼位」。

…………………………………………

□ { **arrive at** 到達（＝***get to*** ；***reach***）
set off 出發；襯托

＜比較＞ ***see off*** 意思爲「送行」。

…………………………………………

□ { **come up** 前來；發展；出現
come down 下來；下降

The rain will *come down* soon. 快下雨了

…………………………………………

□ { **for the most part** 大部分
in part 一部分；有幾分

＜比較＞ ***in parts*** 意思爲「分開；分冊地」。

…………………………………………

□ { （**be**）**well off** 境況佳；生活過得很好
（**be**）**badly off** 境況不佳

He *is* now *badly off*. 他現在境況不好。

…………………………………………

□ { **go up** 攀登；（物價）上漲；上大學
go down 下降；（物價）下跌；（船）沈沒；（日）落

…………………………………………

□ { （**be**）**absorbed in** 全神貫注於～；耽溺於～
（**be**）**tired of** 對～感到厭倦

★ 283 頁解答 ★

1.(D) 2.(D) 3.(B) 4.(C) 5.(D) 6.(B) 7.(A) 8.(B) 9.(C) 10. at ☞

■歷屆考題・精選試題

( ) 1. Dark-colored dresses ________ a fair complexion.
(A) are absorbed in (B) are well off (C) succeed in
(D) set off 〔78護二專〕

( ) 2. I saw him ________ work the other day.
(A) in (B) to (C) on (D) at 〔68保送甄試〕

( ) 3. It does not necessarily follow that those who ________ the examination will not ________ life. 〔78中二專夜〕
(A) are at work … at rest (B) succeed in … fail in
(C) come up … come down (D) are well off … be badly off

( ) 4. It was ________ that clerk's carelessness.
(A) at part (B) for part (C) in part (D) with parts

( ) 5. It's not easy to ________ Mt. Everest.
(A) get on (B) get up (C) go on (D) go up

( ) 6. Some students are ________ playing mahjong.
(A) desperated to (B) absorbed in (C) divided into
(D) devoted to

( ) 7. She is tired ________ hearing your complaint.
(A) of (B) with (C) over (D) out 〔77技術學院,78嘉南二專夜〕

( ) 8. I went to the airport to <u>see him off</u>. 〔65二專〕
(A) take care of him (B) say good-bye to him
(C) leave him reservation (D) put ticket for him

( ) 9. (A) The phrase "get in" means "enter."（選錯的）
(B) The ship will come up the river.
(C) They succeeded to reach the top of the mountain.
(D) Are you tired of bowling?

________ 10. A young teacher arrived ________ the Kellers' home.
〔77北二專夜,78嘉南二專夜〕

□ { **(be) easy to + *V*** (做～)很容易
have difficulty in + *Ving* (做～)有困難

……………………………………

□ { **put out** 熄滅；長出(芽)；使脫臼
turn off 關閉(開關)；解雇
turn on 打開(開關)；發動

Please *turn on* the radio. 請打開收音機。

……………………………………

□ { **take out** 取出；取得(執照)；除掉(污點)
put in 伸進；插(嘴)；補充說明

……………………………………

□ { **begin with** 從～開始
end in 結束於～；終歸

<比較> ***to begin with*** 意思爲「首先；第一」。

……………………………………

□ { **look down upon** 輕視(＝***despise***)
look up to 尊敬(＝***respect***)

……………………………………

□ { **(be) of value** 有價值的
(be) of no value 沒有價值的

<比較> ***(be) of no use***「沒有用的」；***(be) of no importance***「不重要的」。

……………………………………

□ { **suffer from** 患難；受～之苦
rejoice in 因～而欣喜；享有

He *suffered from* poverty. 他受赤貧之苦。

……………………………………

□ { **(be) superior to** 優於
(be) inferior to 劣於

★ 285頁解答 ★

1. (B) 2. (A) 3. (B) 4. (B) 5. (D) 6. (D) 7. (B) 8. (B) 9. upon
10. off 11. to 12. in

■歷屆考題・精選試題

( ) 1. It is not so ________ for us ________ solve this in practice as in theory. (A) difficulty … to (B) easy … to (C) difficulty … in (D) easy … in 〔79二專〕

( ) 2. They have difficulty ________ doing no harm to the public. (A) in (B) on (C) by (D) of

( ) 3. Put ________ the light before you go out. (A) on (B) out (C) off (D) up 〔70二專, 80嘉南二專夜〕

( ) 4. The glazier has ________ a new pane of glass. (A) put out (B) put in (C) took out (D) took

( ) 5. His learning begins ________ Confucius and ends ________ Confucius. (A) in … in (B) with … with (C) in … with (D) with … in 〔78中商專、北商專, 80高屏二專夜〕

( ) 6. Good health is ________ more value than money. (A) in (B) with (C) by (D) of

( ) 7. He often suffers ________ headache. (A) under (B) from (C) of (D) up 〔80四技工專、高屏二專夜, 81北二專夜〕

( ) 8. Paper is ________ plastic in packaging. (A) inferior than (B) inferior to (C) inferior over (D) inferior with 〔75中商專〕

________ 9. Why should she look down ________ him just because his family is poor? 〔78嘉南二專夜、護二專, 80北二專夜〕

________ 10. Please turn ________ the fire. = Please extinguish the fire. 〔77教育學院、保送甄試, 81北二專夜〕

________ 11. This one is superior ________ that one. 〔77教育學院, 78台北工專〕

________ 12. She suffered from the failure of her son last year, but now she rejoices ________ his success.

Knowledge is power. 知識就是力量！

可用一字代換成語

□ **as well as** 除～之外還～；和 （＝besides）

Hiking is good exercise *as well as* fun.
徒步旅行除了好玩外，還是良好的運動。

□ **at the same time** 同時；一起 （＝simultaneously）

□ **a variety of** 各種不同的；各式各樣的 （＝various）

A variety of hooks are used for different kinds of fish.
各類釣鉤用來釣各種不同的魚。

□ **all over (the world)** 遍及(全世界)；(世界)到處 (＝throughout [the world])

□ **as soon as** 一～就～；立刻 （＝directly）

Tell me *as soon as* you have finished. 一做完就告訴我。

□ **as to** 關於 （＝regarding；about）

He said nothing *as to* hours. 他沒提有關時間的事。

□ **at last** 最後 （＝finally）

At last he has understood my purpose. 他終於明白我的目的。

□ **at once** 馬上；立刻 （＝immediately；directly）

She leaves the room *at once*. 她立刻離開那屋子。

□ **carry out** 完成；實現；執行 （＝accomplish；complete；execute）

He *carried out* his plan. 他將計畫付諸實行。

□ **consist of** 由～組成 （＝constitute）

<注意> A ***consist of*** B ＝ B ***constitute*** A

□ **get to** 到達 （＝reach）

□ **get up** 起床 （＝rise）

□ **give up** 放棄；戒除；停止 （＝abandon；forsake）

★ 289頁解答 ★

1. (B) 2. (B) 3. (D) 4. (C) 5. (C) 6. (D) 7. (D) 8. (A) 9. (B) ☞
10. (C) 11. (C)

■歷屆考題‧精選試題

( ) 1. The book tells about the author's life as well as about his writing. (A) beside (B) besides (C) directly (D) completely 〔78嘉南二專夜、護二專, 80彰師〕

( ) 2. One day they happened to come at the same time. (A) temperarily (B) simultaneously (C) timely (D) directly

( ) 3. A school teacher has a variety of duties. (A) many (B) same (C) few (D) various

( ) 4. His name is known all over the world. = They know his name ________ the world. 〔80保送甄試〕 (A) through (B) although (C) throughout (D) thoughout

( ) 5. There can never be any discussion ________ the matter. (A) as concerning (B) as with (C) as to (D) concerning with 〔78中商專、北商專, 80、81四技工專〕

( ) 6. At last he was caught by his enemies. (A) At full length (B) At once (C) Directly (D) Finally 〔74保送甄試〕

( ) 7. I am sure he can carry ________ his plans. (A) off (B) up (C) over (D) out 〔80四技工專〕

( ) 8. The emigrants got to their new home. (A) reached (B) reached in (C) arrived (D) arrived in

( ) 9. He ________ at five o'clock every morning in summer. (A) gets in (B) gets up (C) gets off (D) gets over 〔80彰師, 81四技工專〕

( ) 10. Mrs. Kelly had a good job, but she gave it ________ to get married. 〔79二專, 80彰師、北二專夜、高屏二專夜〕 (A) out (B) down (C) up (D) over

( ) 11. (A) Water constitutes hydrogen and oxygen.
(B) Water is constituted in hydrogen and oxygen.
(C) Hydrogen and oxygen constitutes water.

□ **look forward to**＋*Ving* 期盼；希望（＝anticipate；with pleasure）

□ **look like** 看起來像（＝resemble）

Penguins *look like* men in tailcoats. 企鵝看起來像穿燕尾服的男士。

□ **no matter how** 不論如何（＝however）

□ **one another** 互相；彼此（＝mutually）

Elements join up with *one another*. 元素互相結合。

□ **pick up** 改良；增進（＝improve）

<注意> 此外，***pick up*** 有「拾起；搭載」的意思。

□ **take off** 脫下；離開（＝remove；leave）

He never *took* his eyes *off* his book. 他眼睛從不離開書本。

□ **take place** 發生；舉行（＝happen；occur）

The election for President *takes place* once in four years.
總統選舉每四年舉行一次。

□ **that is** 也就是說（＝namely；that is to say）

□ **turn out**（**to be**）結果證明爲～（＝prove）

The news *turned out to be* true. 這消息結果證實是眞的。

□ **wait for** 等待（＝await）

Time and tide *wait*（or *waits*）*for* no man. 歲月不待人。

□ **above all** 尤其是；特別是（＝particularly）

And *above all*, don't talk to anybody about it.
最重要者，此事不要告訴任何人。

□ **account for** 說明；解釋（＝explain）

★ 291 頁解答 ★

1. (B) 2. (A) 3. (B) 4. (B) 5. (A) 6. (B) 7. (B) 8. (D) 9. (C) ☞
10. one 11. waits

■歷屆考題・精選試題

( ) 1. The teacher with all his students ________ looking forward to ________ on a picnic. 〔74北二專夜〕
(A) are, going (B) is, going (C) is, gone (D) are, gone
(E) are, go 〔76嘉義農專、嘉南二專夜,78空中商專〕

( ) 2. He ________ his hat and put it on the table.
(A) took off (B) took in (C) took for (D) took on
〔78北商專、中商專〕

( ) 3. The new railway line is about half as much, ________ , 20 kilometers. (A) because of (B) that is (C) which is
(D) what is

( ) 4. He does well in all his subjects, ________ , in Chinese.
(A) in general (B) above all (C) in fact (D) as it is
〔77中二專夜,80保送甄試〕

( ) 5. He does not <u>look like</u> his father at all.
(A) resemble (B) resent (C) regard (D) regeat after
〔74技術學院,78台北工專,80高屏二專夜〕

( ) 6. You can get a fair equivalent of a college education, <u>no matter how</u> busy your life may be. 〔67、74技術學院〕
(A) whatever (B) however (C) whenever (D) of no

( ) 7. The accident <u>took place</u> on Fifth Avenue. 〔79二專〕
(A) became (B) occurred (C) turned up (D) turned down
〔80保送甄試,81四技商專〕

( ) 8. The weather <u>turned out</u> fine in the afternoon.
(A) produced (B) failed (C) caused (D) became 〔79師大工教〕

( ) 9. I <u>picked up</u> the magazine which was on the desk.
(A)冒出 (B)參考 (C)拾起 (D)起來 〔79二專,81保送甄試〕

________ 10. Villages and towns are brought nearer to ________ another by our tramways. 〔74中二專夜〕

________ 11. Time and tide ________ for no man.
〔74中二專夜,76北商專,78空中商專〕

□ **pay regard to** 尊重；重視（＝esteem）

He *paid regard to* public opinion. 他尊重輿論。

□ **in the course of** 在～期間（＝during）

□ **in the same way** 同樣地（＝likewise）

Go and do *in the same way*. 去照樣做。

□ **look upon**（A as B）認爲A是B；視A爲B（＝regard〔A as B〕）

Do you *look upon* him *as* an authority？你認爲他是權威嗎？

□ **make out** 理解；證實；成功；分辨出來
（＝understand；prove；succeed；distinguish）

He *made* himself *out* to be richer than he was.
他想證明自己比以前更富有。

□ **make up one's mind** 下決心；決定（＝determine）

□ **make use of** 利用（＝utilize）

She *makes* good *use of* her time. 她善於利用時間。

□ **nothing but** 只是；不過（＝only）

He did *nothing but* smile. 他只是笑笑罷了。

□ **on the whole** 就全體而論；一般說來（＝generally）

On the whole it seemed best to cut the visit short.
就全體而論縮短訪問似爲上策。

□ **put off** 延期（＝postpone）

□ **put up with** 忍受（＝endure）

□ **set out**〔**off**〕出發；離開；開始（＝start；leave；begin）

★ 293頁解答 ★

1. (A) 2. (C) 3. (D) 4. (C) 5. (C) 6. (B) 7. (B) 8. (B) 9. (A) ☞
10. (D) 11. (B)

■歷屆考題・精選試題

( ) 1. He hopes to visit his parents ________ the summer.
(A) in the course of (B) on the course of
(C) by the accross of (D) at the accross of

( ) 2. I solved the problem ________ you did. 〔74教育學院〕
(A) on the same wise (B) of the same means
(C) in the same way (D) by the same way

( ) 3. Don't ________ your work as a dull duty.
(A) regard in (B) regard for (C) look to (D) look upon

( ) 4. Can you make ________ what he is saying?
(A) in (B) up (C) out (D) on 〔68二專夜,75師大工教〕

( ) 5. We couldn't ________ the inscription on the gravestone.
(A) make up (B) make for (C) make out (D) make believe

( ) 6. Students should ________ their summer vacation.
(A) look down upon (B) make good use of (C) act upon
(D) take pride of 〔75保送甄試,80彰師〕

( ) 7. Many a man, ________, has been ruined by money.
(A) in the whole (B) on the whole
(C) in the word (D) as it was 〔77北商專、中商專〕

( ) 8. Never ________ till tomorrow what you can do today.
(A) wait for (B) put off (C) go on (D) run over
(C) depend on 〔76、77、80嘉南二專夜,77技術學院、保送甄試〕

( ) 9. I just can't put up ________ his pride. 〔80中二專夜〕
(A) with (B) on (C) for (D) to

( ) 10. I am <u>nothing but</u> an ordinary man. 〔78護二專、保送甄試〕
(A) really (B) probably (C) without (D) only

( ) 11. He <u>made up his mind</u> to quit smoking.
(A) questioned (B) decided (C) repeated (D) troubled
〔75北二專夜,78中商專、北商專,80彰師〕

☐ **ahead of** 在～之前（＝before）

Jim stood *ahead of* me. 吉姆站在我前頭。

☐ **at that time** 當時（＝then）

I was eating lunch *at that time*. 當時我正在吃午餐。

☐ **at times** 有時候；偶而（＝occasionally）

At times we go for a drive. 我們偶而開車出遊。

☐ **catch up with** 趕上（＝overtake）

I can't *catch up with* them. 我趕不上他們。

☐ **come upon** 偶然遇見；突襲（＝meet；attack）

A misfortune *came upon* him. 不幸突然降臨他身上。

☐ **for the most part** 大部分；大體上（＝mostly）

☐ **get over** 克服（困難等）（＝overcome）

Try to *get over* your shyness. 試著克服羞怯。

☐ **go off** （炸彈）爆炸（＝explode）

Who makes the gun *go off*？誰開槍的？

☐ **in addition**（**to**）除此之外（＝besides）

☐ **in any case** 無論如何（＝anyhow; at any rate）

We have to help him *in any case*. 我們無論如何要幫助他。

☐ **in the long run** 最後；終久（＝finally）

☐ **in vain** 徒然地；無效地（＝uselessly）

All our efforts were *in vain*. 我們所有的努力均徒勞無功。

☐ **look down**（**up**）**on** 輕視（＝despise）

★ 295頁解答 ★

1.(C) 2.(D) 3.(A) 4.(C) 5.(B) 6.(C) 7.(D) 8.(A) 9.(C) ☞
10.(D) 11.(C) 12. with

■歷屆考題・精選試題

( ) 1. They saw a small island ________ them.
(A) ahead in (B) in the front of (C) ahead of (D) for away from

( ) 2. In reading the book, I ________ this verse.
(A) took up (B) caught up (C) kept up (D) came upon

( ) 3. That library is ________ the most part a collection of adventure stories. (A) for (B) in (C) on (D) of 〔68台北工專〕

( ) 4. There is a difficulty for you to get ________.
(A) up (B) on (C) over (D) down 〔77教育學院、保送甄試〕

( ) 5. In addition to ________, he has other bad hobbies.
(A) gamble (B) gambling (C) be gambling 〔80高屏二專夜, 81四技商專〕

( ) 6. The more expensive an article is, ________ the cheaper.
(A) in addition to (B) for the most part
(C) in the long run (D) at that time

( ) 7. All our effort was ________ vain.
(A) to (B) at (C) of (D) in 〔68台北工專, 78北商專、中商專〕

( ) 8. He is studious <u>at times</u>.
(A) occasionally (B) continuously (C) beforehand
(D) likewise (E) generally 〔77護二專, 78教育學院〕

( ) 9. <u>In any case</u> I shall have to move to the next city.
(A) finally (B) besides (C) anyhow (D) uselessly 〔77保送甄試〕

( ) 10. They <u>look down upon</u> the illiterate. 〔78護二專, 80北二專夜〕
(A) overtake (B) overcome (C) explode (D) despise

( ) 11. (A) You can catch upon with your friends in studies.
(B) The ship carried some passengers in addition cargo.
(C) They tried in vain to persuade him.
(D) I cannot put upon with his arrogance.

________ 12. Tom is walking so fast that I can't catch up ________ him.
〔77北商專, 78護二專, 80四技工專〕

□ **make sure (of)** 確信 (＝ascertain)

I think there is a train at 1:15 but you had better *make sure*. 我想一點一刻有一班火車，但你最好查明白。

□ **next to** 幾乎(用於否定語之前) (＝almost)

The patient eats *next to* nothing. 這病人幾乎沒吃東西。

□ **no matter what** 不論什麼 (＝whatever)

No matter what he says, don't go. 不論他怎麼說，都別去。

□ **put out** 熄滅 (＝extinguish)

Put out the lights before you go out. 出去前請熄燈。

□ **take after** 長得像；模仿 (＝resemble ; imitate)

□ **that is to say** 換言之；也就是說 (＝namely)

□ **all but** 幾乎 (＝almost)

He *all but* died of his wounds. 他幾乎死於重傷。

□ **at a loss** 迷惑；不知所措 (＝perplexed)

He is *at a loss* what to do. 他茫然不知所措。

□ **before long** 不久 (＝soon)

We'll know the truth *before long*. 我們不久就會知道眞相。

□ **come about** 發生 (＝happen ; occur)

□ **do away with** 廢除；殺 (＝abolish ; kill)

This practice should be *done away with*. 這種慣例應該廢除。

□ (**every**) **now and then** 偶爾；有時候 (＝sometimes)

□ (**be**) **faced with** 面臨 (＝confront)

★ 297頁解答 ★

1. (C) 2. (C) 3. (B) 4. (A) 5. (A) 6. make sure 7. (A) 8. (B)
9. does away with 10. (D) 11. (B) 12. now, then 13. face up ☞

■歷屆考題・精選試題

( ) 1. To ________ my business, I'll go myself.
(A) do away with (B) keep open of
(C) make sure of (D) call to order 〔78中商專、北商專〕

( ) 2. Our feelings sometimes get confused no matter ________ our reason may tell us. 〔74保送甄試,75、77師大工教〕
(A) why (B) how (C) what (D) who

( ) 3. The firemen tried hard to ________ the fire. 〔80嘉南二專夜〕
(A) be extinguished (B) put out (C) take out (D) take away

( ) 4. Most of the soldiers ________ died of their bullet wounds.
(A) all but (B) of all (C) all that (D) all are

( ) 5. She was ________ what to do.
(A) at a loss (B) at a lost (C) on a loss (D) on a lost

________ 6. Go over your letter to ________ ________ that no irrelevancies have crept in, and no mistakes have made. 〔75教育學院〕

( ) 7. She lived next door to me. 〔69保送甄試〕
(A) in the next house (B) in the next room (C) together with

( ) 8. She takes after her father in many respects. 〔78北二專夜〕
(A) looks after (B) resembles (C) admires (D) missed

________ 9. Automation, using electronic sensors and electronic switching equipment, ________ ________ ________ the man who throws the switch or inspects the product. 〔75教育學院〕

( ) 10. The major tried to do away with the unfair rule. 〔73中二專夜〕
(A) make famous (B) establish (C) benifit (D) abolish

( ) 11. How did all this come about? 〔80嘉南二專夜〕
(A) 出現 (B) 發生 (C) 巧遇 (D) 結果

________ 12. 請隨時注意你的健康。 〔68教育學院〕
Please pay close attention to your health ________ and ________.

________ 13. 我們必須勇敢的面對現實。
We must ________ ________ to the reality. 〔71技術學院〕

☐ **get back** 回返；收回 （＝return）

I never *got* the money *back*. 我永遠沒收回那筆錢。

☐ **get through** 了結；完成 （＝finish）

She's *got through* lots of work. 她完成了許多工作。

☐ **go by**（時間等）過去；通過 （＝pass）

Years have *gone by* since he left Taiwan. 他已經離開台灣好幾年了。

☐ **in advance** 事前；預先；在～之前 （＝beforehand）

He wants to draw his salary *in advance*. 他要預支薪水。

☐ **in (the) face of** 不顧；儘管 （＝despite）

He succeeded *in face of* many difficulties.
儘管困難重重，他還是成功了。

☐ **in those days** 從前；當時 （＝formerly; then）

☐ **interfere with** 干涉；妨害（＝meddle; hinder）

Rain and snow *interfere with* the work. 雨雪妨礙了這工作。

☐ **keep up** 維持 （＝maintain）

We *kept up* a contact with our planes. 我們與我方飛機保持聯繫。

☐ **look over** 寬恕；檢查；過目一遍 （＝ overlook; examine）

He was employed to *look over* the account book. 他受雇檢查帳簿。

☐ **make an effort** 努力（＝endeavor）

☐ **numbers of** 許多的（當複數用）（＝numerous）

☐ **on end** 連續不斷地（＝continuously）

☐ **(be) short of** 缺乏（＝lack）

★ 299頁解答 ★

1. (D) 2. (C) 3. (E) 4. (A) 5. (C) 6. (B) 7. (D) 8. (B) 9. (D) ☞
10. (A) 11. (D)

■歷屆考題・精選試題

( ) 1. While I was busy, the hour for going to the bank went ______.

(A) on (B) at (C) down (D) by

( ) 2. They marched ______ a heavy snow.

(A) at the mercy of (B) make an effort with

(C) in the face of (D) went for back at

( ) 3. Please don't ______ my business.

(A) account for (B) stick to (C) apply to (D) call for

(E) interfere with 〔63、64師大工教,75嘉南二專夜〕

( ) 4. The king ______ the appearance of majesty.〔78嘉南二專夜〕

(A) kept up (B) made up (C) took up (D) went up

( ) 5. ______ tourists visit Tainan every year.

(A) Many of (B) Much of (C) Numbers of (D) A number of

( ) 6. For weeks ______ I was never without a sore throat.

(A) in end (B) on end (C) of end (D) for end

( ) 7. The sum is far ______ one million dollars.〔75嘉南二專夜〕

(A) from short (B) from of (C) short at (D) short of

( ) 8. One of those girls was in a hurry <u>to get back</u>.

(A) to arrive (B) to return (C) to leave (D) to rest〔78護二專〕

( ) 9. You can never <u>get through</u> your homework unless you try as I tell you. 〔67技術學院,78教育學院〕

(A) pass (B) endeavor (C) interfere (D) finish

( ) 10. Young people should know this truth <u>in advance</u>.

(A) beforehand (B) leisurely (C) slowly (D) at once

〔69台北工專,74中商專,76技術學院,77、78北商專、中商專〕

( ) 11. He signed the contract without <u>looking it over</u>.

(A) looking it up (B) searching it 〔74技術學院,

(C) purchasing (D) examining it 78嘉南二專夜〕

☐ **side by side** 並肩地；並排地；互相支持地 （＝abreast）

The two boys stood *side by side*. 那兩個男孩並肩站著。

☐ **take back** 撤回；取消 （＝withdraw）

He *took back* his promise. 他撤銷自己的諾言。

☐ **take in** 欺騙 （＝deceive; cheat）

<注意> ***take in*** 有「收容；留宿」的意思。*take in* lodgers「收留寄宿者」。

☐ **talk over** 商議；討論 （＝discuss）

I've something to *talk over* with you. 我有事情要和你討論。

☐ **to a degree** 非常地；極度地 （＝exceedingly；awfully）

He is *to a degree* difficult to get along with. 他極難相處。

☐ **to be sure** 的確；當然（表示讓步）（＝indeed）

She's not perfect, *to be sure*, but she's pretty.
她的確並不完美，但很漂亮。

☐ **turn over** 翻倒；翻（文件等）以找尋（＝overturn）

The waves *turned* our boat *over*. 浪潮把我們的船沖翻了。

☐ **what is called** 所謂的（＝so-called）

He is *what is called* a young prince. 他是所謂的小王子。

☐ **with ease** 輕易地；容易地（＝easily）

The engine was running *with ease*. 引擎運轉順利。

☐ **for good** 永久地；永遠 （＝forever）

☐ **in conclusion** 最後；結論；總之（＝finally）

☐ **look up to** 尊敬（＝respect）

★ 301頁解答 ★

1. (C)　2. (B)　3. (D)　4. (A)　5. (B)　6. (C)　7. (A)　8. (D)　9. (D) ☞
10. (D)　11. by　12. for good

■歷屆考題・精選試題

( ) 1. I'll ________ all I said about her conduct.
(A) take in (B) take over (C) take back (D) take change

( ) 2. My house is so small that I cannot take ________ any guest. 〔68技術學院〕
(A) for (B) in (C) on (D) into

( ) 3. There was not much good talking it ________.
(A) about (B) to (C) with (D) over
〔78北商專、中商專, 81四技工專〕

( ) 4. The taxi turned ________ in a car accident.
(A) over (B) in (C) out (D) off

( ) 5. ________ its flower is beautiful, but it bears no fruit.
(A) In spite of (B) To be sure 〔80彰師〕
(C) Make a scene (D) Make mention of

( ) 6. The car turned ________ at the corner.
(A) down (B) off (C) over (D) on 〔74中二專夜, 78嘉南二專夜〕

( ) 7. She can do it ________ ease.
(A) with (B) in (C) of (D) for

( ) 8. ________ I'd like to thank you for your attention.
(A) In all (B) In conclusion (C) In short (D) About all
(選錯的) 〔74北二專夜, 80保送甄試〕

( ) 9. A boy needs a father he can look up to.
(A) 往上看 (B) 重視 (C) 並肩 (D) 尊敬 〔80北二專夜〕

( ) 10. He is what is called a walking dictionary. 〔74嘉南二專夜〕
(A) so-called (B) so to speak (C) as it were (D) as it is (選錯的)

________ 11. They are good friends and are often seen walking side ________ side. 〔66二專〕

________ 12. He says that he wants to live in the city forever.
= He says that he has come to the city ________ ________.
〔75保送甄試, 76嘉南二專夜, 79二專〕

□ **as a rule** 通常大概；一般來說（＝generally, usually）

He is, *as a rule*, punctual. 他通常很守時。

□ **at any rate** 無論如何（＝anyhow）

Great men are few *at any rate*. 無論如何偉人總是很少。

□ **at work** 在工作中；(機器)在運轉中（＝ working）

□ **by means of** 以～爲手段；藉著（＝through）

□ **by oneself** 獨自；獨力（＝alone）

She was all *by herself*. 她完全單獨一個人。

□ **call for** 要求；需要（＝demand; need）

Mountain climbing *calls for* a strong body. 爬山需要强壯的身體。

□ **come back** 回來，重現於記憶中（＝return）

The party *came back* to power. 這黨派重掌政權。

□ **(become) conscious of** 察覺到；意識到（＝notice）

□ **get into** 進入（＝enter）

He *got into* the dark room. 他進入黑暗的房間。

□ **get on** 騎上（馬、脚踏車等）；過日子（＝board; fare）

How are you *getting on*? 你生活過得怎樣？

□ **get rid of** 免除；擺脫；除去（＝eliminate; do away with）

Get rid of all unnecessary words. 把所有不必要的字去掉。

□ **go away** 離開（＝leave）

<注意> ***go away with***「帶走；拐走」

□ **go back** 回去；回溯；回顧（＝return）

★ 303頁解答 ★

1. (A) 2. (D) 3. (A) 4. (D) 5. (A) 6. (B) 7. (C) 8. (D) 9. (A) ☞
10. (B) 11. (A)

■歷屆考題・精選試題

( ) 1. ________ I take a walk after supper.

(A) As a rule (B) As rules (C) As usually (D) As generally

( ) 2. Every time I see him, he is ______ work.

(A) on (B) in (C) with (D) at 〔63台北、高雄工專〕

( ) 3. You may make a fortune ______ hard work.

(A) by means of (B) by no means (C) by the way

〔74台北工專,76中二專夜,81保送甄試〕

( ) 4. I think that problem will call ________ very careful planning. (A) out (B) over (C) into (D) for 〔80四技商專〕

( ) 5. Are you ________ of the fact? 〔73教育學院〕

(A) conscious (B) consciously

( ) 6. Knock on the door before you ________ this room.

(A) come into (B) get into (C) get in (D) get on

(E) get to 〔78護二專,80四技工專〕

( ) 7. On getting ________ the bus, he asked, "How are you getting ________?" (A) off … off (B) into … into

(C) on … on (D) with … with 〔81四技工專〕

( ) 8. He ________ without saying a word. 〔80四技工專〕

(A) got on (B) called for (C) looked for (D) went away

( ) 9. She ________ into the room to get her bag.

(A) went back (B) went forword (C) went backward

(D) went for

( ) 10. They try to get rid of the mice in the house.

(A) overcome (B) do away with (C) reach (D) escape

〔68二專夜,75保送甄試,78嘉南二專夜〕

( ) 11. Come back at eight o'clock if you can.

(A) 回來 (B) 後來 (C) 近來 (D) 訪問 〔79師大工教〕

Well begun's half done. 好的開始是成功的一半！

***No pains, no gains.* 不劳則無獲！**

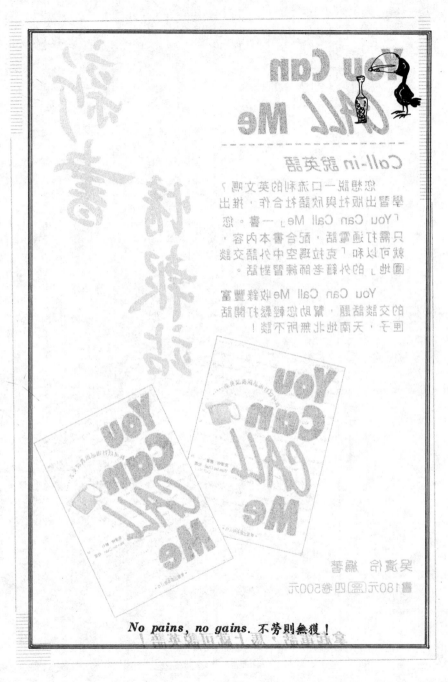

新書情報站

You Can CALL Me

Call-in 說英語

您想說一口流利的英文嗎？學習出版社與欣語社合作，推出「You Can Call Me」一書。您只需打通電話，配合書本內容，就可以和「克拉瑪空中外語交談園地」的外籍老師練習對話。

You Can Call Me收錄豐富的交談話題，幫助您輕鬆打開話匣子，天南地北無所不談！

吳濱伶　編著

書180元 🎙 四卷500元

拿起電話，馬上就可說英語！

說英文高手 與傳統會話教材有何不同？

1. 我們學了那麼多年的英語會語，爲什麼還不會說？

我們所使用的教材不對。傳統實況會話教材，如去郵局、在機場、看醫生等，勉強背下來，哪有機會使用？不使用就會忘記。等到有一天到了郵局，早就忘了你所學的。

2.「說英文高手」這本書，和傳統的英語會話教材有何不同？

「說英文高手」這本書，以三句為一組，任何時候都可以說，可以對外國人說，也可以和中國人說，有時可自言自語說。例如：你幾乎天天都可以說：What a beautiful day it is！It's not too hot. It's not too cold. It's just right. 傳統的英語會話教材，都是以兩個人以上的對話為主，主角又是你，又是別人，當然記不下來。「說英文高手」的主角就是你，先從你天天可說的話開始。把你要說的話用英文表達出來，所以容易記下來。

3. 為什麼用「說英文高手」這本書，學了馬上就會說？

書中的教材，學起來有趣，一次說三句，不容易忘記。例如：你有很多機會可以對朋友說：Never give up. Never give in. Never say never.

4. 傳統會話教材目標不明確，一句句學，學了後面，忘了前面，一輩子記不起來。「說英文高手」目標明確，先從一次說三句開始，自我訓練以後，能夠隨時說六句以上，例如：你說的話，別人不相信，傳統會話只教你一句：I'm not kidding. 連這句話你都會忘掉。「說英文高手」教你一次說很多句：

I mean what I say.
I say what I mean.
I really mean it.
I'm not kidding you.
I'm not joking with you.
I'm telling you the truth.

你唸唸看，背這六句是不是比背一句容易呢？能夠一次說六句以上英文，你會有無比興奮的感覺，當說英文變成你的愛好的時候，你的目標就達成。

全省各大書局均售 ◉ 書*180*元／錄音帶四卷*500*元

✌「說英文高手」爲劉毅老師最新創作，是學習出版公司轟動全國的暢銷新書。

已被多所學校採用爲會話教材。本書適合高中及大學使用，也適合自修。

● 學習出版公司門市部 ●

台北地區：台北市許昌街 10 號 2 樓 TEL：(02)3314060・3319209
台中地區：台中市綠川東街 32 號 8 樓 23 室
TEL：(04)2232838

高職英文單字成語速記法

修　編／謝靜芳
發 行 所／學習出版有限公司　☎ (02) 7045525
郵撥帳號／0512727-2 學習出版社帳戶
登 記 證／局版台業 *2179* 號
印 刷 所／裕強彩色印刷有限公司
台北門市／台北市許昌街 10 號 2 F　☎ (02) 3314060・3319209
台中門市／台中市綠川東街 32 號 8 F 23 室　☎ (04) 2232838
台灣總經銷／學英文化事業公司　☎ (02) 2187307
美國總經銷／Evergreen Book Store　☎ (818) 2813622

售價：新台幣一百五十元正
1997 年 12 月 1 日二版二刷

ISBN 957-519-250-8
版權所有・翻印必究